SHIGUANG DE ZHOUZHE

时光的皱褶

毛庆明 著

时代出版传媒股份有限公司
安徽文艺出版社

图书在版编目（CIP）数据

时光的皱褶 / 毛庆明著. -- 合肥：安徽文艺出版社，2025.3. -- ISBN 978-7-5396-8210-5

Ⅰ.I267

中国国家版本馆CIP数据核字第2024GC5328号

出 版 人：姚 巍
责任编辑：张星航　　　　　　装帧设计：赵 梁 禧墨文化

出版发行：安徽文艺出版社　　www.awpub.com
地　　址：合肥市翡翠路1118号　邮政编码：230071
营 销 部：(0551)63533889
印　　制：合肥禄祺芭印务有限责任公司　(0551)65840698

开本：889×1194 1/32 印张：9 字数：240千字
版次：2025年3月第1版
印次：2025年3月第1次印刷
定价：56.00元

（如发现印装质量问题，影响阅读，请与出版社联系调换）

版权所有，侵权必究

序
一个江南女子的写作之"旅"

一个偶然的机会，我看到了一篇名为《青团》的散文。约1500字的短文，清淡隽永，呈现烟雨三月的江南，如一幅水墨画。透过这篇文章，我仿佛看到了一个行走在小桥流水、曲院风荷中的江南女子，清雅而温婉。

身为编辑，我察觉到作者优雅的文笔背后的细腻心思，于是嘱咐她多多来稿，由此我们开始了四年多的合作。毛庆明是产量较高的作家之一，她的创作源泉似乎不曾枯竭。稿件源源不断地发送到我的邮箱。她写江南，那是孕育了她的故乡。她的童年，就在那白墙黛瓦之间。她爱故乡，所以她写八号码头的落日、红旗桥的变迁，亦写战功显著的老红军父亲、不完美却又不能不爱的母亲。至于令人魂牵梦萦的故乡美食，更是她心中生生不息的人间烟火，一箪食，一瓢饮，都是寒夜里的一盏灯，阅尽千帆，亦不会迷失。

毛庆明是生活在江南的职业女性。有时，她也生活在别处。

她酷爱读书，身为国企员工，被朝九晚五的生活困围住身体，但凭借书籍开阔了眼界。每每掩卷沉思，必有心得流诸笔端。所以她发给我的文章，有相当一部分是读书笔记。这些读书笔记卓有见地，并不是对作品的敷衍的赞美，而是认真阅读后产生的思想的碰撞与交融。她思索史铁生《务虚笔记》里，那只白色的大鸟所代表的魔幻意象；

— 1

她指出梁鸿《梁庄十年》文学性的欠缺；她认同村上春树对日本侵华历史的深刻认知；她肯定女作家阿迪奇埃《半轮黄日》里对尼日利亚内战真实记录的重要意义。

爱读书的人必然惜书。在毛庆明的读书笔记中，多次流露出对书籍的热爱和对好书的敬畏。这种热爱与敬畏，有形式上的，比如准备读李娟细腻纯粹的文字，她会选一个适宜的时间，洗手烹茶，再将自己置于舒适的软垫和柔和的台灯光晕里。更多的时候，她会用一支铅笔，在页眉页脚的空白处，涂涂画画，恣意宣泄着阅读情愫。

读万卷书，不如行万里路。

无论生性豪放的李白还是痴迷山水的徐霞客，游记都是他们作品中浓墨重彩的一部分；在西方，以《老巴塔哥尼亚快车》为代表的优秀旅行文学，也已盛行久远。在全球化的今天，旅行文学的启蒙任务已不被需要。那么，如何以文学手段让旅行写作重新焕发光芒呢？"以文学的笔触写下旅程，以精致的文字书写异域""避免无知和傲慢，以旁观者的宽容和鉴赏者的谦逊，观看眼前的世界"，应是当下旅行文学作者的责任。

空闲的日子，毛庆明会背上行囊，跳上缓缓行驶的绿皮火车，来一趟说走就走的旅行。每次旅行归来，都会有游记发送给我。可贵的是，她的这些文字，完全区别于传统游记，我把它们归结为非虚构文学类。她的每一篇游记，不仅是历史知识与地理地貌的展示，更是对过去的思考、对未来的探索。《在天水》，她走进历史深处，探寻秦文化的源头；《行走在高原》，她被仙乃日的莹莹白雪点燃；在敦煌，她为人类文明的瑰宝"年老多病"而遗憾，发出《相逢即是别离》的感叹；在雁门关，她看见了时光深处的《三晋烟云》；在云冈石窟的菩提树下，她试图与佛像进行穿越千年的对话。

她的多篇散文在《中国妇女报》刊发后，被人民网、光明网等主流媒体转载。不久，她不满足于散文、游记的写作，开始涉猎小说。很快她就有短篇小说在纯文学杂志上发表。虽说艺术创作是相通的，但作为两种不同的文学体裁，小说和散文在写作方式、人物与现实的关系，以及写作技巧上，都有很大的区别。她能在短时间内，完成写作转型，而且在两种不同写作方式之间切换自如，我想，应该与她丰富的生活阅历和宽泛的阅读积累密不可分。

罗曼·罗兰曾经说过，大部分人在二三十岁时就已经死了。一过这个年龄，他们只变成了自己的影子，以后的日子，不过是在模仿、重复自己。

打破一成不变的生活，走出舒适圈，是需要勇气和代价的。而毛庆明不断尝试着新赛道。

她知道，改变，是为了更好地面对这个变化的世界。

咸红心

中国妇女报社（全国妇联网络信息传播中心）原编委

媒体智库中心主任

目 录

辑一 流年碎影

- 2　流年碎影
- 6　非典型中国式母女
- 9　茉莉情愫
- 11　蒹葭苍苍
- 13　冰雪之缘
- 16　单行道
- 19　青春做伴
- 22　手绢，两代人的记忆
- 25　静待花开终有时
- 28　一幅壁画背后的故事
- 31　当熬夜成为习惯
- 33　东风夜放花千树
- 35　也是华灯初上时

辑二　食韵

- 38　宜甜宜咸豆腐花
- 41　青团
- 43　烧饼包油条
- 46　螺蛳壳里做道场
- 48　荆芥之恋
- 50　干了这碗雄黄酒
- 52　买糖果
- 55　最忆家乡的年糕
- 58　老家的那棵香椿树
- 61　一只煎包里的烟火
- 64　爷爷的那一袋板栗
- 67　天凉好个秋
- 69　童年的味道
- 72　一碗炒米里的年味
- 75　秋日"藕"思
- 78　雨巷深处米粑香
- 81　桃之夭夭
- 84　无辣不成欢

辑三　大写的人

- 88　碎片中的父亲
- 98　父亲眼中的朱老总

- 101 百岁老人的甲子情怀
- 104 守夜
- 107 炼焦炉前追梦人
- 111 半生守护
- 114 尘埃落定
- 117 风雨摆渡人
- 121 卖核桃的老大爷
- 124 台阶上哭泣的男孩
- 127 炉前工老杨
- 130 因为一座桥，爱上一座城

辑四 渔经猎史

- 134 让更多的人认知人类苦难的存在
- 137 女性作者独有的时间表达
- 140 撩开你的面纱
- 143 一个独立女性的自我救赎
- 146 生命之禅
- 149 阅读的故事
- 152 他山之石
- 154 老去的村上春树
- 158 在自我修复中成长
- 161 在荒原上行走
- 164 希望的田野
- 167 回首金陵岸

171　借书的烦恼
174　如果没有战争
177　看看众花上
181　冲撞和交融
183　月亮也有背面
186　爱是最美的语言
189　最是人间留不住
191　人人生而平等
194　阅读时，我们在一起
197　今雨不来
199　以爱的名义
202　为官者当先为人

辑五　那山那水

206　璀璨殷墟
209　文王操
212　雪城印象
215　出关
218　相逢即是别离
221　回不去的村庄
224　即将消失的吊栋阁
226　听，西北民谣
229　秋天，去看海子
231　远去的江轮

235	岁末，走进南博
239	在拥挤的人群中，走近 50 位欧洲艺术巨匠
242	这片多情的土地
246	在天水
249	行走在高原
253	三晋烟云
256	遗落在沙漠里的钻石

275 后记

辑一 流年碎影

流年碎影

很多人，尤其是女性，都会对一些看上去丑陋且触感不好的动物有着极度的恐惧。我就很惧怕壁虎以及一切壁虎类衍生物，比如蜥蜴、穿山甲、变色龙，乃至鳄鱼。

幼时的家是安庆城内的一座四方院落，青砖黛瓦，黑漆大门上钉着一对铜制门环，木制沙发是雕花的，同样雕花的大衣柜上的玻璃嵌着喜鹊登梅图，大红木床上挂着被烟熏得微黄的丝质蚊帐，床柱上吊着一对褪色描金的蚊帐钩。

院子里有一长溜葡萄架，夏天，我们在葡萄架下跳房子、跳皮筋，吃被井水浸凉的西瓜；冬天雪后，蜡梅盛开，香气幽幽越过院墙，在青石板铺设、麻石条镶拼的巷道上弥漫。

老房子的美在钢筋混凝土泛滥的今天越来越为人所称道。然而对于孩童时期的我来说，那光鲜亮丽的背后，却是硌硬重重，甚至危机四伏。尤其是闷热潮湿的夏季，黑色的蝉聚集在槐树枝头嘶叫；鼻涕虫在雨后的青石板上爬出一道黏腻的白；蝎子莫名潜入雨靴，在你匆匆穿鞋上学的时候蜇你一口；天牛用锋利的口器在无花果树内无休止地啃噬，并排出一堆堆锯末状的粪便。大量滋生的蚊虫吸引了它们的天敌壁虎，挂着白炽灯的天花板上、布满爬墙虎的墙壁上、葡萄架上、花盆底部，壁虎仿佛无处不在。

我对壁虎的恐惧至深，时至今日我都无法言表，不妨引用史铁生《务虚笔记》里的一段相关描述吧：有一种褐色的蜥蜴总在天亮前冷冷地叫，样子像壁虎但比壁虎大好几倍，贴伏在院墙上或是趴在树干上，翘着尾巴瞪着鼓鼓的小眼睛，一动不动，冷不丁"呜哇——"一声怪叫，"呜哇——呜哇——"，叫得天不敢亮，昏暗的黎明又冷又长。

大人们总是说，壁虎吃蚊子，对人类有益，不用怕。但他们不知道这样的解释是多么苍白无力。

八月，架上的葡萄开始泛红。这是不喷农药、不施化肥、不经催熟的天然果实，个头很小，成熟期参差不齐，同一串果子，最后一颗刚开始泛红，最先成熟的那颗却早已腐烂了。

这是我的节日，我的狂欢。整个暑假，我扛着木梯，在葡萄架下游走，太阳火辣辣的，将成熟的果子照得晶莹剔透。一俟巡睃到成熟的果子，我就将木梯靠过去，爬上葡萄架，将红彤彤的果子从整串葡萄上揪下来，撕去一角外皮，轻轻一嘬，来不及咀嚼，整颗葡萄就入了喉；未成熟的果子，在藤蔓上继续生长，每一颗吃到嘴的果实，都是自然成熟最为新鲜的，甜得发齁。

这美好的一切在某一个午后戛然而止。那一天阳光依旧灿烂，葡萄架下，碎影斑驳。那一天成熟的果子很多，我过于快乐，全然没注意到那只蛰伏在藤蔓上和藤蔓同色的大壁虎，我在采摘一颗红得发紫的葡萄时触碰到了它。"刺溜"一声，它绵软的白肚皮贴着我整个小臂滑了出去，"啪嗒"一声，摔在地上。

刹那间时间停止了。地上的壁虎一动不动，风不再吹，蝉儿不再鸣叫，死一般的寂静。突然，我的双腿抑制不住地颤抖起来，筛糠一般，愈来愈剧烈，木梯随着我的颤抖产生了共振，并将共振传递给葡萄架，于是满树的葡萄叶也随之颤抖起来，发出"沙沙"的摩擦声响。顶着三十七八摄氏度的高温，冷汗从毛孔慢慢渗出，我面如死灰。

我死死盯着摔在地上的壁虎，生怕它突然跑掉，那样只会加深我的恐惧。地上的壁虎一动不动地和我对峙，也许它同样出于恐惧，想用装死来避险，这只壁虎一定想不到，面前这个强大的人类，内心是多么脆弱。

不知过了多久，壁虎终于坚持不住了，悻悻地爬动起来，试探着爬了几步，然后加快速度，迅速钻入墙根边的花盆底下，不见了。我长舒一口气，小心翼翼地从木梯上下来，飞速穿过院子冲进厨房，母亲正在烧饭，烟火气将我从地狱拉回人间，我一屁股坐在小板凳上，放声大哭。

高中毕业后我离开家去天津上大学，北方气候干燥，夏季气温不是很高，再加上冬天的寒冷，所以蚊虫相对于南方少了很多，壁虎也就相应地少见了。大学毕业后我虽然回到了江南，但一直居住在楼房里，即使回老家探亲，也尽量避开夏季，倒也和壁虎相安无事。偶尔办公室大扫除时会发现一两只，也会有同事帮忙清理出去。

女儿上小学的时候，每学期发了新书，都是我来帮她包封皮。有一次帮她包语文书，无意中翻开了书页，一只硕大的壁虎（插图）赫然出现，吓得我一声惨叫，将书扔得老远。原来，语文课本里有一课讲的是小壁虎断尾自救的故事。摁着怦怦跳的心，暗自庆幸当年我的小学课本里没这一课。同时也明白我对壁虎的恐惧并未消除，只是隐藏在了心里。

壁虎和"庇护""避祸"谐音，所以很多人喜欢在私家车的尾部贴上壁虎图案，有着祈福保平安的意思，因为是金属质地，再加上看得多了，倒也能适应。一次，搭朋友的车去横溪买西瓜，在山道转角处和对面来的车相撞，人员无恙，朋友的车也无恙，但对方的新车的左前大灯却全毁了。对方车主心里窝火，下车查看时朝朋友的车踹了一脚，没想到应声掉下一只壁虎，飞也似的蹿入了路边草丛。我和朋友相视一笑，莫不是这壁虎真有庇护功效呢。再看那壁虎，好像也不是很丑陋了。

前日，我跟女儿说，我要去吴哥窟，看一看"高棉的微笑"。女儿说高棉的微笑隐藏在热带雨林中，壁虎很多哦。我心下一惊。女儿旋即安慰我：没事，我陪你去，不用怕壁虎，有我呢。看着视频中这个爱笑的女孩，她在我庇护下长大，如今她羽翼丰满，在大洋彼岸，和我是各自独立的两棵树；而将来，我会老去，白了头发，掉光了牙齿，萎缩了大脑和肌肉，那时候，我会坦然接受她的庇护吗？

非典型中国式母女

和所有的母亲一样,她给启蒙时期的女儿报过各种班,舞蹈、钢琴、绘画、游泳,但并不提要求,一切全凭女儿兴趣;母亲爱读书,自己读得津津有味的书就推荐给女儿,但也不强求,女儿喜欢就读,不喜欢就读别的,阅读从来没有中断过。

女儿上学后,成绩起伏不定,通常是语文考好了,数学就差一点;下一次数学考好了,语文又掉下去了。母亲叹口气:你这个跷跷板状态,什么时候才能改变呢?直到三年级结束,正在厨房忙碌的母亲听到女儿进门后的大叫:妈妈妈妈,我"变态"了!母亲错愕地回头,只见女儿俏皮地歪着脑袋,双手各持一份满分试卷,由于跑得急,肉嘟嘟的小脸红得像苹果,鼻尖上渗出了细密的汗珠。

女儿的青春期词典里只有两个字:叛逆。读了一些书,有了自己的思想,十几岁的年纪,看所有人都是堂吉诃德眼中的风车。唯有日记本是最值得信任的,然而日记本无法密封,时时听同学说起日记被妈妈翻阅的困扰。于是母亲替她出主意:你可以把日记本里夹上头发丝。女儿依旧不放心:那你看完又把头发丝放回去呢?母亲说:你可以设置头发丝的不同根数和不同摆放位置啊。

高一的某一天,女儿放学回来跟母亲说:我要出国做文化交流,一年。母亲:功课怎么办?等你一年后回来,可能就跟不上同学的进度了。女儿:我尽力自学,实在不行就多学一年。母亲:既然你想好了,就去吧。选拔、考核、集训、办理护照,两个月后,女儿已经在仅30

万人口的北欧仙境里,游泳、骑马、放牧和学习自己喜欢的课了。

多年以后,女儿已经在大洋彼岸工作。和母亲微信聊天时说:现在想想青春期的我,自己都觉得讨嫌,也就是你人好不嫌弃我。我要做文化交流,多半是考虑你会不同意,那么我就有理由离家出走。结果你让我既没有放头发丝防偷看日记,也没有离家出走,反倒显得我的青春期暗淡无光了哈。

成年以后的女儿保留了两大兴趣:游泳和阅读。游泳让身体变得强健,异国生活里很多好的朋友都是游泳时结识的;阅读让知识丰富、眼界宽阔,在信息媒体洪流里一直都有清醒的头脑。如今是女儿定期向母亲推荐阅读书目,两个人键盘上聊起书来,打字速度如飞,不亦乐乎。

母亲爱打羽毛球,女儿360度花样支持,回国的旅行箱里,装满了为母亲准备的由库里代言的全套品牌运动服,和袁泉同款的紧身跑步衣。母亲看着抖落满床的时尚品牌的运动服装满心疑惑:我这个年龄,这样穿好吗?女儿瞪大了眼睛:当然好啦!你不一直是39岁吗?

母亲喜欢写散文。每有小文投诸报端,之前必请女儿过目。女儿并不客气,这篇尚可,那篇太套路了,这篇又过于矫情,那篇比较生动有趣。同时提出如何修改的建设性意见,这时候的女儿,更是良师诤友。

生活在地球的两端,旅行是她们的交集。夏天的时候,她们相约去了敦煌,流连在丝绸之路,被黄沙淹没的莫高窟中,飞天和反弹琵琶不可触摸的神秘、残缺的敦煌遗书、那酷似武则天的雍容的大佛,无一不昭示着千年以前的辉煌。为了多看一眼敦煌,母女二人将有限的时间用到了极限。最后是一路狂奔,才赶上了离开敦煌的末班车。

以上这对母女的生活片段,其实就是我和我女儿。时过境迁,当我可以用旁观者的眼光审视过往的时候,发现我和女儿的关系不失为一种好的非典型中国式母女关系。龙应台说:"所谓父女母子一场,只不过意味着,你和他的缘分就是今生今世不断地在目送他的背影渐行渐远。"我不以为然。有人说,父母要在恰当的时候,得体地退出儿女的生活。我亦不以为然。我爱女儿如生命,但最健康的爱是放手。放手不是"不必追",也不是"退出",而是"我们是好朋友"。

茉莉情愫

五月的夜晚，清风拂面。月光下，有暗香摇曳。折转脚步，踏香而去，在小区边门口，见一车茉莉花株，披一身白月光，遗世而孑立。我问花匠：这花买回去，能活吗？憨憨的花匠师傅告诉我：回去培上土，一天浇一次水，等浇透以后，改为两三天浇一次，花败了以后，将头掐了，就行了。茉莉，好养。

我不会养花，只爱观赏。我不喜欢招摇雍容的牡丹，觉得那大大的花朵太过艳俗，且无香。我偏爱那些花朵很小的香花，比如桂花、兰花，尤爱这"露花洗出通身白，沈水熏成换骨香"的茉莉。

我在单亲家庭中长大，父亲早逝，年轻的母亲带着五个孩子，将生活过得杂乱无章。母亲不擅长料理家政，随着家庭收入的锐减，她唯一能做的就是把一切消费降到最低。用她的话说，就是俭省。俭省是一种美德，然而任何事情都有一个度，过度的俭省逐渐让母亲变得难以相处。

我们有个邻居是家传老中医，擅长治疗火毒疗疮，有一技傍身的日子过得很滋润。一个夏天的夜晚，那家的媳妇来串门，告诉母亲她刚买了一盆茉莉花：有十几个花苞呢，已经开了几朵了，好香。媳妇坐了一会，捧着她新买的茉莉花心满意足地走了，洒下一路暗香。母亲看着她袅娜的背影撇了撇嘴：3块钱，买棵花，吃不能吃，用不能用的。那一刻我无言，只觉得悲哀，为母亲，也为自己。

后来我们长大了，异地求学、工作，日子渐渐好起来。然而母亲却固执地沿袭了当年的生活状态。她将我们买给她的衣物用具统统束之高阁，依旧吃着最粗糙的饭食，穿着旧时的衣裳，用着凹凹凸凸、堪称文物的钢精锅。

我扫码付款，从花匠手里接过两株茉莉，找了一个漂亮的船型花盆，将两棵茉莉并肩种下，浇上水，放在了阳台上。几天之后，花儿全开了，洁白的花朵，不及叶片的五分之一大小，却香得清新脱俗。摆放到客厅的桌上，当我走来走去整理家务的时候，不经意间带动香气流动，恰似搅扰了一池春水。又过了几天，花儿败了，枝叶变黄干枯，我按照花匠说的，掐去了花头，剪去了枯枝。

后来我去了趟老家。母亲老了，佝偻着背，满头白发。干瘪的嘴巴已嚼不动多少食物，然而执拗的个性却不曾消减分毫，依然不肯与岁月握手言和。她虽然不再对我的高跟鞋和裙子提出批评，却依然固守着自身的邋遢。同时还增添了怨怼，怨怼儿女的远离、生活里的不如意、社会的不公，却不愿做出改变。

我无法说服母亲离开故土到我所在的城市生活，正如我无法将就母亲的日子。独自返回的路上，我一直在想，将来有一天，我也老了，会不会也变得执拗甚至不可理喻？我不知道。我唯一能肯定的，就是我会努力保持一个开放的姿态去拥抱生活，无论生活给予我什么。

回到家里，我惊奇地发现，阳台上的两株茉莉重新长出了绿叶，并且又打苞了。我数了数，有7个花头呢！一直以为茉莉一年只开一茬，查了资料，才知道茉莉可以从5月开到8月。那么，接下来的一段时间里，我又可以闻到茉莉花香了。

我知道，我爱的不是茉莉，而是茉莉的生存态度。我多么希望，故乡的庭院里，也有一朵茉莉，在月光下悄然绽放。

蒹葭苍苍

"蒹葭苍苍，白露为霜。所谓伊人，在水一方。"我站在马鬃岭脚下，面对着眼前这一片自顾自蓬勃生长着的、野性的芦苇，幼时就耳熟能详的这首《蒹葭》不禁脱口而出。

《蒹葭》出自《诗经·国风·秦风》，作者不详，是一首古老的情诗。幼时读《蒹葭》并不通晓这首诗的含义，只知道蒹葭即为芦苇，脑子里有个画面，就是一个身着古装的美女站在一大片芦苇荡中，淡眉如秋水，玉肌伴清风。

成年以后也中过琼瑶阿姨的毒，一部《在水一方》给《蒹葭》中的秋水伊人换上了一身时装。然而快餐终归是快餐，在为主人公的爱情纠葛洒下几滴清泪之后，对作品本身再无印象。倒是邓丽君绵柔的嗓音演唱的主题曲，让我悟出几分深秋蒹葭之苍凉。

曾经和他聊《诗经》，他说他喜欢"蒹葭"这两个字，从字形到发音。我未置可否，只说了一句，"子衿"这两个字也好，然后是他未置可否。其实我心里想的是，"蒹葭"这两个字，横平竖直，苗条却无曼妙曲线；词性偏阴，却失了柔美；发音锐利，有碍端庄。如果和同类词组比较的话，我更喜欢"菡萏"。

在我眼里，蒹葭是女人，菡萏更是女人。《诗经·陈风·泽陂》："彼泽之陂，有蒲菡萏。"清代洪升曰："悄偷窥，亭亭玉体，宛似浮波菡萏，含露弄娇辉。"更显菡萏的美好。那时我很年轻，相信生活不只有眼前的苟且，还有诗和远方的田野。

— 11

看轻了蒹葭的虚浮飘摇,很不屑于一副对联中关于蒹葭的半副:墙上芦苇,头重脚轻根底浅。从此把蒹葭打入冷宫。倒是对《诗经·郑风·子衿》津津乐道:"青青子衿,悠悠我心。纵我不往,子宁不嗣音?"幻想着在自己的江湖中,寻一知己,从此携手仗剑走天涯。

后来读木心的《从前慢》:"从前的日色变得慢/车,马,邮件都慢/一生只够爱一个人。"知道了爱情早已随岁月远去,回忆是一把精美的锁,锁住的,并不是你。当生活节奏变快之后,那种右上角贴着邮票的彩色信封和一纸素笺早已消失不见,一同消失的还有人性的朴素、浪漫和美好。

此刻我站在这一丛芦苇前,心中却有了不一样的感觉。秋日阳光照射下,毛茸茸的芦花,闪着一层迷蒙的辉光;微风吹过,苇秆轻轻随风摇曳,身姿袅娜;地上,是层层枯黄的芦叶,在经受了风霜雨雪之后,将化作春泥,孕育出来年芦苇的新生。

这就是几千年前的蒹葭吗?这是顽强的生命,穿越时空,世世代代,繁衍不息。翻阅历代名著典籍,赞美蒹葭的,真的很少。蒹葭生于乡野之滨,其貌不扬,不如荷花亭亭玉立,不如玫瑰色彩娇艳,不如梅花凌寒傲雪,更不如牡丹国色天香。她只在众人的视线之外自生自灭,并不抱怨,也无娇嗔,无意间竟展示出一种完美的生活态度。

我折下一束满花的芦苇,在风中恣意挥舞。芦花在头顶纷纷扬扬,轻盈的花朵如洁白的羽绒,这山野间的精灵啊,素雅脱俗,隐含傲骨,醉倒了秋风!

很喜欢《诗经》。那种只有在简单的慢生活下才能写出的诗句,那种岁月沉淀出来的美好,是今天的人们"独上高楼,望尽天涯路"亦所不能及的期待。

"溯洄从之,道阻且跻。"我们回不去了。

冰雪之缘

我生长在江南。就像鲁迅说的,江南的雪,美艳且润含着春的消息,存不住,费尽力气堆的雪人,也很快被晴天迅速消融。只有北方的雪,纷飞之后永远如粉、如沙,在晴天下蓬勃奋飞,在日光中旋转升腾。只有在北方,才给冰雪运动提供可能。

去天津上大学的第一年,就让我充分见识到了冰雪的魅力,从此臣服于冰雪。起先是入冬的第一场雪,就飘飘洒洒地下了一宿,第二天一睁眼,窗外一片白,世界消失了,忽然感觉到昨天的不真实,以及明天的不确定,那厚厚冰雪覆盖之下,究竟是昨天的遗迹,还是明天的虚幻?北风一阵紧似一阵,没有喘息的机会,校园门口的池塘上冻了,附近的子牙河也上冻了。总务借来了抽水机,凿开冰面,抽干了冰面下的水,眠期的鲤鱼在冰层下若隐若现。子牙河封冻的河面,成了体育课的场地,穿上冰鞋,北方的同学在冰面上翩翩起舞,而我,经历过几堂课实实在在的摔打之后,也享受到了冰刀摩擦冰面的愉悦和滑行带来的快感。

雪可以净化空气。雪花吸附了空气中的尘埃,雪后的空气,清新且带着一丝甘甜,深吸一口,那冰凉的感觉是可以沁人心脾的;雪是凝固的雨,雪后的空气干爽纯净,是药,治好了伴随我十多年的冻疮;雪吸附了尘世的噪声,下雪时,广袤的大地安静下来,没有雨滴聒噪,没有雷公打扰,世界静止成了一幅画,注视这幅画,你可以看到自己的内心。

奇怪的是，冰雪并非冬的专属。还是那一年，夏天，我见识到了冰雹。午后，好端端的天突然阴沉下来，忽然之间就狂风大作，树叶纷纷被吹落，未来得及关闭的窗户急速开合，发出"啪啦啪啦"的脆响。我赶紧收拾好讲义，冲出图书馆，想赶在大雨来临之前回到宿舍。弹子大小的冰雹携着豆大的雨点就砸了下来，狼狈的我只有一个成语可以形容：抱头鼠窜。冰雹的成因是温度的急剧下降。多年以后，我依然对冰雹这一天气现象抱有浓烈的兴趣。这是强烈上升的气流和急剧下降的气温之间的冲撞，又没有足够的气流将冲撞后形成的晶莹冰粒往上推，于是无可奈何地掉落在地，像极了我们年轻时的爱情。

毕业之后我回到了江南。虽有"黄昏门外六花飞"，却无"凤林千树梨花老"。江南的雪，终归是差了点意思。几年之后，我按捺不住对冰雪的思念，攒出一个假期，去了哈尔滨。看过太阳岛的雪雕和冰灯，我又去了二龙山滑雪场。

原本想去亚布力镇的滑雪场，可是当地的朋友说，亚布力虽有国际赛道，但山势也更为险峻，二龙山山势平缓，更适合初学者。汽车在省级公路上疾驰，大地一片白茫茫，我只能通过路边挺拔的白杨树，来判断大致方向。过冬的小麦淹没在白雪之下，缺食的乌鸦蹲伏在地头，偶尔发出一声饥饿的哀鸣；唯有鹞鹰，无声地在空中滑翔巡睃猎物，眼神犀利。

后来发生的事，算是我人生中的一个重要节点。穿戴好滑雪装备之后，听教练简单介绍了滑行要领，我就急不可待地攀上了半山腰，在离山顶大约尚有三分之二路程的地方，我停了下来，脚下的前三分之一路程，滑道看上去比较平缓，我调整好滑雪板的位置，用手中的雪杖轻点地面，轻轻地滑了出去。阳光照着我的侧脸，暖暖的，风从耳畔拂过，《雪绒花》的音乐从心里响起，一个个陌生的笑脸从我身边闪过，我听到不绝的赞美声：快看，她滑得真好！

光滑的雪面几乎没有阻力，下滑的速度越来越快，我尽力保持着平衡，却忽然想到了一个问题，我不会停啊！此时我已经看到了雪道尽头，那是一小片平整的人工场地，场地边围起了安全防护栏，防护栏外，几株小树断裂的枝杈从厚厚的积雪中探出头。我束手无策，这时我听到了同伴焦急的呼喊：身体往后仰，躺下来，躺下来！可是此时的身体已经不受我控制，在强大的加速度之下，身体摆脱了地球引力，我像一个自由式滑雪空中技巧选手一样，腾空而起。直到这时，大部分人还以为我是个滑雪高手，在进行表演，只有我自己心里暗暗叫苦。

　　我像掷铁饼者手中那块铁饼，划着优美的弧线，直接飞到了防护栏外，左肩着地，重重砸在雪地上。当急速赶到的场地工作人员将我从雪堆中拉起来的时候，我看到我离一棵断肢的小树仅有半米。我是如此幸运，那一年东北的雪特别大，厚厚的积雪给了我足够的缓冲，我躲过了那棵可能穿透我身体的小树。

　　左肩的肌肉损伤过了半个多月也就恢复了。我回到江南，生活继续，可有些东西改变了，我依然热爱包括冰雪运动在内的一切户外活动，但我不再鲁莽。

　　几天之前，第24届冬奥会在北京开幕。我写下了这段文字，作为纪念。纪念这一场冰雪盛宴，纪念我们的青春，纪念中国红的魅力，纪念我们战胜一切的勇气。

单行道

我时常做梦，但醒来大抵不记得内容，最常出现在我的梦里而醒来依然记忆犹新的内容，必定与高考有关。

我梦到过在高考即将到来时莫名其妙地缺课，面对厚厚的习题册束手无策；梦到过走进考场大楼如进入迷宫，兜兜转转却找不到正确的楼梯；梦到过上了两年大学之后，私下里办了退学，重新参加高考，却考上了同样不太心仪的大学，转而为白白耽误了两年时光懊恼；更多的梦境则是为解不出习题急哭。所有的梦都纠缠着焦虑和不甘。

而我自己也百思不得其解，因为我的高考经历算是顺利的。在录取率只有4%的年代，我顺利考上了北方一所全日制本科大学，成为天之骄子。

但我心里始终有个关于文学的梦。我喜欢阅读"闲书"，即使备战高考期间，我也经常阅读《儒林外史》《红楼梦》，通宵达旦，常年的阅读积累让我的作文每每被老师当作范文。高中的时候，我的文科成绩好过数理化很多，分班的时候，我跟母亲和哥哥提出我想报文科。很不幸，那是个"学好数理化，走遍天下都不怕"的极度重理轻文的年代。哥哥说，只要不学文科，其他的都好说；母亲更是以断绝经济来源相威胁。在这样的情况下，我只好选择了理科，第二年我勉强以高出分数线6分的成绩被天津商学院录取。

多年以后，一次回乡探亲，跟家人笑谈当年高考这段往事。母亲一脸无辜：不会吧，我怎么不记得这回事？哥哥更是笃定：我们是一贯支持你的,无论你做什么。那一刻我对自己引以为豪的记忆力产生了怀疑。

大学毕业后我做了一名工程师。工作不好不坏,生活波澜不惊。阅读只是我的业余消遣,偶尔写点文字,却从不敢示人。当年高考时的遗憾似乎已经放下了,除了偶尔出现在梦里。

但我尽我所能为女儿提供一个宽松的成长环境。从她认识拼音起,我们就一同做了书店的常客。周末,我们迎着朝阳走进书店,出来时已是华灯初上。是否参加高考,以及读什么学校什么专业,都是女儿自己的选择,我仅提供参考意见。

两年前,我去美国探望女儿,她生活的小城美丽宁静,松鼠在林间穿梭嬉戏,道路窄且蜿蜒,很多路口都竖有写有"oneway"字样的木牌。问过女儿,说是单行道的意思。

其实人生何尝不是一条单行道呢?高考,就是人生旅途中的一个十字路口,选择错了,很难掉头。而在望子成龙、望女成凤的大环境下,焦虑的家长们总是越俎代庖,孩子只要会做题就够了,其余的,交给他们来做。

我家外面的马路对面,是一家小有名气的培训机构。每到周末,马路上就挤满了补课的孩子和接送孩子的家长,汽车和电瓶车常常堵住我正常回家的路。我曾好奇地问过一个倚着踏板电动车边看手机边等孩子下课的家长:为什么要补习?那位家长像看外星人似的看看我,送了我一个大大的白眼。

又是一年高考季,又有一拨学子面临人生的重大选择。去年,一个成绩很好的女孩报考了北大考古专业,引起轩然大波,她的父母也不理解,希望她换个挣钱多的专业,好在女孩说服了双亲,坚持了自我。希望这样有思想的考古女孩多一点,再多一点,莘莘学子在做题之余,可以想一想,自己最想要的是什么;希望事必躬亲的家长们认识到,后生可畏，焉知来者不如今，孩子不是做题机器，他们有自我选择的权利和能力。给予他们应有的尊重，让他们将梦想变成现实，而不是梦中的焦虑，未来某一天，回首今日，方能无悔。

青春做伴

某一天早上醒来，发现一团黑色絮状物在右眼前飘飘荡荡，挥之不去。问了医生朋友，说是用眼过度导致的飞蚊症。没有灵丹妙药，唯有减少用眼，让眼睛充分休息，方可缓解症状。无奈之下，将手边几本读了一半的书又放回了书架。好在还有有声读物，既方便又不费眼睛，让我得以在上下班的途中完成了陀思妥耶夫斯基《罪与罚》的"阅读"。

《罪与罚》不愧是世界文坛金字塔尖的一部经典著作。书中对人性的深刻剖析，令人叹为观止。回想一下，俄罗斯文学的崛起，也就是近一百多年的事情，但不可思议的是，从普希金开始，托尔斯泰、陀思妥耶夫斯基、屠格涅夫等作家，在短短的时间内，就迅速将俄罗斯文学带到了一个其他国家难以企及的高度。

我接触俄罗斯文学作品的时间非常早。

还是小学的时候，一个夏日午后，狂风大作，随之电闪雷鸣，暴雨如注。天黑得像锅底，我蜷缩在屋角，听着哥哥为了壮胆而开始的朗诵："……在乌云和大海之间，海燕，像黑色的闪电，在高傲地飞翔！……让暴风雨来得更猛烈些吧！"第二天我到图书馆，借来了高尔基的自传三部曲《童年》《在人间》《我的大学》。我最爱的是《在人间》，因为那更契合同龄孩子的心理，至今仍记得其中一段描述：年幼的高尔基在远房叔叔开的店铺里当伙计，叔叔是个自私刻薄的商人，同时又很迷信。受尽欺辱盘剥的小高尔基，恶作剧地偷偷在叔叔的金表里滴上墨水，看到叔叔因为"金表出汗"，以为即将大祸临头而惊慌失措，小高尔基不禁暗自高兴。

中学，我读到了屠格涅夫的《猎人笔记》、契诃夫的《套中人》。那时候我的兴趣完全在文科上，做题是苦役，阅读则成了给自己的奖赏，沉重的书包里，每天都会装一本小说或者杂志，便于随时阅读。这期间还发生了一件有些魔幻的趣事儿。

那天我的书包里装的是一本《读者文摘》，不记得是第几期。语文课是作文讲评，语文老师姓檀，檀老师开始读一位同学的范文，作文讲评是我的最爱，我支棱着耳朵听得津津有味，听着听着，忽然感觉不对，这不是我课间刚刚读完的《读者文摘》上转载的屠格涅夫的短篇小说《麻雀》吗！我迅速把手伸进抽屉，掏出《读者文摘》，翻到《麻雀》那一篇，果然，这位同学几乎一字不差地抄袭了《麻雀》。下课了，我一路小跑追上了正往办公室走的檀老师，把《读者文摘》递给他看。老师看过之后，点头微笑，一迭声地说："好，好，好。"不知他后来是怎样和那位抄袭的同学沟通的，没过几天，那位同学专程找到我，向我讨教如何写好作文。后来檀老师还将我的一篇作文推荐到当年的《安徽省中学生作文选》，我的文字第一次变成了铅字。

大学是无处安放的青春。莱蒙托夫的《帆》，仿佛为身处异乡的莘莘学子量身定做。临近中秋的晚上，月光如水，洒在子牙河面，停了发动机，机帆船在河面轻轻摇摆，两双脚轻轻地拍打着水面。河面上波光灵动，仿佛有只无形的手，轻轻书写着秋虫的唧啾和两个年轻人的低声呢喃。

我给你念首诗吧。

好。

在那大海上淡蓝色的云雾里／有一片孤帆闪耀着白光／它寻求什么／在遥远的异地？／它抛下了什么／在可爱的故乡？波涛在汹涌／海

风在呼啸／桅杆在弓起了腰轧轧地作响／唉，它不是在寻求什么幸福／也不是逃避幸福而奔向远方。

下面呢？

下面是比蓝天还要清澄的碧波／上面是金黄色的灿烂阳光／而它／不安／在祈求风暴／仿佛风暴中／才有着安详。

一年以后，年轻人离开了象牙塔，带着执着和勇敢，去流浪。

再后来，我读了《安娜·卡列尼娜》，读了普希金，知道托尔斯泰曾离家出走，普希金死于决斗。文学沦为茶余饭后的谈资，诗的远方更是遥不可及。但我始终坚信，纵使世界只剩下荒漠，那滋养我整个青春的文学，依然在。

手绢，两代人的记忆

小时候，手绢是一部部经典影片，世界在银幕里头，我在外头。

看译制片《百万英镑》，被格里高利·派克的英俊帅气风度翩翩所吸引，特意在地摊上买了一张格里高利·派克经典造型的画片：穿西装、戴礼帽，西装礼服口袋里，掖着一方雪白的手绢。

戏曲片《红娘》，美目盼兮俏青衣，一方手绢舞出才子佳人待月西厢。

日本电影《幸福的黄手绢》，高仓健扮演的男主角，因误伤人命而坐牢，出狱的时候，内心忐忑，于是捎话给妻子，如果接纳他，就在家门口的树上挂黄手绢。当他转过村口，眼前的景象让硬汉热泪盈眶：满树的黄手绢在风中摇曳，树下，是翘首张望的妻子。

悬疑电影《蝴蝶梦》，曼德利庄园女主人丽贝卡，从故事开始就已死去，却通过女管家和情人继续控制着庄园里的一切。当奥利弗庄园男主和琼·芳登扮演的"我"真心相爱，回到曼德利庄园度蜜月时，却被无时不在的丽贝卡的阴魂折磨得几近崩溃。回到庄园的男主仿佛着了魔一般，突然失踪，风雨交加，"我"想去海边寻找丈夫，女管家"体贴地"为"我"找了件风衣，穿上风衣的"我"走在海边，无意中将手插进风衣衣兜，触到一样东西，掏出来一看，是一块绣着丽贝卡名字第一个字母"R"的手帕。

关于童年时的手绢的记忆也并非全是美好的。没有手机、网络的童年，有着各类简单有趣的游戏，比如跳绳、跳皮筋、跳房子、打弹子、砸四角、抓子儿、滚铁环、挤油渣、摧跛子，每一样游戏我都可以一头扎进去玩个昏天黑地，却唯独惧怕一个游戏：丢手绢。

惧怕丢手绢的原因是对游戏中的未知无法把控。所有人围成一圈，拍手、唱歌，不能回头，另有一人拿着手绢在圈子外围奔跑，然后随机地将手绢丢到一人身后，等到这人察觉，拾起手绢去追时，丢手绢的人往往已经跑了大半圈，追的人追不上，位置就被丢手绢的人占了，那追的人只能走到圈子中间表演一个节目。

那个年代，一般家庭的孩子，是没有条件学习才艺的，没有才艺，表演节目也就无从谈起。丢手绢一般是体育课后半段的放松活动。每次玩这个游戏的时候，我总是频频偷看身后，但是偷看身后又是违反游戏规则的，总要被老师呵斥，于是我就十分纠结，久而久之，就落下心理阴影了。

某次和女儿闲聊，说起这事，居然引起女儿共鸣。丢手绢也是她最惧怕的童年游戏，但惧怕的原因不同于我。女儿童年的时候，舞蹈、声乐之类的才艺班还是上过一些的，真要表演节目也没有问题。何况游戏对表演节目的质量并无要求。比如有位小朋友，每次被抓到都很开心，大大方方站到圈子中间，雷打不动朗诵一首《数星星》。女儿说真正惧怕这个游戏的原因是她有社交恐惧症。

女儿对手绢的喜爱集中在幼儿园阶段。老师们会用手绢当折纸，教小朋友叠出各种小动物和大帆船、衣服、帽子、大飞机，叠出五彩斑斓的世界。幼儿园门口有售卖手绢的摊位，摊位上的手绢也是琳琅满目、花样繁多，有直边的也有花边的，有人物图案的也有花卉图案的。女儿每天总是将手绢"遗忘"在家中，然后到幼儿园门口的时候，央求我给她买块新的。后来我才知道，新手绢上有一层"浆"，比较平整挺括，做手工的时候，更容易成型。

现在的人已不再使用手绢，取而代之的是各种纸巾。在我看来，纸巾的原材料是树木或者竹子，且是一次性使用，自然不如可洗涤的手绢环保。就像我们经历了GDP的高速增长之后，重新倡导公共交通、绿色出行一样，我们应该重新启用手绢，禁用或者少用纸巾。没想到女儿听了我的话，连连摇头：那怎么行，假如某一天我感冒了，身边只有一块手绢，岂不是太尴尬了？

  细细一想，女儿也是对的。手绢作为社会发展过程中某一个阶段出现的事物，显然已被淘汰。或者它还会幻化成一个符号，出现在某种场合中的西装口袋上，但它的实用功能，已逐渐消亡。就像一些人，注定会离我们远去；一些事，注定会被我们遗忘。一些物件，曾经在我们的日常生活中起着重要的作用，却因社会的发展而消失，但它确凿地，在我们的生活中刻下了诸多印记，留下了诸多美好回忆。

静待花开终有时

我生病了,从新年第一天开始。

起先是感冒咳嗽。没当回事,依然去打球,去药店买了止咳糖浆,喝了几天果然不咳了,心下暗自得意,觉得多年坚持运动果然有效,抵抗力强。哪知没过几天,病情反复,咳嗽咳得嗓子都哑了,打球时也感到体力不济。于是糖浆、梨膏糖、罗汉果、陈皮……各种止咳利器轮番上阵,又过了一个星期,总算"打压"成功。还没松口气,又开始牙疼,牙疼不是病,好吧,可接踵而来的眩晕症,却差点要了我的命。

"二月春风似剪刀",剪出了绿的柳叶、黄的迎春、粉的桃花,仰头用手机对准花朵,想记录下春日里的美好,眩晕突如其来,幸好踉跄中抓住了树干,否则一定栽个头破血流。夜里睡觉,口渴,准备起身喝水,一侧身突然天旋地转,本能地伏倒在床上,暗叫一声"不好,地震了"。待稍感平稳之后缓缓爬起,探身窗外,却见云淡风轻、岁月静好。

恐惧从心底升起,并迅速蔓延。那是不能掌控自己身体的恐惧,对疾病的恐惧。放弃了读书、写作,不再打羽毛球,静静地躺在床上休养,被动地等待康复,童年关于疾病的灰色记忆,不断在脑海闪回。

那时我五六岁,一个夏天的傍晚,天很热,知了在树上叫,水池边,一簇美人蕉开着火红的花。母亲在客厅糊纸盒,大我 5 岁的姐姐在厨房准备晚饭。我在支撑葡萄架的两根水泥柱之间,拉上了皮筋;用粉笔在葡萄架下的水泥路面上，画了跳房子的方格；两个麻石条石凳，一个用来抓子儿，另一个用来砸四角；废弃的木门板一头靠在矮墙上，另一头用青石板抵住，就是一个简易滑梯。我在精心布置的"游乐场"里玩得满头是汗、口干舌燥，于是跑到厨房找水喝，却发现厨房空无一人，煤炉上炒菜的铁锅正烧得通红。这意想不到的场面把我惊住了，好在我还算反应迅速，抓起脸盆接了一盆自来水浇到锅里，然后去叫母亲。

母亲扔了手中的纸盒，找了块抹布，把铁锅端离煤炉，铁锅里，茄子已经被烧成了几块木炭。母亲喊着姐姐的小名，我按着怦怦跳的心，跟着母亲，在卧室的床上，找到了在三伏天裹着被子瑟瑟发抖的姐姐。

当时的场景把我吓坏了，以至于之后的事情都记不清了。后来才知道，姐姐当时犯了疟疾，俗称"打摆子"。这病主要症状是人感觉忽冷忽热，且说犯就犯，难以根治，母亲四处寻觅偏方，我记得她还用院子里的柏树籽捣碎了调鸡蛋清，至于是否有用，不得而知。

由于那天的惊吓，加上姐姐病后我端水递饭地照料，不久之后，姐姐的病还没痊愈，我也病倒了。先是发烧，烧退了之后是腹泻，无休止地腹泻，吃什么拉什么，很快我的"婴儿肥"就瘦成了瓜子脸。

那时候没有医保，生了病不到万不得已是不会去医院的。我用自身的免疫力抗争，也吃"偏方"，不过是大蒜子、石榴皮之类随手可得之物，最后，母亲摘了院子里自生的马齿苋煮水，加红糖，喝了几次，居然好了。

清代小说家吴敬梓是安徽人，他的《儒林外史》开讽刺小说之先河，将众多"儒林"人物刻画得惟妙惟肖，比如中了举的范进。书中第二十一回，写到芜湖城内的市井少年牛浦郎，冒充已故名人牛布衣，四处招摇撞骗，竟也混得风生水起。书中有一段，牛浦郎乘船途中染上忌口痢，上吐下泻三四天，熬到第五天的时候，忽然想喝绿豆汤，船家不肯，怕加重病情。牛浦郎苦苦央求，并表示生死自负，船家才买了绿豆熬汤，没想到牛浦郎一碗绿豆汤吃下去，痢疾竟然好了。绿豆汤绝非治疗痢疾的良药，是身体机能的自我抗争使疾病有了转机，绿豆汤只是促使了转机到来，和我喝的马齿苋水有异曲同工之妙。

回想起来，我儿时生病的那段日子，并不多苦，反而因为生病，享受了母亲更多的关照，暗暗还有些高兴。倒是之前姐姐的发病，让我害怕。看到姐姐在酷暑天裹着被子还冷到打寒战，又不知"打摆子"为何物，生怕朝夕相处的亲人会就此离我而去。此前我已经失去了父亲，我惧怕原本已经失衡的生活再度失衡。

我的眩晕是颈椎病引起的。因为职业的关系，长年在电脑前工作，业余爱好也是在电脑前码字，于是不出意外地得了这个病。知道了病因，再经过小心翼翼的休养生息，我的眩晕症逐渐好转。身体一旦恢复到我可控的范畴，我就不再害怕。

我们的恐惧源自无知和不可控。就像新冠病毒，作为一种引发流行性传染病的病毒，它刚出现的时候，我们不认识它，不知道怎样抵御它的攻击，它向我们展示死神的狰狞，我们愤懑而无措；但经过两年多的交锋，我们已经研发出有效的疫苗和药物，病毒的毒性也在变异中有所衰减，再加上人体自身的免疫力，我们有理由相信，人类战胜新冠病毒的那一天，会很快到来。

一幅壁画背后的故事

1928年的中国，正处于军阀混战、民不聊生的年代。

山西洪洞县，始建于东汉时期的广胜寺破败不堪却无力修葺，僧人四散，香火凋敝。

更为不幸的是，那个曾经用破坏性极强的胶水粘贴、切割壁画，在敦煌以极低的价格从王道士手里"买"走十幅精美经变画的臭名昭著的文物贩子华尔纳等人，来到了广胜寺，大雄宝殿内整面山墙上精美的元代壁画令华尔纳叹为观止，遂提出购买。

寺僧贞达和赵城县县长张梦曾、乡绅张瑞卿等一合计，觉得这是件大好事，可以用卖画的钱修葺寺庙和泥塑，于是将前寺和后寺壁画各两幅，作价1600大洋，卖给了华尔纳一行人。

华尔纳依然是用胶粘切割的方法，将壁画肢解为好几百块碎片，运到了美国。

纽约有位富有的牙医塞克勒，酷爱中国绘画艺术，20世纪90年代，塞克勒还曾捐款给北京大学，建造了北大塞克勒美术馆。这是个懂得艺术，尊重艺术的人。幸运的是，他买下了这四幅画中的一幅，但由于壁画难以保管，并且壁画在运输过程中损坏严重，所以在得到大都会艺术博物馆的修复承诺以后，塞克勒以其母亲的名义将这幅画捐给了大都会。

大都会博物馆花费了几百万美金，将这幅壁画重新拼凑、完整复原，并将这幅画陈列在了大都会博物馆中国厅，这幅画长15.2米，高7.52米，是大都会博物馆单幅尺寸最大的藏品，这就是《药师经变图》。

2019年，我终于来到大都会博物馆，现场目睹了这件艺术珍品。大都会博物馆名气很大，因藏品丰富吸引了世界各地的游客。中国厅里人也很多，但静悄悄的，连脚步声都没有，各种肤色的人，静悄悄地来，驻足，流连，良久，再静悄悄地离去。艺术是相通的，《药师经变图》场面恢宏、人物众多，药师头顶宝盖，端坐画面正中，眼睛微闭却穿透了近八百年的时光，俯视着众生，画面色彩繁复，线描精巧，整幅画飘逸瑰丽，有摄人魂魄之美，令观者不由自主地屏住了呼吸。

回国之后，每每有朋友问起旅美感受，我总是率先提到大都会博物馆，提到《药师经变图》。我把现场拍摄的照片出示给朋友看，告诉他们壁画是多么的美。朋友的第一反应都是："强盗！""掠夺！"而听我讲完这幅画背后的故事，朋友们大都沉默了。

山西有三多：古建筑多，古彩塑多，古壁画多。这些壁画种类多，年代序列长，有非常高的艺术价值。从壁画可窥见山西境内的佛教名山五台山当年的香火有多么旺盛，敦煌莫高窟的《五台山图》，描绘的正是万人来朝的盛景。

然而保护文物的能力和整体国力是对等的。在风雨飘摇的年代，流落海外的山西壁画，何止《药师经变图》一幅。

每一件流落海外的中国文物，都有着一段飘零的身世。我常想，悬挂在大都会博物馆，也许是《药师经变图》一个并不算坏的结局。至少它得以被保护和修复，并且让来自世界各地的游客了解到中国文化的悠久和璀璨。如果当初没有被售卖，那这幅艺术珍品随着广胜寺破败的山墙一起倒塌了也未可知。

2017年，山西文物爱好者闫鑫花费了七年时间，将《药师经变图》以数字影像的方式，呈现在了它原有的位置上。当记者问及他为何选择《药师经变图》来制作数字影像时，闫鑫苦笑着说：广胜寺还在，后寺的那面墙和墙上的16平方米残卷还在，具备复原的条件。有些壁画，比如稷山县的兴化寺内的一部分壁画，现在保存在加拿大安大略博物馆，而兴化寺本身，却早已不复存在了。

  中国是文明古国，五千年历史，历朝历代，先人为我们留下了众多古迹。也许正是因为太多，而有些不够重视，导致很多文物流失或毁坏。比如20世纪60年代，为了修建刘家峡水库，就淹没了小石积山炳灵寺的一部分石窟，其中一尊8.6米长的大卧佛竟被大卸九块，直到1999年，修建了卧佛寺，卧佛的九块肢体才拼齐。水库的修建，促进了当地经济发展，却给炳灵寺带来了无法挽回的损失。得与失、利与弊、轻与重、大与小，实难权衡，只是不知当年的工匠，在切割大佛的时候，心有没有痛呢？

当熬夜成为习惯

关于写作方式，我最欣赏两位作家。

首选严歌苓，因为她也是女性。严歌苓曾经在一档访谈节目里说到，她每天早起，写作六小时，然后沐浴、更衣、化妆，将自己打扮得美美的，为即将下班的亲人洗手做羹汤。她说"写作是自律并坚持的日常生活"。她就是在这样的日常生活中，写出了《天浴》《少女小渔》《小姨多鹤》《金陵十三钗》《陆犯焉识》，还有《扶桑》。

另一个是叶兆言。去年春天，有幸听了叶兆言先生的讲座，他说他几十年来每天坚持写五六千字，从未间断。叶先生是南京通，去年读了他的新作《南京传》，厘清了南京的历史脉络，心下对先生的渊博学识佩服得紧。想来叶先生一定因为多年的阅读积累，博古通今，才能保证每天的写作量吧。

中年之后，我也开始尝试写一些文字，但每次写作，都倍感艰涩，需要在脑海中琢磨许久，然后磨蹭到夜深人静心无旁骛时，方才泡一壶浓茶，打开电脑，敲下脑海中的文字。往往一篇短文结篇之时，都已是后半夜，甚至天将破晓。浓茶的劲儿尚未过去，头脑仍是兴奋，勉强迷糊一会，就又要起身去上班。完全没有楼上二位老师每日几千字或是几小时的量和时的保证，倒是对叶兆言先生那句"每一次写作都是一场精疲力竭的拼搏"的话，感慨至深。

或许这就是缺乏天赋吧，但我更愿意相信是后天不够勤奋。当写作有些上瘾的时候，熬夜也就成为习惯。就像小女孩珈伦穿上了红舞鞋，她只能一直不停地跳下去。

终于在一个寒冷的冬夜，写完一篇文字后起身，突然一阵天旋地转。我本能地感觉到，伴随多年的颈椎病又犯了，于是吃药、锻炼、注意颈部保暖，一大波操作之后，眩晕症依然如影随形。翻出血压计一量血压：151/107，这下真晕了。立马打电话给当医生的闺密，闺密一句话如醍醐灌顶：你熬夜了吧？原来，单纯的颈椎病并不会造成血压高，看来高血压其实是熬夜导致的。

于是我遵医嘱，调整作息时间，保证睡眠，同时每日三次监测血压。两天之后，血压恢复正常，眩晕症状随之消失。

春天来了，万物复苏。清晨，太阳从高楼的缝隙里探出脑袋，街道两旁的早点铺热气蒸腾，油锅里"刺刺啦啦"，响着锅贴和水煎包的声音，早起的画眉鸟直着双脚在路边的灌木丛中蹦蹦跳跳。我甩着手大步走在人行道上，吮吸着清新的空气，开心得想唱歌，连脚指头都在感受着健康的美好。

然而当夜幕降临，万物沉寂下来时，我还会不自觉地沏一壶浓茶，坐到桌前，打开电脑。即使惊觉过来，倒掉茶水，关闭电脑，强迫自己躺到床上，闭上双眼，脑细胞依然极度亢奋。睡不着，就拿过手机来玩，一玩二玩，又到了后半夜……

医生说，熬夜最大的危害是对神经系统的伤害，造成肠胃功能紊乱，也会影响肾上腺激素的分泌，造成免疫力下降，以及视力下降、记忆力减退。以前我总不以为然，觉得医生危言耸听，而当这些症状通通出现在我身上时，我才切切实实感到了问题有多严重。

钱锺书说，我们常把自己的写作冲动误认为自己的写作才能，自以为要写就意味着会写。严歌苓和叶兆言老师的定时写作，该是三分天赋加七分的知识积累。既然如此，何不放下？放下并非什么事都不做，而是更高境界的修行。当知识积累到一定程度时，写作就是水到渠成的事。

想明白了这一点，心下便释然了。

东风夜放花千树

小时候过年，家家户户都会放鞭炮。家境好的，会买一挂五千响的长鞭炮；拮据的，也会买个一千响的。据说，鞭炮越响、时间越长，来年生活就越红火。

那时候烟花爆竹的品种可真是多啊。有放在地上朝上放的冲天炮，有持在手中点燃后"嗖"的一声冲向夜空的钻天猴，有一颗颗突然发出的魔术弹，也有在暗夜里旋转成水流星的"刺花"。

家境好的孩子，穿着街口裁缝缝制的新衣裳，在烟花爆竹销售点选几样心仪的，抱在怀里，欢天喜地地牵着父亲的手回了家。我就很羡慕。哥哥看出我的羡慕，就带我去捡各家燃放长鞭炮时没燃尽的小爆竹。

小爆竹聊胜于无，同样可以给童年的我带来欢乐。但是小爆竹之所以在长鞭炮的燃放过程中成为哑炮，是有原因的。或者是火药填充不足，又或者是引信长度不合适。总之燃放这些残次的小爆竹是个技术活，点着了引信，扔早了，落在地上，引信会灭掉；扔晚了，爆竹就有可能在手中爆炸。

我去请教哥哥。哥哥说，这么小的爆竹，不用扔，直接拿在手中燃放，一点事都没有。说完从我手中取过一颗小爆竹，点燃后拿在手中，引信"刺刺"一响，爆竹"啪"的一声，在手中炸开。果然没事。

我将信将疑，也取一颗小爆竹，学样捏在手中，划火柴点燃引信。"啪"的一声，感觉拇指和食指受到重力暴击，瞬间痛到眼泪掉下来。我用另一只手握住受伤的手指，足足过了半小时，才缓过来。

一朝被蛇咬，十年怕井绳。此后一直到成年，在所有燃放烟花爆竹的场合，我都是看客，断不敢自己动手燃放。

　　其实第二天我就跟哥哥说了燃放爆竹失败的事儿，虚心讨教燃放秘诀，哥哥云淡风轻地说：没有秘诀啊。说着又随手取过一颗小爆竹，重新示范一遍。随着"啪"的一声，爆竹炸出一颗小小的火花，哥哥拍拍手，在我的目瞪口呆中扬长而去，留下我独自在风中凌乱。

　　成年后参加工作有了收入的哥哥，每年春节时都会买很多的烟花鞭炮，带着我酣畅淋漓地放个痛快，我们再也不会关注长鞭炮中未能燃放的小爆竹。日子越来越好，生活中的欢乐越来越多。我们很快就把捡爆竹放的事儿忘了。

　　少年时读金庸，最爱的女侠是郭襄。最难忘的场景是武林大会上杨过为16岁的郭襄燃放的满天烟花。都说小郭襄是一见杨过误终身，可是有过这样一场盛大的绽放，纵使一辈子青灯古刹又有何妨呢？

　　只是独臂大侠万万想不到，他给予郭襄的浪漫与欢乐，会成为雾霾的主要来源之一。在我生活的小城，禁止燃放烟花爆竹已经很多年了。人们从抱怨到习惯，岁数小的孩童甚至不知烟花为何物。

　　然而"爆竹声中一岁除，春风送暖入屠苏""东风夜放花千树，更吹落，星如雨"。过年的时候，人们抱着"送瘟神"的心态，迫切希望能用那清脆的鞭炮声，驱逐为非作歹的"年兽"；用绚烂的烟花，迎接崭新的来年。

　　好在今年的烟花禁令也有人性化的改变，人们可以在固定的时间固定的地点燃放。届时，我将备上一挂长长的鞭炮，摆成一个"安"字。愿国泰民安，山河无恙。届时，我也还要问鬓发已白的哥哥一个问题：当年小爆竹在他手中炸开时，手指真的不疼吗？

也是华灯初上时

> 我一生最喜欢春天那种树叶刚刚由黄泛绿的景色，丽日里，和风吹着斑驳的嫩叶，空气里有温润的声响，那不是花开，胜似生命悄悄拔节生长的声音。小的时候，每到这个季节我就心疼，因为我没有美好的心境去享受这美丽的景色，更没有人和我共享此时。
>
> ——西走

春天，树叶泛绿，是西走心疼的季节。

黄昏，华灯初上，是我心疼的时候。

读大四的时候，寒假，我选择留在学校看书考研。在天津西站，我送走了同寝室最后一位回家的好友。离开月台，走出西站的大门，天已经黑了。天津西站过往的列车班次不多，偌大的广场，显得空旷寥落，行人肩扛手拎，行色匆匆而又麻木。只有广场上几排华丽的路灯，在冥冥暮色之中，洒下满地清辉。灰尘在光华中飘浮，闹市声渐渐远去，孤独如潮水般袭来……

第二天，我买了一张站票，拼命挤上了南下的列车。在列车车厢过道里站了十几个小时，我又挤上了一辆破旧不堪的大巴，大巴半道上抛了锚，司机打开发动机盖，骂骂咧咧地开始维修，而我则蹲在路边，对着满地的残雪，吐了个天翻地覆。

到达家乡的时候，也是华灯初上时分。漂亮的树型路灯喷洒出淡黄的光，店铺里霓虹灯闪烁，人来人往，正是一天最繁忙的时候，一弯月亮暗淡地隐匿在柳树的枯枝背后，熟悉的乡音和汽车鸣笛声交织。所有的疲惫、孤单和委屈，在那一刻，化作眼底的泪水，滑落。

后来我放弃了考研，选择了长江边的一座小城栖息下来。工作，结婚，生子，结识新的朋友。生活带给我很多快乐，然而我始终无法面对华灯初上那一刻，那个让我心痛的时刻，没有人和我共享华灯初上的美丽，我把它隐埋在心底，化成过去的一个情结。

很多年后，我站在我居住的这座小城的唯一一所大学的操场上，再次感受到无边的孤独，操场很大，而我小如尘粒。我想抱住自己，不让自己迷失，可是没有力气。也是华灯初上时分，食堂里，有刚踢完足球的男生推杯换盏；昏黄的路灯下，戴着高度数眼镜的学霸，十指相扣的小情侣，还有三五成群的同寝室女孩，嘻嘻哈哈地走在去晚自习的路上，路灯将他们的影子拉长或是缩短。

海子曾经为他深爱的人写过一首诗，他说："姐姐，今夜我在德令哈，夜色笼罩。姐姐，我今夜只有戈壁，草原尽头我两手空空，悲痛时握不住一颗泪滴。"巨大的孤独塞满了诗人的字里行间，灵魂孤寂到生和死再也没有分别。草原的尽头，诗人把他最后的抒情给了姐姐："今夜，我不关心人类，我只想你。"曾经以为"姐姐"是幸福的，直到有一天，我来到了德令哈，高原充足的阳光晒伤了我的皮肤，宽敞的街道上车辆穿梭，我置身其中茫然四顾，德令哈在哪里？我在哪里？天色渐渐暗淡，街灯亮起，清亮的月色映衬着路灯的昏黄，迷茫的薄雾下，椭圆形的路灯仿佛是大滴的泪珠。华灯初上这一刻，我读懂了海子心中这座"雨水中荒凉的城"，诗人不愿抵御孤独的吞噬，所以选择了山海关边那一又四分之三站台，而将黑夜全部留给了"姐姐"。

张楚的歌里唱到："孤独的人是可耻的。"可天下谁人不孤独？女儿曾经鄙视过我的文字，她说你没事煽情干吗？我辩解说我没有煽情。她说那你多写写"小确幸"，我说好吧，这是最后一次。

从此云淡风轻。

辑二 食韵

宜甜宜咸豆腐花

在过往的帝王将相中，我最喜欢的是南唐后主李煜，只一句"春花秋月何时了"，便写尽多少世间沧桑，可惜的是李煜生不逢时，小小的南唐终究断送在他手里；生于大唐盛世的李隆基则幸运得多，前辈打下的江山，可保他与美人玉环霓裳羽衣共舞数十年，写尽浪漫乐章。李煜善写词，李隆基善谱曲，而明熹宗朱由校攻木匠，专爱用木头盖小宫殿，玲珑剔透，精巧绝伦。

世袭的皇位或许让他们很无奈，也许他们更想做一名专职的词人、作曲家或者木匠。淮南王刘安则不同，刘安身为大汉天子的皇叔，必须韬光养晦，做出对侄子皇位不感兴趣的姿态来，于是他选择了潜心炼丹。有道是有心栽花花不开，长生不老丹没炼成，却发明了豆腐，这真是意外的惊喜。

从刘安发明豆腐那一天起，就有了豆腐的副产品之一——豆腐脑了吧？网络上流传过一个有名的段子，说做豆腐是只赚不赔的买卖：做硬了，是豆腐干；做稀了，是豆腐脑；长霉了，是毛豆腐；放臭了，是豆腐乳。确实很神奇。

小的时候，是计划经济时期，什么都要凭票供应。买豆腐，需要豆腐票。老家的豆腐店是后作坊、前店面的那种，豆腐都是现做现卖，新鲜出炉。豆腐凭票供应，不能经常吃到，豆腐脑却不要票，但是价格相对较贵。于是在我的记忆里，就有了夏天的清晨，天刚蒙蒙亮，从睡梦中睁开惺忪的双眼，就看到凉床边放着一碗温温的水豆腐，水豆腐雪白嫩滑如处子的肌肤，吹弹可破。于是顾不上梳头洗脸，赶紧跑到厨房搬出糖罐子，挖一勺白糖与水豆腐搅拌均匀，然后不紧不慢地，一小勺一小勺地喝下去。老家那边管豆腐脑叫水豆腐，吃水豆腐，是加糖的。

16岁的时候，离开家乡去天津上大学。天津人管豆腐脑叫老豆腐，吃的时候要加盐、酱油、葱花、小虾皮、切碎的榨菜和紫菜。北方的冬夜无比寒冷，在寝室里温课或者在绘图室做设计熬通宵，然后捧着搪瓷缸，摇着迷迷糊糊的脑袋，去食堂打回一碗老豆腐，外加一个油饼或者两个焦圈儿，三下五除二下了肚，冰冷纠结的空空肚肠立刻温暖舒展开来。

吃豆腐脑，南方人喜甜，北方人爱咸，地域差别所致，我都喜欢。最有意思的是地处中原的河南。几年前，我去了河南长垣。五月的长垣，清晨的风尚有几分清寒，中年的妇人在街头早早支起了热气腾腾的早点摊。大木桶里是整桶的豆腐脑，案板上佐料排成一溜，食客可以根据自己的口味或甜或咸。我要了一碗豆腐脑、一个葱花卷，中年妇人用大号蓝边碗盛了满满一碗递过来。我刚要去加佐料，中年妇人笑语晏晏：不急不急，我们这儿的规矩，先喝一碗原汁原味的，清清口腔，第二碗加糖加盐都随便。天哪，这大号蓝边碗一碗喝下去，还能喝下第二碗吗？都说山东人豪爽，这河南人可一点都不逊色啊。看着这一大碗原汁原味的豆腐脑，我只好跟中年妇人商量：我不清口了，直接喝咸的，行吗？妇人淡淡一笑，麻利地为我加好了佐料。我边喝着边看着妇人忙碌的身影，心里直打鼓，总觉得她那一笑里含着些许讥讽，觉得我太不懂饮食文化了。

一直以为，豆腐花是西南地区对豆腐脑的不同称呼，直到我去了重庆武隆，才发现豆腐花和豆腐脑还是有区别的。西南地区的豆腐花，在点卤的过程中，会依据个人喜好，加入青菜、酸菜，甚至腊肉、花生碎。

点好的豆腐花，硬度在豆腐和豆腐脑之间。吃的时候，当地人会加一勺熬成黑色的辣子。

在武隆大山里一个不知名的小镇上，和朋友坐在他厂子边的一家早餐店，看着他往豆腐花上浇上一层厚厚的辣子，我也待一试，老板娘抬手一拦：你不是本地人，吃不了这个。旋即麻利地从一把青花提梁壶里倒出一碗水：尝尝我自己做的醪糟水。醪糟水澄清透亮，看上去和白开水没什么区别，喝起来却有一丝甜，恰到好处地解了豆腐花的一点腻。

夜里的雨将清晨的空气清洗得格外清新，远山如黛，近水含烟。这是大西南地区隐藏在大山里的无数个美丽小镇中的一个。朋友拉着我参观，如数家珍地介绍着小镇的风土人情。我喏喏应声，心里却一直在纳闷：吃早饭时我全程都没说话，老板娘怎么就看出我是个吃不了辣的异乡人了？

青团

汉字是方块字，但是每个字各不相同，每个字都有自己的独特韵味。有些汉字看起来就很好看，读起来又很好听，比如"青"字，上下结构，上部三横一竖，十分端庄，下部是个"月"，横平竖直，却因为那俏皮的一撇，给端庄中平添了几分妩媚。

自幼喜欢"青"字，总觉得"青"长相好看、发音好听，和"青"有关的事物，也很美好。古语云"青出于蓝而胜于蓝"；戏曲行当里，以青衣最为好看；曹操《短歌行》云："青青子衿，悠悠我心，但为君故，沉吟至今。"连《白蛇传》里的小青，也比白蛇更为活泼可爱。我甚至一度想把自己的名字也改为"青茗"，让名字也带上早春山野里的青涩芬芳。

许是爱屋及乌，连带着青团也成了我最爱的小吃之一。

青团是用青艾汁与糯米粉一起调和做成的糕团，清淡且有艾草的清香，吃起来十分爽口。《周礼》记载："仲春以木铎循火禁于国中"，百姓熄炊，"寒食三日"。第一、第二日是"寒食节"，第三日是"清明节"。江南一带，人们用青团扫墓祭祖、应令尝新。

第一次吃青团，是在湿漉漉的江南水乡周庄。三月的雨水顺着布满青苔的屋檐，滴答着落在滑溜溜的青石板路面。街边小店的红泥火炉上，架着竹制的蒸笼，笼屉里，一个个箬叶托着的青团热气蒸腾。坐在店堂里的木条凳上，泡一壶祁门红茶暖暖胃，吃两个青团垫垫肚子，撑起油纸伞融进迷蒙雨雾中，仿佛已与这小桥流水、曲院风荷遭遇千年。

有一段时间，我和女儿被皖南迷住了。每年人间四月天，就匆匆跳上开往皖南的绿皮火车，并没有固定的目的地，随着绿皮车哐当哐当的缓慢节奏，漫无目的地浏览着沿途的风景，兴之所至，立刻收拾行李下车。几年来，我们就是用这样的方式游遍了皖南山区那一个个散落在大山里珍珠般美丽的村庄。

四月的皖南，最吸引我们的就是青团那包裹在青草中的春天的味道。"前世不修，生在徽州。十三四岁，往外一丢。"徽州人多以经商为生。男孩子长到十三四岁，就会背上干粮，踏上青石板铺就的古道，一步步走出大山，去杭州、去上饶、去安庆……去谋生。临走前，妈妈会做很多青团当作干粮，在青团里包上芝麻、豆沙，包上笋丁、霉干菜……包上妈妈的牵挂和期盼。

我喜欢豆沙的甜糯，女儿独爱笋丁的鲜。我们背着行囊，逛过西递、宏村，走过九都屏山、潜口呈坎，在村头小贩那里买上几个不同口味的青团，边吃边大步流星地奔向二三里外的长途车站，沿途是绿水、是青山，是箬草葱葱、是粉墙黛瓦，是我们被汗水濡湿的开心脸庞。

2020年的春天，清明依然如期而至。时光淡化了青团的祭祀功能，却依然能提醒健忘的我们。愿所有在这场意外中失去生命的人，你们去往的另一个世界，风和日暖，芳草青青。

烧饼包油条

饼是普通的芝麻烧饼。擀得薄薄的两个巴掌大的椭圆形的面饼，刷上一层香油，一层蜂蜜水，再撒上细密的白芝麻，贴在炭炉的炉壁上烘烤得焦香四溢。

油条也是普通的油条，手擀的面，切成长条，两两相拧，在大油锅里炸至酥脆。

早晨起来洗漱完毕，匆匆背上书包，问母亲要九分钱，六分钱买个烧饼，三分钱买根油条。刚出炉的烧饼和刚出锅的油条都是滚烫的，拿着炸油条的大筷子的胖胖的老阿姨，腾出一只手从一张碧绿的新鲜荷叶上撕下扇形的一角递给我，我隔着新鲜荷叶用烧饼包住油条捏紧，边吃边快步往学校走。

烧饼包油条，是我童年时最常吃的早餐。在老家，烧饼油条的销量很大，星罗棋布于大街小巷的各色早点铺中，烧饼油条店是最多的。一是因为便宜，二是因为抵饿，三是因为方便。我经常看到和我一样边吃烧饼油条边赶路的学生或上班族，还有空车时用胳膊把着车把、手抓烧饼油条大嚼的板车夫。

当然最重要的是好吃。当烧饼遇上油条，麦香遇上油香，更有新鲜荷叶的清香加入其间，这样的早餐让一上午的四节课不再漫长。

有一段时间我迷上了小人书，街角有个摆小人书摊的腿脚不便的人，周末一大早他就将四个排满小人书的近一人高的书报架一字排开，一分钱就可以看一本厚点的小人书，或者看两本薄的。左邻右舍的小伙伴都去他那儿看书，一直到夕阳西沉，暮色笼罩，看不见字了，他才将四个书报架两两相合，挑在扁担两头回家。我好羡慕他有那么多小人书，甚至有些嫉妒，但母亲不许我去看他的小人书，说他的小人书借阅的人太多，不卫生。也确实，他的很多小人书都已经被小伙伴翻烂了，修修补补重新装订过，并且很多小伙伴都有手蘸唾沫翻书的习惯。

为了买小人书我开始攒钱。我唯有打早饭钱的主意，因为这是我当时唯一的"经济来源"。我开始克扣我的早餐钱。早餐钱并不是固定的，只有母亲忙抽不出时间烧烫饭的时候才会有。得到这不固定的9分钱后，我只买一块6分钱的烧饼，省下3分油条钱攒起来，攒多了就换成毛票，折叠成紧紧的一条揣进裤兜里，隔一些时候，我就把我的储蓄掏出来数一数，心中充满了憧憬。然而乐极终于生悲，好不容易攒到7角多钱的时候，钱不见了。我翻遍了各个口袋，找遍了书包、铅笔盒等各个角角落落，遍寻不着。

却不知这7角钱因为口袋线炸开了一点，早已嵌入口袋下方的一个小补丁中。经过多次濯洗和棒槌的敲打，已成了一团纸浆。那一天在长江边，随母亲洗衣的我，对裤子做再一次洗涤的时候，深深地翻开裤兜，一团纸浆从我手中滑入江水，纸浆碎片上毛票的图案依稀可辨。那一刻我的内心是绝望的。

因为这事母亲断了我的早餐钱，哪怕再忙，都会将烧饼油条买回来给我们吃过再上学，我的购小人书计划就此搁浅。

但是我对烧饼包油条的喜爱与日俱增。成年后我离开了家乡。都说"橘生淮南则为橘，生于淮北则为枳"。这些年我走过很多地方，也吃过各地的烧饼油条，却没有一处比得上家乡的味道。在我的心里，家乡的烧饼包油条是独一无二的。

老家将烧饼称为"侉饼"，每年回老家省亲，我都要寻一家铺子，来一套"侉饼包油条",烧饼油条的制作工艺未变,但包装纸却从新鲜荷叶变成了塑料袋,口感也因此打了折扣。

和同事聊天时,说到侉饼,同事质疑这个称呼是对北方人的歧视。其实,老家原本就地处江北,如果以长江为堑,老家人自己就是"侉子"。老家是座历史古城,语言中融合了东西南北各方文化,侉或蛮,只是对不同地域之间人们生活习性差异的谐谑调侃,无论北侉还是南蛮,都是中华民族根植于心的烟火,生生不息。

螺蛳壳里做道场

吃螺蛳,要赶在清明节之前。清明节后,螺蛳尾巴里会有很多小螺蛳,口感上就差了很多。

小的时候,我居住在宜城。我记得那时候家乡的人是不吃螺蛳的。当年的宜城是个鱼米之乡,环境清新优美,大大小小的湖泊、池塘遍布城区郊外。池塘里螺蛳多得很,但是大家都不晓得吃。每到星期天的时候,养了鸭子的人家,大人会命令小孩拎个竹篮,去池塘里捞"鸭漂"(一种类似浮萍的水生物,是鸭子的好食粮)和螺蛳,回来后将螺蛳壳敲碎了喂鸭子,鸭子吃了鸭漂和螺蛳肉后,生的鸭蛋真的是红心的,腌制后易出油,极香。

小伙伴之间玩耍,总有吵架拌嘴的时候,吵翻了就谁也不理谁,恼了。形单影只的那个,往往委屈地念一首儿歌,儿歌的内容记不清了,大意是你不跟我玩也不要紧,大不了我自己去菱湖划船玩,顺便还可以捞些螺蛳喂我的小鸭子,小鸭子吃了螺蛳,就会生鸭蛋给我吃,可香可香了,馋死你。

对于那时的我来说,更重要的是螺蛳壳。把掏空的螺蛳壳的大头,置于青石板或者水泥地上使劲地磨,磨出一个小孔,将十几个磨好的螺蛳壳串起来,串绳系紧,就是个很好用的"bie",我一直不知道这个字怎么写,就是跳房子用的,比瓦片或者沙包要高级多了。跳房子要想跳出好成绩,一个螺蛳壳做的"bie",必不可少。

知道螺蛳是种美味,是在看了王安忆的小说之后:20世纪七八十年代的上海，老式石库门弄堂里，回城的女知青，挤住在亭子间，没有工作，没有未来，只有时间。一个慵懒的早晨，睁开迷茫的双眼，发过一会呆，然后拎个马甲袋，去菜场称斤半螺蛳，两样蔬菜，坐在亭子间慢慢剪螺蛳尾，剪一会，发一会呆……

那时候我还没去过上海，心里向往大都市的繁华。知道上海人居住拥挤，但是上海人很细致，能把拥挤的居住环境收拾得井井有条，漂漂亮亮。就像那句俗语里说的：螺蛳壳里做道场。

螺蛳壳里做道场，更多的时候诠释的是一个人对环境的适应能力。在相对憋屈的环境里，也能干成很多事情并且把事情干得很漂亮。和这个说法比较近似的，是我母亲经常讲的宜城方言：腋窝里过日子。我总觉得母亲是个语言大师，她的这句话十分形象地表达了日子过得憋屈、不舒心的窘状。相对而言，螺蛳壳里做道场，表达的是一种积极乐观的生活态度，而腋窝里过日子就消极、颓废一些。

真正开始爱上吃螺蛳是在结婚以后。与王安忆小说里不同的是，我往往是在下班路上匆匆买上二斤剪好尾巴的带壳螺蛳，回家后冲洗干净赶紧下锅烹炒，那边电饭锅里同时煮着饭，两菜一汤力争在老公下班女儿放学前完成。

再后来，知道了螺蛳凉性很大，就很少吃了。偶尔解解馋，也是寻一家特色饭店去吃。在我现在居住的小城里，有很多家善于烹调螺蛳的小饭店。前日，有朋自上海来，我说：我们去吃螺蛳吧。一拍即合，那顿饭我们整整吃光了三大份螺蛳，用朋友的上海话来说，这个螺蛳真是"好吃得不得了"！连剩下的汤汁，都被我们用来泡饭吃了。

荆芥之恋

初识荆芥,是多年以前的事儿了。那一年的春夏之交,在河南,当地的朋友盛情款待,餐桌上的第一道凉菜就是一大盘荆芥。荆芥看起来不起眼,可是一口下肚就有一种异香,牢牢地抓住我的感官。一大盘荆芥被吃掉一多半,才回过神询问朋友。朋友见我喜欢,随即唤服务员端上一盘新鲜的荆芥给我看:碧绿的荆芥叶相对而生,节节向上,叶面光滑细嫩,边缘有小齿,取一片凑近鼻尖,类似薄荷的清香扑面而来,直沁心脾。

自那一刻起,我就爱上了吃荆芥。一想起荆芥,胃里仿佛就有四五只粉蝶同时在扑腾。可是荆芥在皖北至河南一带比较多产,而我所处的江南一带,是不产的。寻觅了很久,终于有位老家河南的朋友说,她家楼顶阳台上,每年都种。我很没底线地勒令她每年种出的荆芥,优先供应于我。好在荆芥极易生长,跟韭菜似的,摘了一茬,很快又生出一茬。那几年,彻底地过足了我的荆芥瘾:或凉拌,或裹上面粉油炸,或加在面条里作调味品……

时间是神奇的。记不清是哪一年,又到了春夏之交,我忘了向朋友索要荆芥,朋友亦如此,于是荆芥淡出了我的生活。直到前不久,我再一次来到河南,在老同学为我接风的餐桌上,我看到了久违的荆芥。这次的荆芥,是和拍酥的甜瓜一起凉拌,这种做法,让我联想起暗黑料理。不过尝试之后,口感竟是出乎意料地好。荆芥气味凛冽,恰似耿直豪迈的中原男儿;甜瓜酥糯爽滑,宛如温柔的江南女子。大厨用秘制酱料将二者调和在一起,竟撞击出舌尖上的奇妙感受,唇齿留香。

仿佛沉积于心底的某种情愫被唤醒。从河南回来以后，我第一时间给那位种荆芥的朋友打电话，电话那头朋友的笑声依旧那么甜美：等着，我这就给你送一些过来。

这是一个多雨且闷热的夏天，开了空调，泡上一壶白牡丹，和朋友坐在客厅地板上聊天。朋友性格活泼又不失温柔，大学的时候就不乏追求者。情窦初开的她初恋轰轰烈烈，男方是高她一届的才子。坐在男友自行车后架上的她，穿着碎花连衣裙，手里抱着一本《微积分》和一束河边采摘的野花，丁零零的车铃声敲碎一路斜阳，那可是校园里最靓丽的一道风景。可惜毕业后各奔东西，从此淡出了各自的生活。直到前年的校友会，二人又见面了。隔着二十多年的迢迢悲欢，当年那个意气风发的小鲜肉，已经变成谢顶凸腹满脸油光的大叔，肥白的短手摩挲着被体油盘得发亮的紫檀手串，张口就是：我现在工作满意、身体健康、收入够花……朋友有些无奈：也许这就是大家都认可的小而确定的幸福，可说好的诗和远方呢？

北岛有句话说得好："如今我们深夜饮酒，杯子碰到，一起都是梦破碎的声音。"年轻时的梦，在时间的磨砺中灰飞烟灭。人到中年，男人耽于手串、红酒、仁波切，女人则是中药、瑜伽、免税店。

夜已深。送走朋友，打开朋友刚刚送过来的那包荆芥，取出一对叶片，相向而生的嫩叶在灯光下泛着翡翠一般的光泽，宛如一对初恋的可人儿。凑近鼻尖，那薄荷般的清香犹在，然而再也没有唤起多年以前的那份感觉。我把荆芥放进了冰箱，两天后，当我取出荆芥，准备炮制美味菜肴的时候，却发现叶片已发黑，我不无遗憾地把它们扔进了垃圾袋。

熄了灯，我给朋友发了条微信：有一种感情就像我们之于荆芥。初始浓烈，继而愉悦，最终归于平淡，直至消失不见。比如初恋。生活亦如此。晚安。

干了这碗雄黄酒

在我上小学的时候,每逢开学前,都要去文具店买软面抄当作业本用。通常只有印刷粗糙的淡粉色马粪纸封面和浅绿色马粪纸封面两种可供选择。唯有一次,我在淡粉色和浅绿色的旁边,发现了一个漂亮的仙女,仙女着白色衣裙,大红色披风,S形身材,曲线袅娜,右手持剑,左手兰花纤指间拈一棵仙草,美目间一丝仓皇,却顾所来径,似有追兵。软面抄的左下方,印着三个漂亮的小篆:盗仙草。

我如获至宝地把软面抄捧在怀里,一路小跑着回了家,冲到厨房问母亲:"盗仙草"是什么意思?母亲拎着锅铲子,看了一眼软面抄封面,轻描淡写地说:这是白娘子,端午的时候,喝了法海的雄黄酒,现了白蛇原形,吓死了许仙,白娘子就去盗仙草救许仙。仙草就是灵芝草,把许仙救活了。

这个故事在我心里产生了两个巨大的阴影:首先我实在无法把漂亮的仙女姐姐和丑陋的蟒蛇相互关联;更要命的是,我对未知的雄黄酒产生了巨大的恐惧。

那时候没有互联网,于是对雄黄酒的恐惧几乎伴随了我整个童年。那段时间里,我幼稚地认为,雄黄酒和节令有关,任何一种酒,到了端午节,都有可能变成雄黄酒,如果不小心误喝了,就会变成另一种生物,并且有可能再也回不到人间。于是每当端午将至时,我就会翻出家里那瓶泡了鹿茸的白酒,查看其是否变成了黄色,并且忧心忡忡地看着哥哥和母亲将这可疑的液体喝下去。直到第二天看到他们安然无恙才放下心来。

后来我长大了，读了一些书，知道雄黄酒是用白酒浸泡雄黄制成的。其实雄黄酒是有毒的，尤其是加热之后，会产生剧毒的砒霜。因此古人饮雄黄酒驱毒辟邪，是冒了一定风险的，饮用不当，就会落个驱毒不成，中毒身亡的下场。真正的雄黄酒是外用药，更多的人家，在端午节这天，将雄黄酒抹在幼童脑门上，躲避毒虫的攻击。

我对雄黄酒的恐惧放了下来，但是对白娘子白素贞饮雄黄酒这一节却始终耿耿于怀。我以为，白娘子已修炼千年，以她这么长时间的修炼，她不可能识不破凡人许仙递给她的这碗酒中的猫儿腻，但她依然把这碗雄黄酒喝了下去，为什么？我认为是过于自信。自信自己千年的修行，不会因一碗雄黄酒显了真身；更自信许仙的感情，不会因为她的形貌的变化而消亡。

没曾想俗世的爱情是如此不堪一击。许仙些许犹疑之后，依然接过了法海递过来的雄黄酒，并把这碗酒递给了白素贞。白素贞面对真心爱人的算计，选择了承受。面对感情，白素贞是坚决的，义无反顾。在许仙被吓死之后，她更是义无反顾地选择了"盗仙草"来救她的心上人。

其实白素贞的爱情观是鲁莽而欠缺说服力的，她对许仙的爱更多的是为了报恩，报许仙的前世搭救之恩。这真的就混淆了爱情和感激，从而让爱情从一开始就变了味。其实许仙没有错，他原本就是一介布衣，应该找一个邻家小妹，过平平常常的小日子。他和白素贞显然不适合做夫妻，因为他们出身不同，门第不等，三观更是不合。

买糖果

进了腊月，日子仿佛慢了下来。写字楼比平素冷清了许多，超市则热闹起来。要过年了，家家户户开始置办年货。年货清单不尽相同，人们根据自家情况加加减减，但有一件年货是必办的，那就是糖果。

现在对着超市里，花花绿绿、琳琅满目的商品犯选择恐惧症的年轻一代，绝对无法想象，在我童年的时候，买糖果是一件了不起的大事。

那时候小城的商店里，一年到头出售的糖果只有一种，就是用古巴糖熬制成的黑褐色糖果，大约有小枣那么大一颗，由色彩暗淡的长方形蜡纸包裹。这种色相口感俱差的"牛屎糖"自然上不了"热热闹闹过大年"的台面。

我知道，从我居住的小城沿江而下，在长江尾，有一个叫上海的大城市，那里有林立的高楼大厦，南京路上霓虹闪烁，那里曾是十里洋场，黄浦江面上汽笛声声，言说着无尽繁华。

那是孩童眼里的"魔都"。

邻居"小羊子"有个令人羡慕的职业，他是个船员，经常跑上海，每次都会带回来小城见不到的紧俏物品。快过年的时候，母亲一定会找到他，托他带几斤糖果。找他的人很多，开船的前一天晚上，他家昏暗的客厅里总是挤满了人，就着一盏15瓦的灯泡发出的亮光，他把每家要带的糖果的重量、种类，详细登记在一张纸上。然后拍着胸脯把大家送出门："放心，包在我身上。"等他出发以后，大家就开始翘首以盼。以前邻里见了面打招呼"三姐姐，到哪去啊？吃了吗？""还没吃呢,我去买块豆腐乳。"现在变成了:"老二,吃过啦?小羊子可回来了?""刚吃过。听小羊子爸爸讲,小羊子后天才能回来。上水,船慢。"

等待的日子里,我的内心满是憧憬。

终于在一个阳光明媚的早上,八号码头的汽笛发出了一道长声。路边菜贩都已经收摊,这时只听巷口烧老虎灶的李爹爹喊了声:"小羊子,家来着哇?"家家户户门都开了,冲出一帮破头伢子。小羊子立在巷口,两个鼓鼓囊囊的蛇皮袋用洗脸的毛巾系住,搭在肩膀上,一帮小孩子簇拥着他,冬日暖阳照在他的脸上,他就像一个凯旋的将军。

小羊子家昏暗的客厅再次热闹起来,原本是大房间隔出来的一个小空间,没有窗户,外面阳光再暖,里边都是阴冷的。阴冷的小房间挤满了街坊以后,温度飙升。小羊子的父亲端出自己炒的南瓜子,小伢子们一边嗑瓜子,一边眼巴巴地看着小羊子像变戏法似的,从蛇皮袋里掏出一个个马粪纸袋,纸袋上用铅笔歪歪扭扭地写着姓名、糖果种类、斤两、价钱。街坊们一手交钱,一手取货,道过谢,再各自心满意足地散去。最后只剩下两个瘪瘪的蛇皮袋和一地瓜子壳。

上海糖的品种很多,有大白兔奶糖、太妃糖、水晶硬糖、奶油软糖。每一种都好吃,每一种都馋人。母亲总是很贴心地买那种各品种混合在一起的杂拌糖,这样我就可以吃到各种不同的口味。上海糖的包装纸都是不同花色的玻璃纸,令人爱不释手,那时候的小女孩的一大爱好就是收集玻璃糖纸。夹满了漂亮糖纸的书本是女孩子的骄傲。我曾经得到一颗包装成橘子形状和一颗包装成青蛙形状的糖,在书包里装了一个多月才舍得吃掉。拆下的漂亮的糖纸也被我在同学面前炫耀了很久。

收到了上海糖果以后,年就近了。母亲分出一部分糖果给我们,再留一部分待客。我们每人分到的糖果并不多,又因为是一年才能尝一次的美味,所以都是小心翼翼地吃,一次咬半块,让糖块在舌齿间盘旋,那滋味因此变得越发甜蜜。

对于大人们来说,买了糖果,过年心里就有了底。条件好的,炸圆子、做蛋饺、蒸渣肉;差一点的,也要腌肉、腌鱼、磨年糕;清苦到什么也准备不起的,因为有了糖果,也能避免有客来拜年时,只能面对一碗清水炒米的尴尬。

最忆家乡的年糕

潮湿的空气氤氲着春的暖意。街角的蜡梅，尚兀自绽放着；性急的迎春花，俨然已开始抽芽；二月的春风，剪出了湖岸边垂柳细叶。集市上熙熙攘攘，蹦蹦跳跳的小朋友手中托着热气蒸腾的各式年糕，在踩棉花糖和画糖画的摊位间穿梭，全然不顾熔化的糖汁蹭脏了携手逛街的漂亮姐姐的裙裾。江南的年，就是这样温婉，丝丝缕缕的年味，浸润其中。

老家安庆，长江边的鱼米之乡。如同北方包饺子，在老家做年糕也就成了过年的基本节目。家中有一口石磨，年关将近，母亲就会搬出石磨，洗刷干净，买了上好的糯米，浸泡后用石磨细细研磨。手工研磨出来的糯米粉，比电磨加工得更为细腻，但推磨是个力气活，通常情况下，总是由年幼的我往石磨里添加糯米，母亲和年长一些的哥哥姐姐轮番推动磨盘。洁白的米浆凝结在大木桶里，再挤压成想要的形状，上屉蒸熟，装在大竹篮里，盖上干净纱布，挂在房檐上。

小时候过年，与其说是对长大的渴望，不如说是对美食的期盼。做年糕看似简单，却也蕴含着很多的变化：加上白糖、红糖就是糖年糕；裹上炒好的八宝菜就是咸年糕；加上高粱米粉可以做成双色年糕；撒上八月里收集的桂花，就是桂花年糕；盘进一块精炼的猪油，就是香喷喷的猪油年糕啦！

年初一的早餐，一定是从一盘油煎年糕开始的。煎年糕的油，首选手工压榨的菜籽油。灶膛里松木柴噼啪作响，母亲手中的锅铲子快速翻动着,糕团变得绵软,香气被菜籽油和高温激发出来,扰动着我们的味觉。年糕端上桌,母亲总是说:"趁热吃,这油煎的年糕,吃饱了,一天都不饿。"

我们长大了,母亲也老了,推不动石磨,做不动年糕了。此后过年我都是从商店里买现成的年糕来吃。我最爱吃的是"柏兆记"的素油桂花条和"麦陇香"的猪油年糕。素油桂花条清香软滑,入口即化;猪油年糕则一定要小火慢煎,让糕饼中间那一团猪油逐渐渗入糕饼的缝隙中,煎至金黄时,趁热吃,妥妥的舌尖上的享受。

女儿小的时候,也常去外婆家过年。和邻里的孩子一起在街巷里玩耍,玩饿了,跑回来直嚷嚷。我就给她找一支细筷子,穿起年糕在炭火上烤,年糕烤得发白,膨胀鼓包,再慢慢变得焦黄,掰下一块,香气直往鼻孔里钻。女儿也顾不上烫,狼吞虎咽地吃完,又眼巴巴地看着我手中还没烤好的第二块。

女儿高中毕业以后去了异乡求学、工作,早已养成了随遇而安的饮食习惯。然而每每和我在QQ上聊天,却总是情不自禁地说起儿时的美食,最令她耿耿于怀的,是她有一次买到了一种真空包装的年糕,食后却大失所望,说:"那根本没有年糕的味道。"

两年前的春节,我回老家看望母亲,顺便去了"麦陇香"寻觅猪油年糕,无果。这家创立于乾隆年间的老字号金字招牌在冬日暖阳下熠熠闪光,依然是前店面、后作坊的架构,店堂里顾客川流不息,散称的糕点依然采用传统的油纸包装,纸绳打十字结,只收现金,不用支付宝,也不能微信支付,处处透着久违的亲切与传统。

然而果真是"店大欺客"啊,当我问起猪油年糕时,圆脸的小店员笑着说:"这都快出正月啦,猪油年糕早卖完啦,今年也不做了,天暖和了,猪油会化掉的,存不住啦,想吃的话,明年再来!"

可是来年春节,因某些特殊原因我没能赴圆脸小店员的约。一拖就拖到了今年。计划着,今年无论如何都要趁着回去过年的机会,去一趟"麦陇香",多买一点女儿钟爱的猪油年糕,放进冰箱冷冻储存起来,这样,等女儿回来的时候,就又可以吃到香喷喷的家乡年糕了。

母亲曾调侃我:"米做的东西,有啍吃头(有什么好吃的)?"我笑笑,并不辩驳。也许年糕只是一个载体,吃的并不完全是食物本身,更多的是家的感觉,是年的味道,是化不开的乡愁。

老家的那棵香椿树

入夜,母亲打来电话,她说院子里的香椿发芽了。母亲的声音有些喑哑。握着手机,心头是挥之不去的怅惘。抬眼望窗外,春江水暖,原来食香椿芽的时节再次悄然而至。

香椿原是山野之物,无论南方北方,寻常百姓的房前屋后多半都有栽种。而我们安徽的太和香椿,更是因为汉光武帝刘秀那一段错把香椿当桑葚的乌龙而闻名。近些年,香椿的身价如同荠菜、马兰头这些野菜一般,悄然上升。然而同样的嫩芽,同样的鸡蛋调料,却吃不出幼时的感觉。也许,我们的味蕾也在悄然退化?

老家院子里有一棵大大的香椿树,枝繁叶茂,绿荫如盖。春天的时候,有蜜蜂盘旋;夏天,知了在树梢鸣叫;到了冬天,香椿褪尽了一身繁华,只留下灰突突的树干,蛰伏起来,待来年春天,再绽新芽。

幼时吃香椿芽如同过节一般热闹。往往是母亲一声吩咐,我们兄妹几个立刻上阵。哥哥爬上五六米高的椿树,用叉棍将枝头的嫩芽叉住,轻轻一转,椿芽就从枝头脱落来。我和三姐早就携好了篮子,将地上的香椿芽一一收集起来,交给二姐,二姐摘洗完毕交给大姐,大姐用开水将芽尖余一下,捞起切碎,拌入打散的鸡蛋,加细盐,入油锅,随着"刺啦"一声,香椿特有的气息在空气中迅速弥漫开来。

香椿的吃法很多,可炒、可焯、可腌、可炸。无论哪种做法做出来的香椿都特别下饭。幼时的生活是清苦的。曾经有一次,母亲用低廉的价格买了一麻袋土豆,于是整个夏天,我们的餐桌上都是清炒土豆丝或者土豆片，以至于此后的很长很长一段时间内，我看到土豆就会条件反射地泛胃酸。可是有香椿的日子是欢乐的，这欢乐可以持续两个星期，直到香椿芽变成树叶，香椿树变成一片绿荫。

老家院子里的香椿树是和葡萄架相连的。春天的时候，那些调皮的葡萄藤会循着枝杈爬满香椿树的枝头，将香椿坠弯了腰。香椿不恼，就像一个慈祥的老人包容他任性的女儿。到了秋天，葡萄架上缀满了果实。而爬上香椿枝头的葡萄藤蔓，结出的葡萄果实，总是更为香甜。那个时节我放学后扔了书包就爬到葡萄架上饱餐一顿，一直吃到胃液发酵了葡萄汁，微微感到有些醉意了，才依依不舍地下来。这时母亲总是心疼地叫我们多吃一点，我想那时候的母亲，面对五个生长期的孩子，是有些心酸的。每次我吃完给母亲摘一捧，母亲总是说她不爱吃，我信以为真，直到有一天，我放学回来得比平时早，我看见母亲佝偻着腰，在拣食掉落在地上的葡萄……

随着城市的发展，老房子要拆迁了。母亲执意要求新房子也要有个院子，把老房子这边的花草树木一起搬过去。母亲说，和这些植物相处久了，感觉它们也是这个家庭的成员。如今在母亲居住的房子里，春天的枇杷，夏天的葡萄，秋天的橘子，冬天的蜡梅，依旧装点着母亲四季简单而明朗的生活。那一棵香椿，也已在新院子里扎根，并且繁衍出很多棵小香椿树。

其实母亲是不吃香椿的，在整个吃香椿的过程中，她始终是个看客。母亲说她不习惯香椿的异味。我想母亲更多的是把摘炒香椿的过程当作了对父亲的怀念。那一棵香椿树，是父亲亲手栽下的，在我还不记事的时候，摘香椿的工作也是由父亲来完成的，父亲英年早逝，这个角色又换成了哥哥。有个成语叫作椿萱并茂，形容父母健在、安康。因为椿树寿命很长，萱草可以使人忘忧。而如今椿庭已然离去，萱堂又岂能忘忧呢？

庭院里的香椿树陪伴我们长大，此后我们相继离家，异地求学、工作、结婚生子。忙，成了我们疏于回家的堂皇借口。老家的房子里，只留下独自翘首企盼的母亲。我忽然明白了我们为什么吃不出幼时的香椿味道，那不是味蕾的退化，而是亲情的疏淡。于是挂了电话的那一刻我决定，明天一早就回家，在父亲的坟前，放上一盘母亲亲手炒的香椿鸡蛋。

一只煎包里的烟火

在我老家众多名小吃中，"牛肉包子"是最名不副实的一个。

这是一道清真食品。包子是煎包，发面皮，用牛肉汤拌豆腐做馅，严格说应该叫"豆腐包子"。但或许是因为老家人在清贫时代对肉类的向往，又毕竟沾了牛肉的汤汁，故将它唤作"牛肉包子"。

我小时候的早餐主打是烧饼包油条，牛肉包子很少吃，所以印象不深，隐约记得是一两粮票、八分钱两个，两个包子很快下肚，上到第三节课就饿了，不如烧饼包油条来得实在。家乡的清真早点铺也很多，生意最好的是位于老城中心的百年老店"马永兴"，他家早上经营早点，有牛肉包子、麻球、牛杂汤、绿豆圆子；中午则售卖卤菜，卤菜中又以卤牛肉最地道，老家人唤作"牛肉脯儿"，卤好的牛肉，沿着横纹切成薄片，一刀下去，香气就从横截面上溢散开。我经常盼望母亲来不及烧菜，那样母亲就会给我点钱，让我去"马永兴"买一小块牛肉脯儿回来佐餐。

卤牛肉剩的汤拌豆腐，就成了牛肉包子的馅儿。牛肉汤的鲜、香、咸、甘，有化腐朽为神奇的效果，让原本平淡无奇的豆腐，变得活色生香。

牛肉包子的制作过程和普通煎包没什么区别，"马永兴"牛肉包胜在皮薄馅儿大，多汁，包子被澄亮的菜籽油煎得两面金黄，托在荷叶上，一口咬下去，嗞嗞冒油汁。如果不是母亲给的早餐钱有限，我可以一口气吃掉五个。

成年后我定居安徽省马鞍山市，家乡的每一道小吃都成了我脑海中美好的记忆符号。婚后每次带女儿去外婆家度假，我都要仔细计划好每一顿早餐的食谱，马永兴的牛肉包和麻球，一巷香的烧饼，迎江寺的素油锅贴，江毛水饺，津津餐厅的小笼包……不舍得漏掉一个。我想很多小吃并没有我认为的那么好吃，只是我存入了一份情怀。年幼的女儿并不买账，对我按计划购入的早餐不屑一顾，无论我买回什么，她都浅尝辄止，但唯独对牛肉包子情有独钟。

无奈，我只好一边大嚼烧饼油条，一边摸出零钱，让她自己去买。过了很久，女儿才捧着一饭盒牛肉包子一路小跑地回来了。问她，说是人很多，她就站在人群后面，结果一拨拨人都买好走了，怎么也轮不到她。后来一个好心的叔叔发现了问题，就教她拿一枚零角子去排队，又等了一锅，终于买到了。女儿一脸的兴奋，说怎么零钱也可以排队，我说那当然，不光是零钱，一颗糖、一把钥匙，甚至一小颗鹅卵石，都可以拿来排队的。

老话说"酒香不怕巷子深"，可在市场经济大潮的冲击下，百年老店马永兴几次易主、几番挣扎，终因经营不善而倒闭。大浪淘沙，优胜劣汰，商业规律，无可厚非。此后多年，我再没吃过牛肉包子。就在我的味蕾即将将它淡忘时，忽然看到了网络上关于《舌尖上的中国》去安庆大南门一家清真早点铺拍摄牛肉包子的报道。

再次回老家探亲时，我第一时间去了心心念念的大南门，这家包子铺位于长江边的一条叫作大南门的老巷子里，附近都是回民的居住地，和马永兴一样，它的早餐主打牛肉包子和绿豆圆子汤。只是，因了央视的报道，这家包子铺早已成了网红打卡地，慕名而来的游客里三层外三层，将小小的铺面围得水泄不通。

我没有耐心去凑热闹，回马鞍山以后，一日突发奇想，既然想吃，何不自己动手呢？去超市买来豆腐、牛肉、面粉、酵母，把自己关进厨房，用老家的法子，做了一平底锅两面焦黄、香喷喷的煎包，趁热尝了一个，就再也"刹不住车"了。打着饱嗝，把剩下的四个端给在书房上网的麻豆爹，少顷，一串踢踏的拖鞋声由远及近："这包子还有吗？"

陈晓卿说，美食的终极意义在于获得幸福感。所谓美食，不过是一次又一次的相逢。其实无论是在我的老家已消逝的百年老店，还是长江边的小巷子里，抑或是在我现居的小城里自制的牛肉包子，美食传递给我们的信息，都是对生活的热爱，都是华夏各民族根植于心的人间烟火，生生不息。

爷爷的那一袋板栗

我的童年是灰色的。父亲早逝，从我记事时起，生活似乎总是十分艰辛。虽然那是个缺衣少食的年代，但大部分家庭主妇，通过精打细算，总能把日子过得有滋有味。尤其是过年，平时再苦的家庭，也会置办一些花生年糕糖，为孩子扯布做一身新衣。而我们家过年时和平时没有任何不同，最奢侈的就是，在年三十的时候，去街口 24 小时营业的老字号"月伴堂"称一斤黑黑的硬糖。

那时候我已经上小学，同学们过年都喜欢结伴串门，去东家吃几块花生芝麻糖，再去西家抓一把瓜子或者开花蚕豆。每到这个时候，我总是万般推托，借口有事而提前逃之夭夭——因为我知道家里没有可以招待小伙伴们的零食。

这事在我心里产生的阴影很大。成年以后的我，是个内向羞涩的人，特别不善于和人交往，应该就是那时候的经历造成的。

我不像小伙伴们那样期盼过年。但是，我喜欢中秋。

中秋在中国是仅次于春节的阖家团圆的节日。春华秋实，秋天是收获的季节。北方的风吹红了高粱，南方稻穗金黄。大江南北，瓜果飘香。丰收带给劳动者以喜悦。

对于我而言，秋天来临的时候，爷爷就要来了。

爷爷独自住在金寨老家。母亲曾多次邀请他到城里和我们同住，但爷爷不肯。爷爷家在大山里，没什么田地，但是有二十棵板栗树。爷爷有手艺，平时以修伞为生。每到秋天，板栗成熟炸开，爷爷收了板栗以后，会精心挑选一包粒大饱满的。然后背上粗布褡裢，褡裢一头是修伞工具，另一头是那包色泽光亮的板栗，逢山过路，遇水搭桥。生意好就走慢一点，没生意就匆匆赶路，总能赶在中秋节前出现在我们的视线中。

我一点都不喜欢爷爷。爷爷重男轻女，对我们这些丫头片子都不拿正眼瞧。我对爷爷的期盼完全就是因为那一袋板栗。

老家的板栗品质很好。生吃和水果一般脆嫩；煮熟以后，果肉呈金黄色，咬一口，香、甜、粉、糯，根本停不下来。

爷爷到来以后，母亲会尽力改善伙食。但是在计划经济年代，肉是凭票供应的。没有办法，母亲会在领我去江边洗衣的时候，顺便买一些刚起水的长江杂鱼。

在安庆港的八号码头，堤坝是用一块块不规则的青石或者麻石加水泥勾砌成的，俗称鱼鳞坡。临江而居的我们，都爱去江边洗衣。夕阳西下，晚霞映红了半边天，鱼鳞坡上捣衣声此起彼伏，合成一曲生活欢歌。间或江面上有轮船突突开过，汽轮机划开水面，推出的波浪一波波地涌向岸边，洗衣的姑娘、嫂子纷纷起身尖叫避让，浪涌过后，姑娘们指着来不及避让被打湿了的衣裤一个个笑弯了腰。

八号码头的西边堤坝上，长年有一对母子张网捕鱼。那可是个力气活。四根碗口粗的竹竿，一头捆在一起，用粗粗的麻绳拉住，另一头张开，撑开一张大网。母子通力将渔网缓缓放下，等待片刻之后，又通力将渔网缓缓拉起。基本上网网都有收获，打上来的鱼，立刻被早就守在旁边的人买走，母子俩卖鱼不论品种、不论斤两，论"网"，打上来一网，那位母亲看看大约有什么品种、有多少，一口价。但是无论每天收获多少，母子俩总要留下两条好的带回家，后来听人说，孩子的父亲身患重病，母子俩捕鱼挣钱为的是给孩子父亲治病，每天留两条好鱼，也是为孩子的父亲补身子。

我每次帮母亲用棒槌捶好衣服后，就坐在一边发呆，看着那对母子打鱼。母亲不到40岁，身形因常年的体力劳动变得很粗壮；孩子十二三岁，又矮又瘦，但十分卖力地为母亲减轻负担。当他们起网的时候，夕阳映衬着他们的剪影，鱼儿在网中跳跃，闪着粼粼波光，画面好美。

母亲洗完了衣服，把装衣服的竹篮交给我，起身走向那对打鱼的母子，走进那幅剪影画中。少顷，母亲提着小半网兜活蹦乱跳的鲜鱼回来，我满心期待迎上母亲，一起往家中走去。

买回的鲜鱼，都是简单地煮一煮就吃。吃的都是最本真的味道，幸福的味道。这时候的爷爷，坐在小竹椅上，深吸一口旱烟，接过母亲递过去的小酒盅，"吱儿"一口，开始心满意足地吹嘘起自己的修伞技术。

爷爷越来越老，他走不出大山了。但是，每年秋天，我们都会收到一个邮包，一个旧的白色老布（就是自家纺的粗布）袋子，里面是爷爷精挑细选的板栗。

终于有一年临近中秋时，我们接到了老家的电报：90岁的爷爷因肠胃炎引发腹泻脱水，去世了。

那一年我接到了大学的录取通知书。送走了爷爷，我背着行囊去了天津求学。那时候京津一带最有名的是良乡栗子，每到中秋，满街都是糖炒栗子的香味，但，那不是我家乡的味道。

天凉好个秋

每个人的心中,都有一个属于自己的中秋。我们过年吃饺子、正月十五闹元宵、端午包粽子、中秋打月饼,无非是通过仪式的传承,维系着家的脉络,延续着那一份亲情。

临近中秋,母亲总要做一些准备。

先是去"柏兆记"买素油月饼,那时候月饼种类不似现在这般琳琅满目,倒也省去了选择的烦恼。那时候永远只有苏式和广式两种月饼。我喜欢苏式月饼,茶杯口大小一个,一层层薄薄的酥皮,入口即化,还有淡淡的凉丝丝的感觉。都说五仁月饼是最传统的,其实那时候连吃五仁馅儿的都是奢侈,我们那时候吃的月饼是冰糖加红绿丝馅儿的,月饼到手以后都是一小口一小口地细细品味,运气好的时候,会咬到一大块冰糖,那感觉就跟中奖了似的。

接下来就是用粮票换花生米。计划经济年代,各种票证充斥于生活当中,物品匮乏,也没有自由市场。农村人饭量大,定量粮食不够吃,所以就有了以票易物的私下交易。母亲预先省出一部分粮票,在某一个去江边洗衣归来的晚上,总会遇到一个背着花生米询问有没有多余粮票的农村大叔。大叔精瘦,眼睛不安地张望着,似是确定交易是否安全,他一边絮絮叨叨地说着家里孩子多,粮食不够吃的窘境,一边接过母亲递上的粮票,蘸口唾沫数过两遍,仔细地别进腰间,揣好。然后从口袋中掏出一根小小的杆秤,称出对等数量的花生米。那花生米粒粒饱满,小小的我帮母亲挎着装满衣服的竹篮,眼巴巴地看着母亲从那包花生米中取出一粒,轻轻捻去花生衣,将果仁放进嘴里慢慢地品尝,心头响起那首欢快的儿歌:麻屋子,红帐子,里面睡个白胖子。

秋风吹散了夏的溽热,吹落了变黄的银杏树叶。池塘里,荷叶凋零,成熟的莲房炸开,莲子跌落水中,小小的水圈扩散开来,少顷,水面又恢复了平静。漂亮的红蜻蜓张开薄如蝉翼的翅膀,在晚风中飞翔。我喜欢捉住在莲叶上小憩的蜻蜓,将它的翅膀拧在一起,好让它始终停留在我的掌心,然而终究还是不忍,遂将它的翅膀展平,目送它振翅离去。

中秋夜的月亮升起来了。天空中有层层轻云,重叠并缓慢移动,像是觅草的羊群。月光在云团中摇曳,美如梦幻。早早吃好晚饭,主动帮母亲洗了碗,又在饭桌上铺一张报纸,等着母亲搬出月饼和花生米。我们兄妹五个围桌而坐,月饼照例是一人一块。用油纸包的苏式月饼,油纸封口盖有"柏兆记"字样的红印章。花生米倒在报纸中央,然后由母亲分成六等份,每人一份。

一直很佩服母亲藏东西的本领。花生米明明换了好几天了,我们几个上天入地的猴崽子愣是不知道母亲把花生米藏在了哪里。对着皎洁的月光,大家边吃边有一搭没一搭地聊着嫦娥和吴刚。之间哥哥还说了个天狗吃月亮的事儿,吓得我够呛。我见母亲望着月亮出了神,就悄悄把手伸到母亲那份花生米中,谁知母亲抬手一掌:"我的余光看着你呢。"我们兄妹几个和母亲一起哈哈大笑起来。

母亲的笑声未停,神色却黯淡下来。她起身进屋,拿过鸡毛掸子,掸了掸父亲的骨灰盒。转身出来把她那份花生米一半拨给我,另一半拨给哥哥,然后又抬头看看天:"月亮起了毛,半夜雨濛濛。要变天了,都早点睡觉吧,明天还要上学。"

秋夜,微凉,月光如水。

童年的味道

幼时生活很是清苦。各种生活必需品，都是凭票供应。而像猪肉类紧俏品，不但要凭票，还要排队。我就有半夜三更被母亲从睡梦中叫醒，拽到菜场肉案前排队的经历。那年头缺油水，买肉的时候异常纠结，骨头是一点都不能要，瘦肉多了不行，全是肥肉也不好。肉店售货员手起刀落，割什么地方的肉，全看他的脸色，他若一不高兴，随手搭给你一大块肉皮，那真够全家郁闷半个月的。

大家都不要骨头，那么剔下的骨头就由售货员随意处置了。剔得干干净净的扇子骨，运气好的时候还有筒子骨，通常卖几分钱一斤。母亲买回来几斤，装在瓦罐里，埋进柴火灶的灶膛，炖得汤色雪白，骨头酥烂，趁热喝一大碗，有时有过年剩下的炒米，抓一把撒在汤上，就是锦上添花了。喝完汤之后，再捞出骨头，逐块哑摸一遍，再把筒子骨里的骨髓吸个干干净净。那个过程带来的满足感，不亚于今天的一顿饕餮盛宴。

儿时的记忆，如今只能存留在记忆里了。我们早已不再为吃不上肉而恐慌。为健康计，人们已摈弃了油腻的肥肉，转而青睐富蛋白低油脂的瘦肉，更是对富含钙质的猪骨情有独钟。当年无人问津的筒子骨，成了居民餐桌上的新宠，价格也早已和精瘦肉比肩，甚至超出。

"昔人求道，敲骨吸髓，刺血济肌。""而公承死亡之后，掇拾之余，剥肤椎髓，公私扫地赤立。"敲骨吸髓也好，剥肤椎髓也罢，都是极残酷的压榨剥削。其实人的本性未必是善。当年山顶洞人外出狩猎，吃饱喝足之后，会把智人的头骨带回山洞，用石块撬开头盖，将脑髓当作零食茶点。人类经过漫长的文明进化，到今天，虽已不再有如此的野蛮行为，但作为食物链顶端的人类，对其他物种就没有太多的仁慈心，尤其是对驯养的作为食物的畜类。我们活蒸螃蟹、生醉河虾，觥筹交错、大快朵颐。我们毫无怜悯之心。

然而适者生存，是人类的基本生存法则。为肉食者鄙，未免过于矫情。那滋养了我整个童年的猪骨，至今依然是我餐桌上的主角。只是自两年前起，不知何故，猪肉价格暴涨，连续翻番，猪骨的价格随之水涨船高。俗话说巧妇难为无米之炊，这无肉之席，越发寡淡无味。虽然变着法子地煲鸡汤、鸭汤、海鲜汤，却始终无法替代猪骨汤的味道，那童年的味道。

中国幅员辽阔，东西跨经度60多度，距离5200公里；南北跨纬度近50度，距离5500公里。一方水土养一方人，不同地域，不同民族，饮食习俗也大为迥异。譬如食骨，南方喜清淡，一根筒子骨，剁成小块，砂锅里加入清水，文火慢炖，至汤色赤白，骨髓晶莹剔透，加入少许咸盐，用青花小碗盛了，小口慢啜；北方人则完全不同，筒子骨只切一刀，加酱油、八角、桂皮、花椒各种佐料，高压锅焖烂，装在小脸盆大小的不锈钢深口盘子里上桌。

那一年去哈尔滨看冰雕，正赶上零下40摄氏度的低温。在冰雪封冻的松花江上转悠了一天之后，朋友带我一头扎进一家民族风餐馆。餐馆门梁上挂着成串的老玉米，红辣椒，服务员清一色红花袄、裤。一碗姜茶下肚，一大盆"大骨棒"，堆成小山一样端了上来；再配一大盘堆得冒尖的"二米饭"，黄白相间，煞是好看。套上一次性手套，抓过一根浓油酱赤的棒骨，啃去包裹着棒骨的筋肉，再用吸管吸净骨髓，最后就着汤汁干下一蓝边碗的二米饭，空空如也的胃袋得到了极大的满足，什么青花小碗，小口慢啜，统统抛到了脑后。

西晋时期，某年大饥荒，晋惠帝司马衷一句"百姓无粟米充饥，何不食肉糜"被传为千古笑柄。现在风调雨顺，国泰民安。不仅粮库饱满，之前连连上涨的猪肉价格也大幅度回落，肉糜几近粟米价。想那晋惠帝如能穿越至今，不知又会作何感叹呢。

一碗炒米里的年味

故乡热热闹闹过大年的序幕，一定是从炒炒米开始的。

炒炒米的准备工作第一步，一定是借炒米帚。山间清新的竹子被砍下来，剖成细细的篾条，截成筷子那么长的一束篾条，一端紧紧捆扎在一起，中间插入细竹手柄，就是一个炒米帚。炒米的时候，炒米在篾条的缝隙中游动，均匀受热的同时，竹子的清香随着温度的升高渗入米粒内部，和米粒的谷香碰撞，激发出更香的味道。

炒米帚的使用率不高，所以不是每家必备，一般是一条巷子里有一家买了，其他家要用的话就去借，当然还的时候，必定要用蓝花小碗装一碗炒米，作为答谢。每年腊月间是炒米帚使用率最高的时间，过了腊月，主人家就把炒米帚洗净晾干，用细麻绳悬挂在房梁之上，待来年腊月再启用。

米是头一天晚上就洗净泡好了的。最好选用黏性大、糖分高的糯米，但是糯米价格也高，一般人家都用性价比更高的粳米。粳米泡发要适度，泡得不够，炒出来的炒米是僵硬的；泡过头了，炒出来的米粒会碎。泡好的炒米装在一个小澡盆那么大的搪瓷盆里，白花花的，堆得冒尖。

一大早，母亲就吩咐我烧柴火灶，这是我最喜欢做的差事。腊月的江南，潮湿且寒冷，烧火，既帮助母亲分担了家务，又可取暖驱寒。我用陈年的作业本做引子，三把两把就把大锅灶烧得旺旺的，松树枝燃烧时噼啪作响。添柴的间隙，我就用手将散落在灶口的松针弯成一个个心形，用剩饭粒粘在旧作业纸上，再将一页页粘好心形花边的作业纸,贴在灶台上,挡住因年久失修、石灰剥落露出来的难看的红砖。这时,母亲总是一边快速搅动手中的炒米帚,一边大声呵斥我:"赶紧添把火,米要炒僵了!"

我以为过年应该把家里装扮得漂亮一点。对美好生活的向往代表的是一种生活态度,是任何时候都不能放弃的东西。当时我看到过一帧照片,好像是在《新观察》杂志上,照片是黑白的,背景是一战结束后的法国。物资极度匮乏,一个四口之家在用早餐,每个人面前只有半个巴掌那么大的一小块黑面包,带给我震撼的是他们依然用着被女主人擦得锃亮的银制餐具,男主人和两个孩子一丝不苟地使用着刀叉,餐桌上铺着勾花的桌布。

所以每次母亲呵斥我的时候,我都觉得很委屈。但是母亲不这么认为,生活的重负让她失去了追求美的欲望,任何物件只要不影响使用功能就好。

母亲用炒米帚末梢蘸一点菜籽油,将锅一光,再用蓝边碗挖一碗泡好的米倒进锅里,用炒米帚不停地搅拌,让炒米受热均匀,米在锅里翻滚着,舞蹈着,体积渐渐膨大,待颜色变成金黄,即可迅速盛起出锅。那边母亲继续挖米炒下一锅,我这边即刻把滚热的炒米均匀摊开在筲箕上,让热量散去,以免炒米渥堆变焦。

一上午这一套动作持续不断地重复做下来,母亲的胳膊已经酸得抬不起来了,大搪瓷盆里小山一样的粳米也快见底了。这时候母亲唤来三姐,解下围裙给三姐系上,吩咐她和我配合把剩下的米炒完,然后取过早上买的一块猪肉,洗净放进瓦罐里,加满水,埋进锅灶边的火石中。

暮色四合,灶膛里的火已成余烬。摊凉的炒米已经被我和姐姐收进青瓷坛子里,坛子盖好,再用马粪纸扎紧,放在碗橱顶。母亲将香气扑鼻的瓦罐肉汤端上桌,再给每人盛上一碗炒米。庭院里,父亲亲手种下的蜡梅在寒风中怒放，院墙外的巷道里，邻家的孩子放的鞭炮在青石板上炸响，这天是腊月二十三，小年，在老家是祭祖的日子。

　　季羡林先生说："年，像淡烟，又像远山的晴岚，我们握不着，也看不到。当它走来的时候，只在我们的心头轻轻一拂，我们就知道，年来了。"幼时的我，如果读到这句话，一定会不知天高地厚地和老先生杠一杠，因为我们就是为年活着。年是我们的人生大典，一年365天，我们总要穿一穿美衣，吃一吃大餐，总要开开心心地笑一笑。对于我们来说，年就是母亲新做的布鞋，是大竹筐里的水磨年糕，是青花大碗里堆得冒尖的炸圆子，是青瓷坛子里酥脆的炒米，充实而丰盈。

秋日"藕"思

　　我做了个梦。梦里,我回到了家乡。江南小镇,白墙青瓦的院落。幼年的我,和姐姐并肩坐在葡萄架下的石凳上,捧着蓝边碗吃午饭,饭是籼米饭,菜是瓦罐炖的莲藕排骨汤。藕要选老藕,经过柴火灶文火煨熟的莲藕,色泽泛红,饱吸了排骨的汤汁,咬一口,粉糯酥烂,咬断的藕肉间有藕丝相连。我和姐姐并不急于吞咽,而是缓缓拉伸,让藕丝在不间断的情况下尽可能地拉长,这种比拼需要足够的耐心,最终总是肚子饿得咕咕直叫的那一个率先败下阵来。

　　午后,天突然黑了下来,狂风大作,暴雨突如其来。豆大的雨点落在干旱的土地上,溅起尘烟。雨珠越来越密集,仿佛从天空中倾泻而下,整个世界一片昏暗。

　　好在夏天的阵雨,来得快,走得也快。雨过天晴,我和姐姐手忙脚乱地翻出油布伞,准备去接下塘洗衣的母亲。刚出院门,就见街角转出一女子,一身素衣,一手挎一腰形竹篮,竹篮里满满一篮浆洗干净的衣服,衣服上横着棒槌,另一只手擎一枝绿油油的荷叶,正是年轻的母亲袅袅向我们走来。

　　老家的池塘星罗棋布。夏秋之际,塘里荷叶田田,红的、白的荷花已谢,凋零的花瓣中,莲蓬蓬勃而出。顺着荷花的茎摸下去,肥沃的淤泥里,有莲藕肥大的根茎。粉色花茎下的藕叫红花藕,色泽泛红,淀粉含量高,多丝,适合炖排骨;白色花茎下的藕叫白花藕,色白,脆嫩甘甜,适合生吃或是凉拌,花心藕就是白花藕中的极品。荷叶是叶,荷花是花，藕是根茎，莲蓬是果实，我花了很久才搞清楚莲藕家族成员间的关系。家族中以藕最为低调，它将美艳的荷花和田田的荷叶托举出水面，却把自己低到淤泥深处，就像默默操持家务供养我们读书的母亲。

1981年的秋天，我考上了大学，那一年大学录取率只有4%。我能考上多少令母亲有些意外，欣喜之余，她冷静地跟我说："你应该去谢谢班主任许老师。"我低头不语，内心有些抗拒，我觉得去谢师不应该空手去。母亲看不出我的心思，或许是看出了而佯装不知，以那时的家境，也拿不出像样的礼物。母亲塞给我一把手电筒，催促着我出了家门。

许老师住教工宿舍一楼，东数第二家。屋里亮着灯，厨房里有涮洗的声音，可我迟迟不敢敲门，直到出门倒垃圾的老师发现了在门外徘徊的我。

老师把我让进屋里，那时的我有着严重的社恐，低着头涨红了脸却说不出一句感谢的话，恨不得把手中的手电筒拧成麻花。最后还是师母解了围，她从厨房端出一盘切好的花心藕让我吃。花心藕通体雪白无一丝杂质，肉质细嫩，甜而不腻，赛过砀山酥梨；切开后横断面上的九个孔围绕着圆心整齐有序地排列着，状如美丽的花瓣，故此名为花心藕。花心藕的生长，除了要有肥沃的淤泥之外，对池塘水的酸碱度也有很高要求，稍有偏差，都会影响口感。

我接过师母递过来的藕片慢慢地嚼，师母善解人意地替我说着话。"你是考上了大学，来向老师表示感谢的对吗？"我使劲点头。师母又转向老师："你们班今年考得真是不错哦！"老师很开心，大概晚饭时喝了酒，平素就红红的鼻头更红了："他们都很不错，有好几个原先以为考不上的，都考上了。"

我知道我也在老师以为考不上的范围内，整个高中时我有点自暴自弃，通宵看小说。我喜欢文科，但母亲笃信"学好数理化，走遍天下都不怕"，并不顾及我的想法。直到临近高考前三个月，许老师在早读课上发了一通火，我看着许老师涨得通红的鼻头，鼻头上毛细血管清晰可见。他愤怒又焦虑地看着我们，就像一个父亲面对正值青春期的叛逆孩子。我忽然觉得羞愧，接下来的几个月，我没日没夜地恶补数理化，拼命做题，甚至临进考场的前几分钟还在抱佛脚，终于考上了北方一所大学。

时光荏苒，如今我已不再是从前那个少年。我可以在工作中和同事无障碍沟通，也可以站上三尺讲台侃侃而谈。而我相信，当年许老师和师母哪怕有一丝的冷落和怠慢，我都有可能成为一个自闭的人。而正是许老师和师母的善良和温暖，无形中帮助胆小的我，跨过了心理上的那道坎。

如今我远离故乡，在我的梦境里，故乡幻化成一幅画，画中，山水已晕染成模糊的背景。故乡的人老了，母亲干瘪成一枚核桃却依然美丽；白发的师长踌躇于超市，忘了要买的物品却还记得学生的姓名。故乡的花心藕再也遍寻不着，许是城市的发展带来了环境的污染，水质不再似以前那般清澈甘甜；但也许，变化的是心境。

2022年的秋天，在盛夏漫长的高温和大旱之后，秋天终于来临，我决定做一道润燥的糯米莲藕，我将浓浓的思念融进精心调制的蜜汁里，于是那莲藕也就有了别样的香甜。

雨巷深处米粑香

江南的三月,莺飞草长。我乘上绿皮火车,慢悠悠地去了皖南。撑着油纸伞在歙县斗山街漫步,湿漉漉的空气里弥漫着艾草的清香。

雨巷的深处,支着一个红泥小火炉,火炉里红红的炭火在细雨中燃烧得噼啪乱响,小火炉上支着一口平底锅。一位娇小清秀的中年女子,将手中米粉团成球状,然后快速往锅里贴,贴上去后立刻按扁,于是每个粑上都有中年女子漂亮的手指印。

中年女子递给我一把小竹椅,又用半截箬叶托住一只煎熟的米粑递给我。轻轻咬一口米粑,箬叶的清香和新米的柔糯在我的舌尖轮番缠绕,挥之不去。我夸中年女子的米粑好吃,中年女子笑着一抬丹凤眼,指着巷口:"那座木牌坊看见了吗?这木牌坊,是明朝开国皇帝朱元璋为一位救过他命的徽州女子建的。当年,朱元璋被对手追杀,逃到这里,又冷又饿,这家女主人独自在家,也拿不出什么好的食材,就用玉米粒、豆腐、菠菜煮了汤给朱元璋喝。朱元璋喝了之后,惊问这是什么,做得这么好吃。女子搪塞为:此乃珍珠翡翠白玉汤。后来朱元璋坐了龙庭,亲命御厨烧这道珍珠翡翠白玉汤,可是哪里烧得出来?我这米粑哪有那么好吃?只不过是你吃腻了大鱼大肉,换换口味而已。"

中年女子的话音如雨滴敲打路面一般清脆,雨雾蒙蒙中,巷口的木牌坊若隐若现。白墙黛瓦变得如被水墨晕染一般,从半掩的木门看过去,我恍惚看到了童年的自己。

7岁,父亲已去世五年,家境一落千丈。原先配给的鲜牛奶、白糖等等，都不见了踪影。母亲看着五个半大孩子，无奈之下，把家中的大客厅出租给街道纸盒加工厂做车间，每月租金6元。同时自己也加入糊纸盒的大妈、大婶队伍中去。

糊纸盒用的糨糊，用的是品质不好的面粉，生虫的甚至霉变的。透过糊好的纸盒表面，经常看得到芝麻粒大小的红色面虫尸体。面粉是定期到纸盒厂仓库去领，一领就是几口袋面。领回来以后，倒半袋在马口铁桶里，抬到街口的老虎灶，边倒入开水边用粗竹杠不停地搅拌均匀，冷却下来就是糨糊。

有一次，领回来的面粉没有霉变，甚至连面虫也没几个，颜色也相对较白。一位大婶是北方人，她说："好像是新下的小麦呢。"她说她们老家吃的面就跟这差不多，做糨糊真的可惜了。于是组长大妈说："那你弄一些做粑吧。"

于是这位北方大婶就洗了手，准备做粑。母亲她们都叫这位大婶三姐姐，还说她长得漂亮。印象里这位"三姐姐"有着清脆的笑声，身材很丰满，腮上有高原红，家境贫困但对生活很满足。以我当时孩子的目光并不觉得她漂亮，我觉得另外一个叫小芹的最漂亮，梳着大辫子，有刘海，清瘦，寡言，说话的声音很温柔。可惜她一直郁郁寡欢，婚后十多年，竟在一个季节交替的初春，抛下老公和儿子自杀了。现在看来，小芹可能患有抑郁症，而当时也不过是左邻右舍唏嘘一番，很快儿子成人，老公再娶，大家就把她忘了。

三姐姐不同，她爱笑，即使每月借债度日，她也依然快乐，这大概是大家觉得她漂亮的原因之一吧。三姐姐家老幼人口多，能挣钱的人少，日子常常入不敷出。纸盒加工组的大妈们经常做"汇"，就是在发工资的日子里，每人拿出一部分工资凑成一笔钱，给一个人，下个月再凑成一笔，给另一个人，以此类推，等每个人都轮了一遍，这个"汇"就自动结束。一般来说，大家都把第一个拿"汇"的机会，让给三姐姐。

快乐的三姐姐洗了手，开始和面做粑。妈妈把家里的锅灶用柴火烧热，三姐姐把和好的面团成麻球大小，沿着热锅边缘快速贴，贴上去就按扁，于是每个粑上都是三姐姐漂亮的指印。贴满锅以后，三姐姐用清水洗了沾满面粉的手，将洗手水倒在大铁锅的中央，盖上锅盖，灶里的松油木柴劈啪作响，一直烧到麦香四溢。开盖起锅。

趁热吃。只记得那粑正面松软，背面焦黄，咬一口香气蒸腾。我当时是一连吃了三块。那烧开的洗手水，也被三姐姐自己喝了……

在我老家，把用米粉或面粉做的扁圆形食品统称作粑。粑有很多种，最常见的是用发酵的米粉做的，雪白，放在桐子树树叶上，上屉蒸熟，蒸熟的粑掰开呈蜂窝状，嚼起来甜丝丝的；还有一种我们叫"塌粑"，面粉和成糊，挖一勺倒进锅里，再用锅铲子将面糊摊成薄薄的圆形，类似煎饼，用来卷芹菜芽炒肉丝。像三姐姐做的那种，应该是北方的做法，不常见。

天黑了，巷口的木牌坊完全消失不见。回过神来，身边卖米粑的中年女子已收摊离去。突然想起我吃了米粑还没付钱呢。顺手拦住一个背着书包下学的女孩："同学，你知道在这摆摊卖米粑的中年女子住哪吗？"女孩一抬丹凤眼，俏皮地笑了："我在这住了十五年了，从没见过这里有卖米粑的，你一定是弄错了。暮色里，女孩的丹凤眼与中年女子的竟是迷之相似。"我越发恍惚了，雨雾让一切变得虚幻，可舌尖上米粑的清香是真实的。

在我愣神之际，雨巷拐角处，女孩清脆的声音夹着笑声穿过密集的雨丝："跟你开玩笑呢，卖米粑的是我妈妈，米粑送给你吃，不用付钱了。"

桃之夭夭

　　楼下的草坪上，种着两棵桃树。

　　小区里绿化树很多，春天樟树花清香，秋天桂花馥郁。桃树不大，也没见它过开花，楼里的居民来来往往，谁也没注意到它们。不记得是哪一年，我路过这两棵桃树，发现桃树结果了。果实不大，稀稀拉拉地挂在枝头，倒是能看出来不是普通的桃子，是那种表皮上无毛的油桃。

　　生活压力大的时候，停下脚步，看看远处的山影，再看看身边的花草树木。想着这两棵油桃树，一直被忽视，没有人给它们施肥除草，它们依然可以长大，兀自开花，兀自结果，完成它们的生命轮回。

　　某天下班回来，我在这两棵桃树间驻足。桃树果实不大，其中一棵长得好一些，果实的尖儿开始泛红；另一棵则长得七扭八歪，不知什么原因，很多果子已经开裂或被虫蛀，开裂处分泌了很多黏糊糊的桃胶。小时候吃桃，我最怕桃子上有桃胶，遇到有桃胶的桃子，总是洗了又洗，再把沾有桃胶的部位切除了才安心，因为我以为桃胶是虫子的排泄物。近些年，我发现桃胶已经作为女性美容养颜佳品，精心包装后登上了大雅之堂。上网一查才明白，桃胶并不是虫子的排泄物，而是桃树受伤后自动分泌的胶质，可以促使伤口愈合。

　　楼上一邻居见我欣赏桃树，热情地走过来告诉我，这两棵桃树是她种的。经她提醒，我忽然想起，开发商刚交房的时候，这两棵桃树的位置上是种着两株名贵苏铁的。等到房子交付完毕，开发商撤走的时候，竟然带走了那两株苏铁，草坪上留下了两个难看的土坑。"正好我网购的花草里多出来两棵桃树苗，随手填在了坑里，也没管它们，没想到都成活了，还结果了。"邻居说。

这个夏天雨水少，阳光充足。桃子很快就成熟了，红艳艳的果实在碧绿的枝叶间探头探脑，引来了叽叽喳喳啄食的鸟儿。熟透的果实跌落在草坪上，摔得汁液四溅，空气中浸润着醉人的甜香。我喊果树的主人来采摘，主人摆摆手，表示不屑。

我决定采摘那些熟透的桃子。第二天一早，我提前下楼，却发现修理草坪的园丁已捷足先登，他们摘光了长得好的那一棵桃树上的果子。我摇摇头，将另一棵桃树上疤痕较多的果子摘了满满一背篓，带去单位分发给了同事。没想到同事们好评如潮，纷纷求购买链接。还有同事说想起了小时候的味道。

我取过一个洗净的桃子，桃子熟透了，很软，皮和果肉可轻易剥离，果肉和果核也已无粘连。果肉吸足了大自然的日月精华，咬一口下去，浓郁的甜香瞬间溢满口腔，多余的汁水则顺着指缝淌下去，将我的无名指和小指粘连在一起。这就是无人问津的桃树给人们的丰盈回馈啊。

我们已经习惯了大棚温室里培育出来的果蔬，它们往往果大、肉厚、甜度高，在它们的成长过程中，农户悉心浇灌了"适量"的膨大剂、营养液，让它们拥有光鲜亮丽的外表；反观这桃树，因为卑微，从不受人关注，但它的果实不含任何添加剂，最为天然，吃起来也更为让人安心。

"山上的野花为谁开又为谁败，静静地等待是否能有人采摘……"山野之花存在的意义在哪里？其实，芸芸众生就如野花一样，默默无闻地在这个世界上，无人关注。然而，每一朵野花的开放，是给天地看的；人，是为自己而活着。每一个人都有他自己存在的意义和价值，正如董宇辉说的：我如小草一般平庸，但我内心有大江大河，我眉宇之间有山川，我胸怀里有沟壑，我与你们不一样。这才是浪漫！

　　闺密曾经很悲观。她说她从小到大都缺乏存在感。作为独生子女，却从来不是关注的焦点，成年之后，常常怀疑存在的价值、生命的意义。既然死亡是不可避免的宿命，那又何必折腾得精疲力竭？我想了想，告诉了她两棵桃树的故事。我跟她说，"桃之夭夭，灼灼其华"，纵使无人喝彩，我亦美丽自在。

无辣不成欢

到重庆之前,我一直以为我是很能吃辣的。

在我的童年生活地安庆,每到夏季辣椒上市的时候,红红绿绿的尖头辣椒就欢跳着进了家庭主妇的菜篮子。

傍晚,火辣辣的太阳终于落了山。家家户户打开了门,将凉水泼洒在自家门口的青石板路面上,待暑气消退,支上小饭桌,摆上一碟炒辣椒瘪、一碟腌白菜。东头邻居大嘴哥是个木匠,捧着一蓝边碗的大米饭,饭尖上盖两只辣椒瘪,从巷头吃到巷尾,笑眯眯地告诉每个人:"我这个人见了辣椒就不要命,只要有辣椒,我就能多吃两碗饭。"西邻老中医巩伯伯善意提醒:"好吃也不要多吃,小心跟上回一样进得去出不来。"引起一片笑声。

炒辣椒瘪因下饭而成为餐桌上的主角。将整只辣椒去籽洗净,锅里倒一点新榨的菜籽油,烧得冒烟,加入辣椒煸炒到整只辣椒完全失去水分变得软塌塌,加点盐起锅。这样炒好的辣椒完全保留了辣椒的原味,吃的时候能辣出满头大汗,煞是过瘾。至于毛豆炒辣椒、土豆炒辣椒、肉丝炒辣椒,通通属于炒辣椒瘪的升级版;及至茭白炒辣椒、菱角炒辣椒、藕梗炒辣椒、小江虾炒辣椒,更是将一方火辣融进了江南水乡的似水柔情。

昔日物资匮乏,不但食无鱼,且居无竹,行无车。唯辣独钟,不过是对清贫生活的豁达。淳朴的父老乡亲,身体力行地向童年的我们传递着对生活的热爱,让成年以后的我们,守得住底线,耐得住寂寞,没有过多的贪欲，亦可用微笑面对挫折。

中国菜被分为八大菜系：鲁、川、粤、苏、闽、浙、湘、徽。曾几何时，炒、烧、煎、炸、煮、蒸、汆……这十八般武艺，造就出的或咸鲜，或清淡，或麻辣，都被那一个"辣"字的光芒所掩盖。

去重庆，吃火锅是必须的。之前也做了很多功课，对重庆火锅的辣也算是早有防备。点锅底的时候，小心翼翼地要了微辣，调制酱料的时候，也刻意回避了辣椒面、红油、芥末，这才放下心点了毛肚、黄喉、鸭肠、血旺等，又看到菜单上有牛肉片，也划拉了一份。没想到百密亦有一疏，等到牛肉片端上桌，才发现10厘米见方、薄得能照见灯影的一片片牛肉上，密密麻麻地嵌满了碎辣椒和花椒粒！难怪我点牛肉片的时候，重庆当地的朋友眼神里有些犹疑，欲言又止。

没办法，自己亲点的，咬着牙也要吃啊。我硬着头皮，夹起一片最小的，轻轻摔打几下，想把上面的花椒、辣椒抖落下来一些，再放进汤底里涮。吃重庆火锅很有讲究，一般是先烫荤菜，后烫素菜，水发的薄片，大约烫10秒，牛肉片之类，是20秒。掌握好时间，才能激发食材的鲜香口感。20秒后，我捞出牛肉片，肉片在高温作用下收缩了，看起来没那么大块，然而收缩过程中却也把辣椒碎和花椒粒更紧实地锁在了肉纤维组织里，放进嘴里咀嚼，辣椒的辣瞬间在口腔中弥漫，再嚼，花椒粒炸开，花椒的麻拧成一条线，裹挟着辣椒的辣，直蹿鼻腔，鼻腔像是着了火，脑袋被辣得嗡嗡作响，无声地，眼泪就流了下来。

这是我吃辣最极致的一次感受，喝了两瓶冰镇矿泉水，吃光了朋友带来的水果，才算勉强平复下来。从那以后，我就很少吃辣，口味变得清淡，甚至对工作也柔和了许多，更多的是顺势而为，不再去拧巴地解决问题。就像儒和道，儒家强调自我修身，道家则是尊崇自然。

年轻的时候，我们总是豪情万丈，心中有个不服输的劲头。因此在各种吃辣的场合，都是挺身而出，大快朵颐。其实能否吃辣和工作能力的高低实无半毛钱关系。更何况，选择怎样的生活，都是个体的事，无论如何，自己开心就好。以前，不管是去大饭店还是小餐馆，我总是叮嘱服务员多加点辣；现在，即使是去吃无辣不欢的火锅，我也会对服务员说："要白汤。"

辑三 大写的人

碎片中的父亲

那一夜，父亲离我而去。白天的时候，他吐了血。那是石榴花开的季节，院子里，那棵石榴树满树的石榴花，如血一般地红。那一年，我2岁。我不确定那满满的血红是如何在我眼前定格的，也许，那只是在此后缺失了父亲的漫长岁月里，在对父亲的思念中，"脑补"进了我的记忆。

多年以来，我一直在母亲的记忆碎片里，在父亲屈指可数的几张发黄的老照片里，在父亲薄薄的档案里触摸父亲。我试着串联起父亲的生平足迹，试着了解他、感知他，而不仅仅是血脉相承。我参照父亲的履历表，寥寥数笔，勾勒了父亲的生平画像，那就像父亲的骨骼。我希望继续通过细节的捕捉和完善，让父亲的画像丰满起来，尽管这很难。

从军

1931年的初春，大别山地区格外寒冷。金寨县汤汇镇一个叫作毛家小河的偏僻山村，刚刚11岁的父亲站在河边嘤嘤哭泣。他的母亲也就是我奶奶，因为拿了我曾爷爷专用的蜜糖给他吃而遭到我爷爷的打骂，一气之下上了吊；孤独的父亲提着水桶到结冰的河边取水，却又被大孩子强行用旧棉袄"换"走了身上的新棉袄。父亲感到从未有过的绝望。河对面，中国工农红军第二十八军征兵的锣鼓敲敲打打，好不热闹。父亲扔了水桶，循声走过去，从此再也没有回头。

父亲人生的第一仗打得相当漂亮。当兵的第二年，部队给父亲这帮红小鬼编制了学兵连，因为年龄太小，还不能直接上战场，打仗的时候，学兵连的孩子就交给炊事班照看。当时红军正陆续撤离根据地，一路被国民党军围追堵截，有一仗打了很久也没打下来，父亲就和几个红小鬼商量着，要去战场上看看。几个孩子爬上一个能听见枪响的高地，发现一个大个子国民党兵抱着一挺机枪在扫射，父亲和小伙伴们一商议，大家从后面包抄，同时扑向大个子兵，摁手的摁手，摁脚的摁脚。大个子被捆住之后，才发现自己被几个小屁孩算计了。几个红小鬼牵着俘虏，扛着缴获的机枪往回走，原本还担心被炊事班班长骂，结果却受到热烈欢迎。原来他们俘获的这个俘虏，一个人拿着一挺机枪占据了制高点，导致我军久攻不下，红小鬼们碰巧立了大功！

此战让父亲才华初显。此后数年，父亲从侦察兵到侦察班班长、侦察排排长、侦察连连长，和战友们一起，出色地完成了无数次的侦察任务。父亲当侦察排排长的时候，曾带一个侦察参谋、一个侦察兵，化装成商人，去一个被日本人占领的村子摸敌人的兵力部署。三个人骑着脚踏车到村外，将脚踏车藏在地沟里，穿着长衫进了村，没承想完成任务后还没出村，就遇到了日本人对外来人员的盘查。情急之下三个人上了房，利用屋脊的掩护和日本人周旋，好不容易找到机会下了房，跑出村子，从地沟里扒出脚踏车，一路狂蹬回到驻地，到驻地后脱下长衫，发现长衫下摆上有十八个弹孔！而那个侦察参谋，因为跑得慢了一步，牺牲了。

长征

母亲给我讲述十八个弹孔的故事时，语气很平淡，而我却听得惊悚。

我在上小学的时候，看过一部电影《红军不怕远征难——长征组歌》，对父亲九死一生的戎马生涯更有了直观感受。

我询问母亲红军爬雪山、过草地是怎么回事。母亲停下手中的针线活，目光穿过我的双眸聚焦在我身后的虚无："你爸爸说，草地就像个大大的水盆子，一眼望不到边。水盆子的表面有土，有草，可是一不小心就会陷下去，越挣扎呢，陷得越快，第二个人去拉，也会陷下去，第三个人去拉第二个人还是会陷下去，很快泥浆就没了顶。雪山呢，当地老百姓称为神山，过雪山的时候不能停，一停下来就没命。多少年轻的伢子，实在走不动了，坐下来歇口气，从此就再没站起来。你爸爸是被老兵逼着、拖着，才走过了雪山的。"

彼时的二十八军，已经被编成中国工农红军第二十五军，由徐海东指挥。徐海东善战。红军之所以选择走雪山、草地，无非是为了躲避国民党军的围追堵截。进入草地后的第二天，由于非战斗性死亡太多，徐海东果断选择了撤出草地，宁愿和追兵打遭遇战，一路上打了很多胜仗，俘获了很多国民党兵，愿意回家的发路费，不愿意回家的就收编。所以在到达陕北时，徐海东的红二十五军是唯一一支壮大了的队伍。

长征结束的时候，父亲才17岁。长征使父亲从懵懂少年成长为青年才俊。长征途中，父亲曾经掉队落单，跌落井中，是收容队将他打捞上来；也是在长征途中，父亲放哨时睡着，手中的计时香点燃了身后的草垛，幸好被查岗的首长发现才未酿成大祸。长征途中，父亲曾煮了自己腰间的半截皮带果腹；长征途中，父亲跟随首长立下战功无数。

解放齐齐哈尔

在父亲的老照片里，有两张出现了同一个背景。一张父亲打着绑腿，双手叉腰站在一个亭子前；另一张是全连合影，身为连长的父亲站在前排最左边，一身打扮和单人照片上的打扮一样。这两张照片的背景是同一个亭子，一个五角亭，亭柱是五个拙朴粗大的花瓶，亭檐角很普通，但亭柱和亭檐角之间有一个长长的、前端向下弯曲的造型，因为年代久远，照片很模糊，看不清这长长的弯钩是什么。这是个极富特色的亭子，我很好奇它在哪里，父亲去过那里，这背后又有着怎样的故事呢？

一年前，已退休的姐姐带着这两张照片去了苏北，找到了江苏涟水党史办的王继华主任。王主任看了照片以后，从亭子的建造风格上判断出这是东北某地。

翻看父亲的履历表，发现其中一栏赫然写着：1945年11月，任东北新四军3师师部特务团4连连长，证明人郑贵清。郑贵清何许人也？通过网络，很快查到，当时郑贵清正是新四军三师特务团团长，1946年4月26日，他带领三师特务团作为主攻部队，和辽西支队一起，解放了齐齐哈尔！

那么，这一定是齐齐哈尔的亭子。还是靠网络搜索，姐姐在齐齐哈尔的龙沙公园找到了这座亭子。亭子叫象亭，始建于1907年，五角单檐，有青砖砌筑外抹水泥的五个瓶形单柱，亭角檐板雕刻象头，更突出象鼻。原来，父亲的老照片上，亭角和亭柱间那个长长的弯钩是象鼻！这个亭子其实建得很粗糙，瓶柱象头，无非取的是平（瓶）安吉祥（象）之意，只是当年的设计者不会想到，几十年以后，它会成为我与父亲穿越时空交流的纽带。

坐在电脑前，我久久地端详着这两张老照片。那是解放齐齐哈尔之后，东北新四军三师特务团四连连长毛世德，率领四连88名指战员，和在此次战斗中缴获的8挺重机枪，在龙沙公园象亭前的合影。那一年父亲26岁，他和他的战友都是那么年轻，骁勇善战。年轻的父亲十分消瘦，脸部轮廓清晰，颧骨凸起，宽大的军服下摆及至大腿，那时，

— 91 —

父亲已经在连年征战中透支了身体。

姐姐说,她小时候曾听父亲笑谈,在东北,父亲带了连通信员,坐火车去满洲里,找"老毛子"搞巴克夏猪给部队改善伙食。两个人语言不通,居然顺利地把两火车皮的巴克夏猪搞回来了,只是回来以后发现部队已奉命开拔,父亲只好放弃了两火车皮的巴克夏猪,带着通信员一路追赶大部队到了黑河。结合现在网上的资料看,当时父亲是在4月解放齐齐哈尔之后去的满洲里,5月部队跟着洪学智将军去了黑河。

空山寂静,空谷回音。那年我去金寨老家的革命烈士纪念馆,徜徉在革命烈士纪念碑前,透过近一个世纪的悲欢,我依然能感受到一个10岁的机灵男孩,在山间劈柴、溪边汲水的日常生活。父亲,等以后,我要去一趟齐齐哈尔,去这个当年你亲自解放的城市,在龙沙公园的象亭里坐一坐,听一听风吹过的声音,那风声里,一定有你当年攻城的呐喊声,和胜利后的欢笑声。

一封信

毛世德同志:

红廿五军战史编辑委员会转来了你的信,看到你对红廿五军战史编辑工作表示热忱的支持,我很高兴。

你来信问到我的情况,我十分感谢你的关心。由于革命工作的紧张、艰苦,尤其是长征时期的艰难奋斗,我于1939年就患重病,很多年来我一直休养中,近年来身体仍十分不好。由于身体不好,所以我很少到外面活动和接见更多的同志。今后如果有事,来信寄国防部办公厅转交即可。

你是红廿五军的老同志,经过艰苦革命的锻炼,今天仍能为人民努力工作，这是很光荣的。红廿五军的战史仍在编写中，你如有什么材料，可随时写信告诉他们。

　　致
敬礼！

徐海东
1961.10.9

　　这是中国工农红军第二十五军创始人徐海东大将给我父亲的亲笔信。在父亲留给我的不多的遗物中，这封信弥足珍贵。这封信写于1961年10月。那时候，红二十五军正在编写战史。父亲给徐海东大将写信，对编写战史一事提出了很多建议。没想到徐海东大将百忙中回了信。从发黄的信笺上可以看出，这封信由徐海东将军口授，秘书执笔，落款是徐海东大将的亲笔签名。

　　看着这封手写的书信，不由得想起了父亲当年和徐海东大将有关的两件事。

　　父亲的军旅生涯是从给徐海东大将当传令兵开始的。父亲很机灵，刚进部队在学兵连的时候，曾经和几个小伙伴一起，智取过一个敌军机枪手，所以深得首长（父亲他们对徐海东大将的统一称呼）喜爱。两年后，徐海东大将将父亲编入115师344旅，长征开始了。

　　红二十五军纪律严明。长征途中，白天行军打仗，晚上宿营。为了不打扰老百姓，红军都是露宿，借一把老乡的稻草铺在地上就是床垫。岗哨是露营者的守护神，经常是首长亲自确定布哨点。士兵以一炷香为计时单位，轮流站岗。那天轮到父亲的岗已经是后半夜了，前一班岗哨叫醒了父亲，将一炷香点燃塞到父亲手里，就去睡觉了。父亲一手拿着香,一手抱着枪,站在草垛边放哨。白天的行军太累了,那时父亲才15岁,不知道什么时候,竟然靠着草垛睡着了,手中的计时香点燃了草垛,风借火势,烧了起来,一直烧着了父亲的衣服,父亲才醒。大家七手八脚总算灭了火,却已经惊动了首长。徐海东大将骑着他的高头大马疾驰而来。岗哨关系着全军人的性命,失职是要受到严惩的,父亲吓得脸都白了。徐海东大将下了马,看着站在寒风中瑟瑟发抖的父亲,什么也没说,回头叮嘱警卫员,取一套军装来给父亲穿上,随后翻身上马,疾驰而去。

治军严明是徐海东大将的红二十五军在长征途中不断发展壮大的法宝。然而首长严明却不乏温情,好在没酿成严重后果,又爱惜父亲是个人才,念其年幼,就没有处罚。

还有一次,父亲带人去日军占领的镇子侦察,被日军发现后交火,父亲和手下的一个侦察兵被冲散了,好不容易发现了同伴的身影,父亲不敢喊,就将一只手伸出掩体,想让同伴知道自己的位置。没想到日军狙击手的一发开花子弹打中了他的手腕。战友赶紧背着父亲撤回驻地,父亲失血过多,奄奄一息。那时候八路军缺医少药,驻地医院一共只有两支强心剂。这时候首长来了,亲自批示动用一支强心剂,正是这支强心剂救了父亲的命。所以父亲常说首长是他的救命恩人。

徐海东大将信中说到他自1939年起就一直重病休养。是啊,为革命抛头颅、洒热血的先烈们哪个不是伤痕累累?

八月桂花遍地开

进入农历八月,路边的桂树就开了花,阳光下的空气清新香甜,弥漫着思念的味道。

"八月桂花遍地开,鲜红的旗帜竖呀竖起来,张灯又结彩呀,张灯又结彩呀,光辉灿烂闪出新世界。"从小我就会唱这首歌,是从哥哥姐姐那里听来的。姐姐说,是父亲教会他们唱的。

我家有棵桂花树,每年临近中秋的时候,都会开出一树密匝匝的金黄色小花朵。母亲会在树下撑开一把油布伞,将树上的桂花摇落,晒干后加入冰糖泡酒给父亲喝,因为隔壁的中医老爷爷说,桂花酒有润肺的功效,而父亲因连年征战损伤了肺,终年咳嗽,甚至咯血。

父亲离开我是在1967年的5月,那么那个中秋只能是1966年的。母亲说:"我刚把饭菜端上桌,用你的搪瓷小水杯给你爸爸倒了半杯桂花酒,转身去盛饭,你从屋外进来,直接端起小水杯喝了一大口,随后满脸通红,月饼都没吃就呼呼大睡,可把你爸爸吓坏了。"我那时不到2岁,对此事全无记忆,但我愿意相信,那个中秋,有着世间最圆的一轮明月,圆月里没有嫦娥、吴刚、玉兔,但是有桂花树,有父亲、母亲、哥哥、姐姐,还有我。

父亲早年是徐海东大将的部下。徐海东的红二十五军特别能打,常常急行军一百多里后,立刻和敌人打遭遇战并取得胜利。然而这胜利是有代价的。徐海东大将的身体很早就毁了,经常吐血,红二十五军的老战士,很多都有吐血的毛病,父亲就是其中之一。野战医院怀疑是肺结核,可是病理检查后并没有结核菌。也许,艰苦的军旅生涯,对肺部造成了永久损伤,才是咯血的真正原因。

母亲精心制作的桂花酒,也没能挽留住父亲的生命。转年的5月,父亲走了。从那以后,院子里的桂花树莫名的,每年5月也会开花,令来访者啧啧称奇。母亲总是笑着说:"我们家的桂花,是月月桂,每月都开花。"

多年以后的一个金秋,我曾有过一趟红色之旅。那一次,我不但在老家金寨县革命烈士纪念馆里的金寨籍地市级革命烈士名录上找到了父亲的名字。我还发现,金寨城里的桂花树,比别处的更高大,开出的花儿，不是金黄色，而是红的。密密匝匝的橙红色花朵，一串一串地挤满了桂树枝头，蓬蓬勃勃，像极了欢庆胜利的鞭炮。红色导游小匡告诉我，金寨的桂花确实和别处的不同，人们都说，是因为有了烈士的鲜血浇灌。

在匡导那里，我还知道幼时耳熟能详的《八月桂花遍地开》，正是改编自大别山民歌《八段锦》，而且，极有可能是金寨县斑竹园镇罗银青所作。

"一杆红旗飘在空中，红军队伍要扩充。保卫工农新政权，带领群众闹革命，红色战士最光荣。"和着优美的旋律，我仿佛看见11岁的父亲，扔掉手中水桶，循着征兵的锣鼓走去的背影，脚步细碎却无比坚定。

从此，一句"八月桂花遍地开"，伴着红军的足迹，唱遍大江南北、长城内外，唱红了迎风飘扬的五星红旗。穷尽唐诗宋词，无论是"桂子月中落，天香云外飘""人闲桂花落，夜静春山空"，还是"暗淡青黄体性柔，情疏迹远只香留"，都成了无病呻吟。

别离

连年征战，伤病彻底摧毁了父亲的健康。平型关战役之后，父亲被日本兵刺刀伤过的肺部受到感染，伤情加重。组织上多次安排他疗养。我见过一张父亲在河南鸡公山疗养时和警卫员的合影。照片里的父亲眉宇间透着英气，气色比解放齐齐哈尔的时候好一点，但依然消瘦，唇部分明的线条里则透着刚毅。多次的疗养并未见起色，父亲心灰意冷，产生了退役的念头。父亲谢绝了首长的挽留，去意已决的他，选在宜城安庆，和母亲一起，择屋而居，生儿育女，关心粮食和蔬菜，期待春暖花开。

然而死神并未放过这位多次与它擦身而过的战士。1967年5月8日，父亲旧病发作咯血而亡。那一年，他47岁。院子里，父亲亲手种的石榴树在一夜间枯萎了，火红的石榴花飘落满地，那红，像血，父亲的血，以及无数先烈的血，深深地刺痛了我的眼睛。

老兵不死，只是凋零。

谨以此文纪念所有长眠在共和国土地上的先烈！

父亲眼中的朱老总

我父亲毛世德，11岁的时候参加中国工农红军，因为年纪小，起初在学兵连，后来做了徐海东首长的通讯员。我2岁的时候父亲因伤病发作去世。此后多年，母亲经常深陷回忆之中。而母亲回忆时的只言片语，和父亲留下的几张老照片，成了我和父亲时空连接的唯一纽带。

在父亲离开后的漫长岁月里，母亲曾多次提及朱老总来部队视察的事。抗战时期，部队条件简陋，（徐海东）首长只有一个脸盆，当值警卫员用这个盆给朱老总打水洗脚，又用这个盆盛了面条给朱老总吃。事情发生地点不详，只知道当值警卫员是父亲同乡，父亲当时下连队执行任务去了，回来以后，小老乡将此事告诉了父亲。

我在网上查阅了相关资料，再结合父亲的履历表，尽可能地还原出了当时的场景。

1938年7月12日，山西晋城。日头火辣辣地炙烤着大地，知了在树上嘶哑地鸣叫。两匹高头大马快速驰入沁水县端氏古镇，在沁河滩上溅起一路水花。骑在马上的，正是被后人称作中国工农红军之父的朱德朱老总和他的贴身警卫员。

端氏镇俗称晋城"小上海"，唐朝起就有很多手工作坊，明清两代是小镇的鼎盛时期，二千年的历史沉淀，古镇留下了许多古朴典雅的建筑。然而此时的朱老总心情焦急，根本无心欣赏，两匹马径奔八路军三四四旅总部而去。

此时，在总部等候的344旅旅长徐海东不停地踱步盼望，时不时停下来咳嗽一阵。几天前，他刚指挥过町店战斗，现下带着部队在端氏镇休整学习。

町店战斗是八路军出师华北，继平型关大捷的又一次伟大胜利，再次打击了日军的嚣张气焰，极大地鼓舞了全国的抗日士气。町店战斗对抗日战争最后的胜利产生了积极深远的影响。这场战斗迟滞了日军的增援计划，有力增援了晋南战场，再次打击了日军不可战胜的神话。徐海东也被称为"虎将军"，为此，朱德亲自视察344旅，总结这次作战经验。

"嗒嗒"的马蹄声由远及近。朱老总下了马，徐海东的当值警卫员赶紧打来一盆热水，给朱老总洗了脚，以解长途骑行的乏累。山西籍的炊事班班长做好了一大锅刀削面，却苦于条件简陋，找不到合适的炊具，于是就将洗脚盆仔细擦洗干净，盛了满满一大盆面条，朱老总也不讲究，就着咸卤，和随行警卫员两个人把一大盆面条呼噜呼噜吃个精光。

夜幕降临。父亲骑马下连队执行任务归来，当值警卫员冲他直招手，父亲拴好马走过去，当值小警卫掏出一个烤熟的土豆，掰开，一人一半，边吃边将朱老总用洗脚盆装面条吃的事儿告诉父亲，两个少年滚在炕铺上笑成一团。

父亲和小警卫是金寨老乡，当时均不满18岁。吃完土豆，两个少年靠在一起，聊起了老家的事，再过些时候，老家满山的野栗子树，果实就该成熟了。

对面会议室，马灯还亮着，将朱老总和徐海东首长的身影映在窗户纸上。那时候徐海东的身体已经很差，当晚咳血不止。后来总部便安排他到延安治病和学习。

徐海东走后，朱德原拟定由687团团长田守尧接任旅长，并且已告诉了田守尧本人。但延安方面，彭老总和毛主席商定后，另调了343

旅杨得志接任。此后344旅由杨得志旅长和黄克诚政委率领，在抗日战场上立下了赫赫战功。

徐海东去延安以后，父亲去了独立团特务连，正式开始了他的侦察兵生涯。此后他再也没见过朱老总。在他眼里，战功卓越，贵为中国工农红军之父的朱老总，是一个心底无私、忠诚于党，又毫无架子，能和普通士兵共苦的人。

百岁老人的甲子情怀

1958 年　江南

　　七月流火，八月未央，比天气更热的是人们高昂的建设热情。34岁的空军工程部大尉陈公任，背着行囊，来到马鞍山脚下。这一天天很蓝，没有一丝云彩，一对老鹰在空中稍作盘旋，旋即隐入山那边的窝穴中，那飞翔的英姿，和当时最新研制的战机是多么像。陈公任挥了挥手，似是和昨天告别，随后走进了马鞍山铁矿厂人事部。第二天，8月11日，马鞍山钢铁公司正式成立。从此，陈公任开始了和马钢公司的一世情缘。

　　没有经历过那个年代的人可能永远也无法体会什么叫白手起家。两个500、五个300轧机，一个3吨转炉，就是厂里的全部家当。原始的操作工艺，对生产和设备维护人员的要求更高。一次偶然的机会，从出国考察的同行口中得知国外生产人员也参与设备的维护，于是陈公任在自己的500、300轧钢车间开始了"操检合一"管理模式实验。一开始，习惯于检修时间休息的操作工并不买账，他们把发放到手的螺丝刀、扳手、加油枪扔到一边，也不参加培训学习，新的模式很难实行。困难时刻，党的战斗堡垒作用实时体现，支部书记孙奎先，以组织的名义，任命50个以党员骨干为主的副机长，主要工作就是负责设备的维护保养以及大修时的维修协助工作。至此，"操检合一"的新型管理模式在轧钢车间乃至全公司推广开来。请记住这位优秀的基层党务工作者的名字吧,正是他和他们,在没有任何物质利益的情况下,做到了在今天看来不可能的事情。

"马鞍山条件很好,可以发展成为中型钢铁联合企业。因为发展成为中型钢铁联合企业比较快。"同年9月,毛主席来到马鞍山,伟人登上了9号炼铁炉,说出了这句掷地有声的话。

很快,二钢厂成立,三座8吨转炉拥有年产24万吨的炼钢能力。一般情况下,在炼制了200炉钢水后,转炉就要大修。为了提高钢产量,陈公任带领一众技术人员,从提高补炉料的配比和压料方式入手,提高补炉质量,延长了炉龄,使大修周期达到300炉钢水,从而将24万吨的年产量提升到27万吨。

但马钢人并未满足现状。20世纪70年代末,马钢第三炼钢厂成立,三个50吨转炉同时矗立起来,达到年产150万吨的生产能力。开炉期间,时任三钢副厂长的陈公任,更是吃住在厂里,由于具备了小型转炉多年的生产管理经验,避免了开炉过程中可能出现的各种异常,三钢50吨转炉开炉一次成功,迅速达产,这在国内同行业中绝无仅有。

然而生活中并不都是成功的喜悦。卡尔多转炉,采用顶吹和可旋转炉体,炉体紧凑,散热量小,热效率高,比较适合具马钢特性的钢水冶炼。但同时又具有炉子寿命短、设备复杂、造价高等缺点。为此,马钢特意成立了卡尔多项目攻关小组,陈公任任组长,专门对此项目进行技术攻关。但恰逢世事动荡,加之当时可供参考的资料很匮乏,两年后,此项目流产。八百多个日日夜夜的辛劳付诸东流。多年后,老厂长回忆此事,仍不无遗憾。

时光匆匆,岁月流转。鹊岛的杜鹃花开了又谢,银杏树的叶子青了又黄,幸福路几经拓宽,陈厂长奔波在路上的身影日渐佝偻,两鬓染霜,步伐却未曾放慢。年复一年,在马钢工作已成为一种习惯。如同朝夕相处的恋人,早已把那份爱揉进了彼此。

1980年8月,大儿子高考结束后,已经几个月吃住在厂里的老厂长,匆匆赶回家,只做了一件事:不顾儿子的强烈反对,强行把他的高考志愿改成了华东冶金学院冶金机械专业。四年之后,儿子如老厂长所愿,进入了马钢,子承父业。

贵池,山明水秀,人杰地灵。隐藏在大山深处的贵池钢厂原为一个三线兵工厂,并给马钢以后,由于地处偏僻,交通不便,生活艰苦,无人愿去。行将退休的陈公任主动站了出来,扛着早年的一身行囊,进了山,任贵池钢厂顾问,在绵绵大山里,一待就是七年。

由马鞍山出发,经贵池、里山、六峰山、新开、白洋、桃波、潘桥,抵达梅街,老式的大巴车在山道上攀爬颠簸,兜兜转转,到达贵池钢厂所在地梅街时,即使是体格健壮的青年,也浑身如散了架一般。年近花甲的陈老却甘之如饴,只因前方有他热爱的炼钢炉和轧机。

夜晚的梅街清幽静谧,山那边,星汉西流。刚从炉台上下来的老顾问哼着小曲,给前来探班的女儿准备晚餐:一把清水挂面,煮熟捞出,拌上邻家菜园自种的黄瓜,浇上老乡手工磨制的麻油……而颠簸了一天才到达的女儿,却已经疲倦地睡着了。

2021 年　江南　党的百年华诞

流水带走了光阴的故事,却改变不了我们的初心。转眼,马钢已从当年的垂髫小儿,步入花甲之年。这一天,陪伴马钢走过了一个甲子的 97 岁老人陈公任,在家人陪同下,来到习近平总书记 2020 年视察过的薛家洼生态园,当年这里的污染大户马钢耐火材料厂已经整合搬迁,老人追昔抚今,感慨万千;随后他又登上能源总厂中控楼旁 81 米高的观光塔,看钢料吞吐的皮带,看铁厂雄伟的高炉,看长材的厂房,看新区的辉煌……再看滚滚长江东逝水,胸中衔远山、吞长江的一腔豪迈,终化作了对马钢的绕指柔情。

守夜

公公走了,在他生命步入第一百个年头的时候。

他的离去让我们有些不知所措。一直以来,公公总是活力满满。他可以在几百人的大会上讲话而不用扩音设备;他也可以在炼钢炉台上一待就是好几个月;他74岁时在西藏半徒步旅行,88岁健步登上云台山巅。

稍作商量,我们还是为公公布置了灵堂。这不是迷信,这是我们建立的缓冲地带,聊以寄托我们的哀思。公公从1945年于厦门加入地下党组织以来,即使在最艰难的岁月,遭受不公正的待遇,也从未动摇过信念。屈指一算,今年已是公公光荣在党七十五年。

在第一个没有公公的夜晚,晚辈们一起为公公守夜。

春夜清寒,庭院外梅花绽放;月光如水,任往事在风中流连。

我生长在一个单亲家庭,我的老红军父亲在我2岁的时候,伤病发作离开了我。在我的人生词典中,从来就没有"爸爸"这两个字。事实上,在我结婚那天,面对公公,一声"爸爸"就喊得别别扭扭。后来有了孩子,我如释重负,顺理成章地跟着孩子喊"爷爷"。其实无论喊什么,公公都欣然应允,毫不介意,更无半点违和。事实上,公公就是那种很能设身处地为对方着想的人。

十年前,在公公90岁寿宴上,从各地赶来贺寿的亲朋济济一堂。我辈中的大哥提议,小辈中的同姓人挨个给公公一个拥抱,以感谢养育之恩,外姓人则鞠一躬即可。我说不,我也要一个拥抱,因为,这么多年,公公弥补了我父爱的缺失,我们胜似亲生父女。

流水带走了光阴的故事。

几年前,在马钢公司成立六十周年之际,我忽然想写一写我的公公。六十年前,公公离开中国空军工程部支援马钢建设,报到的第二天,马钢公司挂牌成立,从此公公和马钢公司相伴整整一个甲子。我去采访已经离休的公公,那天正值江南的三伏,天气热得像蒸笼。我打开冰箱寻找饮料,公公暖心地提示我冷冻室里有火炬冰淇淋,还特意叮嘱我别告诉小凡(小凡是公公的女儿),若是小凡问起来,就说冰淇淋是给保姆阿姨的孙子准备的。我欣然应允,取了两只冰淇淋,和公公对坐在竹藤椅上,守着一个甜蜜的小秘密,完成了一次愉快的采访。

"何意百炼刚,化为绕指柔。"

女儿刚上小学那会儿,我和老公均在离家很远的厂区上班,往来不便。女儿中午的接送就委托给了她爷爷。爷爷并不像其他孩子的家长那样守在学校门口,而是淡定地坐在右拐角小卖店的小竹椅上阅读《参考消息》或者《薄冰语法》。孙女出了校门直接去小卖店找到爷爷,爷爷将手中的报纸一收,大手牵小手,一起往家走。一路上,爷爷对孙女买辣条、买饮料的要求充耳不闻,但如果问到知识类问题,上至天文下至地理,则是有问必答。丰富的知识储备让孙女成了爷爷的粉丝。如今得知爷爷离世,孙女哭成了泪人,她说:"爷爷有一种鲜见的,或许只能在他那一辈老知识分子身上才有的挺拔而不油腻的气质。包容与教养,从不焦躁,不随波逐流,尊重自己,也同等尊重其他人。"

夜色渐深。出现了一层薄薄的雾霭,借着夜色的掩护,街道和房屋的轮廓不再清晰。

公公弥留之际,我们去医院看他。曾经高大挺拔的公公,在宽大的病床上蜷缩成小小的一团,活力从公公躯体内抽丝而去,生命行将枯萎。我们呼唤着,公公紧闭的双眼睁开了,眼珠闪亮,似是听到了亲人的声音。监护仪器显示，公公的血压、血氧、脉率渐渐趋于正常，我们很高兴，甚至做好了接公公出院的准备。然而未承想几天后形势急转直下，公公蓬勃的心脏在跳动了一个世纪以后，带着爱和不舍，停止了跳动。

寂静。子夜已过。蓦地，一阵风吹过，长明灯的火焰跳跃着，发出噼啪的声响。半开的房门在风中发出"哐哐"的撞击声，老公说，就好像往日无数个工作日里，加完班的父亲拖着疲惫的身躯归来。

"四月是最残忍的一个月/荒地上/长着丁香/把回忆和欲望/掺和在一起/又让春雨/催促那些迟钝的根芽。"四月，公公再也不会回来，但四月杜鹃将花开满山，万物清明，那是春雨催出的新生。

炼焦炉前追梦人

邵峰报考安徽冶金职业技术学院，成为该校的一名函授本科大学生。这一年，他40岁。

学习的目的是解惑，40岁，原本已是不惑之年。然而40岁的邵峰选择继续学习，他说，年轻时不懂得，工作了这么多年后，才明白了学习的重要性。

邵峰是宝武马钢公司炼焦总厂炼焦二分场的一名干法熄焦工。2001年2月，19岁的邵峰匆匆结束了技校的学习生活，进入马钢煤焦化动力车间，成为一名锅炉司炉工。教室已经按捺不住青春的躁动，火热的炉台吸引着他，邵峰跃跃欲试。

传帮带是马钢的优良传统，也是马钢企业文化的一部分。在锅炉班，老师傅们将多年的工作经验手把手地教给了"邵峰们"，尤其是现场突发情况的处理、解决问题的能力，让他们少走了很多弯路，很快，邵峰就可以独当一面了。

2003年邵峰随所在的班组一起，进入总厂新上的干熄焦项目。从巡检到中控操作，邵峰完成了从锅炉工到干熄焦工的华丽转身。

炼铁的炉前工、炼焦的熄焦工，这是铁前系统两个最辛苦的工种。成熟的红焦在干熄槽内和冷惰气体进行逆流热交换，冷却到250℃，而冷惰气体温度上升到800℃。在整个热交换过程中，除了高温之外，还会产生大量的粉尘和蒸汽。

"和传统的湿法熄焦相比，干法熄焦工的工作环境已经好了很多啦。"尽管身边不断有同事设法调换工作岗位,邵峰还是坚持了下来,从此,再没离开。

2011年,29岁的邵峰参加了第五届马钢职业技能竞赛,并在众多好手中脱颖而出,取得第一名,获得了"干法熄焦工技术状元"称号,并被破格提拔为"高级技师"。荣誉面前,年轻的邵峰陡然感受到了无形的压力,他庄重地向组织递交了入党申请,他要用共产党员的标准来要求自己,用党的纪律约束自己,用党的理想鞭策自己。2012年,邵峰正式成为一名中国共产党党员。

炼焦二分厂的操作控制室位于作业面的三楼。通往操作室的是简易铁质楼梯,雨雪天会铺上简易的防滑垫。从操作到巡检,春去秋来,邵峰不知道在这副楼梯上走了多少个来回。但,冬夜里天空中璀璨的群星知道,夏日里厂区路旁盛开的夹竹桃知道,脚上磨坏的一双双劳保鞋,也知道。

邵峰负责马钢7.63米焦炉配套的三套干熄焦装置的生产与维护,干熄焦日产干焦近6千吨,直接保障马钢北区高炉的生产运行。多年来,为了保证干熄焦装置的稳定运行,邵峰通过开展《6号干熄炉双斜道结构炉体检修方法研究与实践》《优化干熄焦循环系统气体成分降低焦炭烧损率的研发》攻关,将科研成果应用于实践,取得了良好效果。他们的《延长干熄焦耐材使用寿命,保障干熄焦系统长周期稳定顺行》荣获马钢岗位创新效果创效成果三等奖。他的多项合理化建议、岗位创新创效专利多次获得总厂奖励。《通过干熄炉耐材高温在线检测,优化干熄焦年修方案》《通过调整干熄焦循环系统工艺参数,提高干熄焦安全稳定性》《干熄焦智能优化配用焦炉脱硫脱硝产低压蒸汽》获总厂岗位创新创效成果一等奖;《干熄焦锅炉爆管工艺降温操作法》被总厂命名为"先进操作法";论文《马钢炼焦总厂北区干熄焦热管换热器清洗实践》刊发于《燃料与化工》杂志;《一种干熄焦预存室用料位计结构》获新型授权专利。他还参加了"干熄焦操作技术模拟仿真系统的开发与应用"项目，参与了软件算法程序的验证、完善、修正。凭借这一系列的成果，邵峰被总厂授予"干法熄焦技术能手"称号。

其间，邵峰带题上岗，针对干熄焦系统氮气消耗进行攻关，成功将 4#、5# 干熄焦氮气消耗量由 1500 立方 / 小时，降至 1250 立方 / 小时以下，顺利完成降本任务。针对 5# 干熄炉入口烟气温度偏高的问题，邵峰大胆判断为螺旋换热器内部窜漏，并仔细求证，通过更换螺旋换热器解决了问题。针对 4# 干熄焦气体分析仪取样困难、分析不准问题，提出解决方案，实施后效果显著。

一个成功男人的背后，都有一个默默支持他的女人。这句话多么陈旧和俗套。但在邵峰这里，是不容置辩的事实。邵峰的妻子是位小学语文老师，平时工作也十分繁忙。然而邵峰把自己交给了焦炉，却把孩子的教育交给了妻子。妻子毫无怨言。邵峰作为业务骨干，经常出差外地支援兄弟单位建设，2006 年湖南涟钢、2008 年酒泉钢厂、2011 年铜陵开富、2015 年沙钢铁雄新沙、2018 年山东石横特钢……甚至越南，每一次出差，都要离家 2 个月以上。为了解除邵峰的后顾之忧，年迈的父母也竭尽全力，为孙子的衣食提供保障。为此，邵峰心存感激，但他是个内敛的人，每次出差在外，和妻子视频通话，看着妻子疲累的面孔，只能轻轻说一声："老婆，辛苦了！"

年轻的时候邵峰并不很爱学习，初中毕业后，他选择了读技校，就是为了早点成为一名技术工人。但是在多年的工作中，邵峰越来越多地认识到学习的重要性。2003 年，邵峰完成了安冶院大专班的学习，今年，他又报考了专升本。邵峰认为，理论和实践，始终是个相辅相成的过程，掌握了理论知识，可以更好地指导实践，而实践，则是理论的来源，只有将理论和实践有机结合，才能将工作效率最大化。

多年的工厂生活，让邵峰少了年轻时的冲劲，却多了几分中年人的沉稳。问及邵峰有没有想过更换一个相对轻松一些的工作时,邵峰摇摇头,他说他已经习惯了,习惯了眼前熟悉的设备,习惯了和家人一样朝夕相处的同事。

2011年邵峰被破格提拔为高级技师,时至今日,整个作业区乃至全厂也就他和他的作业长两名干法熄焦工技师。而干熄焦技术又是马钢的品牌技术,有着面对全国提高干熄焦技术的责任。邵峰深知肩上担子的沉重。"我是党员,又是骨干,我不能太自私,于人于己,我都要对得起胸前的党员徽章。"

夜幕降临,焦炉上,LED彩灯闪烁着,将炉体轮廓清晰地呈现在钢城的夜空里。邵峰没有闲暇欣赏,他犀利的眼神在操作控制室那一排排闪烁的终端显示仪间巡睃,就像给病人做诊断的医生。少顷,他像发现了什么,迅速戴上安全帽,走下简易的铁质楼梯,开始了又一轮巡检。

半生守护

沐贤柱是马鞍山这座钢铁城市的二代移民。1953年，沐贤柱的父亲追随新中国建设的步伐，来到马鞍山。1963年，沐贤柱出生在马鞍山老市里半边街。1981年，18岁的沐贤柱在12号高炉前举行了成人礼——他正式成为一名炼铁炉前工，从此以炼铁为生。

高炉炼铁炉前工，指的是在炼铁高炉出铁口前负责高炉出铁工作的操作工。炉前工工作环境恶劣：温度高、出铁时粉尘大，同时工作的危险性也较大，属于高危重体力劳动岗位。

当时的高炉利用系数不是很高，自动化程度又低。平均2小时出一炉铁水，一个班大约要出四次铁，每次出铁前要把出铁口整理好，然后打开铁口。堵口前把铁口周围的渣用长铁钩钩干净，用泥炮堵好铁口。要把渣沟清理干净、挡好沙墙。混铁车满罐时要改罐。"累啊，真的很累。当时上的还是小三班，无论白班、小夜班、大夜班，一上就是一个星期！休息室里，只有一台咿呀作响的老吊扇。穿着厚重的白帆布工作服，出一次铁下来，工作服都湿透了，喝口水，歇口气，再上。反反复复，一个班下来，工作服都泛出了碱花。有时候太累，下班后连洗工作服的力气都没有了，第二天再穿，发现工作裤竟然可以直直地立在那里。"

想过退缩，想过换工种，18岁的沐贤柱在吃苦耐劳的老一辈炼铁炉前工的鼓励下，还是坚持下来了，在12号高炉一干就是十九年。十九年，凤凰涅槃，沐贤柱从一个白丁成长为具有丰富经验、善于处理现场突发问题的优秀炉前工,并成为一名管理着几十号人、工作上独当一面的工段长。

好钢要用在刀刃上。1990年,37岁的沐贤柱被派到功勋高炉9号炉担任三班工长。沐贤柱认为这是一种荣誉,也很珍惜这样的机会。他向组织庄重地递交了入党申请书,誓言用毕生精力,炼好铁,做9号高炉的守护人。

2000年,9号高炉经历了一次大型升级改造,由原来的300立方米扩容到400立方米。原定工期75天,经过二铁人和修建工程公司以及各方力量没日没夜的共同努力,硬是将工期压缩到了68天!改造后的9号高炉成了当时仅次于老四铁厂2500立方米一号大高炉的马钢第二大高炉。沐贤柱倍感自豪。

选择做一名炉前工,就注定了要牺牲很多。1989年年底,沐贤柱的女儿出生了。初为人父的他却几乎没有精力照顾妻子和女儿。休完产假的妻子要回百货公司上班,女儿基本上是爷爷奶奶带大的。沐贤柱自觉亏欠家人太多。可是,"有时候下了夜班,真的连抬腿的力气都没有,要瘫坐在休息室里半天才能爬起来""夏天的时候,室外都有40℃的高温,炉台上更不用说了,可那时候休息室里没有空调,只能用平板车从服务公司拖回来一大块冰,用自来水冲掉表面的灰尘,敲半块到大桶里,倒上酸梅粉和凉开水和一和,从炉台上下来咕咚咕咚喝一搪瓷缸子,就算是防暑降温了。"

时代在发展,后来的9号高炉,已经跟不上时代的脚步,停炉势在必行。做停炉方案调研的时候,沐贤柱是极力反对的,和9号高炉相伴相依近二十年,有感情啊。然而"青山遮不住,毕竟东流去",今年的4月23日,9号高炉还是停了。这一天,即将退休的沐贤柱来到了停炉现场,与9号高炉做最后的告别。"天下着细雨,我心里在流泪。真的很难释怀。从18岁进厂,到55岁退休,我干了三十七年炉前工，从没换过工种。我守了9号高炉这么多年，炉况好，我跟着开心，炉况不好的时候，我跟自己生病了一样难受。"

"我知道9号高炉的本体会作为工业遗址保存下来，但是，我不会再来看它了。作为工业遗址的9号高炉是静止的，而在我的心里，9号炉永远是炉火熊熊、充满活力的模样。"

尘埃落定

顶着烈日,我来到了位于北区的9号高炉。

整整燃烧了六十年的9号高炉,已于3个月前永久性关停。此刻,炉台上静悄悄的。阳光透过厂房的棚顶斑驳地照射进来,碎影飘摇;昔日火红的出铁口,只剩下两道浅浅的沟壑;出铁口上方的除尘器吸尘口锈蚀了,一侧的钢板耷拉下来。经过多次扩容以后方达到450立方米的9号高炉,在后续新建的2500立方米的1号高炉2号高炉和3200立方米的4号高炉面前,显得那么的娇小,小得仿佛是刚出生的婴儿,而如今,这个婴儿累了,静静地睡了。

在6号风口,我伫立良久。六十年前,毛主席来到这里,就是通过6号风口用看火镜观察高炉冶炼情况,并说出了那个年代的马鞍山人耳熟能详的一句话:"马鞍山条件很好,可以发展成为中型钢铁联合企业。"从此,马鞍山从一个长江边小渔村发展成今天的钢铁城市。多少人的命运直接或间接地被改写,多少人的人生轨迹和这座高炉交集、关联。

此刻我站在9号高炉前,思绪又闪回到了2016年9月6日。那一天,总厂4号3200立方米高炉,经过两年多紧锣密鼓的设计施工,终于以完美的姿态矗立在江东大地上。淘汰落后产能、平衡优化钢铁冶炼要素资源配置、实现公司生产格局质的变化、有效抵御市场风险,这些紧扣时代脉搏的标签,使得4号高炉的落成具有了里程碑式的意义。所有4号高炉的决策者和建设者,齐聚9号高炉前,在这里采集火种。

我站在高炉西路边，静静地看着火种在我的同事们手里传递，看着公司领导用9号高炉的火种，点燃4号高炉的炉膛。也许，从这一时刻起，9号高炉就已经完成了它的历史使命。作为高能耗低产出的小型高炉，它已经成功蜕变，将它的生命，融入了低能耗高产出的4号高炉，继续熊熊燃烧。

3号高炉，建于2004年，2016年10月，已连续生产十二年的3号高炉进行了为期100天的"重装再造"型大修。整整100个日日夜夜，我所在的设备管理室的伙伴们，和参建的40多家单位一起，奋战在检修现场。从高炉本体炉型优化，到热风系统能力的提升；从出铁场及中控室平台改造，到三电系统工艺升级。在大家共同努力下，工程终于提前5天完工。2017年1月13日，我再次来到9号高炉前，依然静静地凝望。冬天，9号高炉的炽热变成了温暖，仿佛有一股强大的气场，屏蔽了严寒。我看着9号高炉炉长将火种交给3号高炉炉长，同时也交付了一份责任、一份期许。

2017年注定是忙碌的一年。刚刚结束了3号高炉的"重装再造"，我和同事们又马不停蹄地投入2号2500立方米高炉的改造性大修中，将近5个月，整整145个日日夜夜不间断地鏖战，马钢人，将一个全新的2号高炉呈现在世人眼前。几多辛酸、几多回味，都凝聚在了金秋十月。10月，注定是收获的季节。由60后、70后、80后、90后四代二铁人共同组成的方阵，在9号炉前重温入党誓词，庄严宣誓：不忘初心，砥砺前行，共建马钢家园。

如今一切喧嚣都已过去，尘埃已然落定。9号高炉的炉火熄灭了，但它留下的火种，依然在2号高炉、3号高炉、4号高炉内继续燃烧，9号高炉凝聚的所有马钢建设者的精气神，也将世世代代，薪火相传。

……

哗哗的水流声打断了我的思绪，循声走到炉台另一侧，发现排水口里有冷却水外排。原来由于炉体密封不好，停炉时凝固在炉膛里的一炉铁水至今尚未完全冷却，所以9号高炉的值守人员一直在往炉中打入冷却水帮助降温。花甲之年的9号高炉，竟是热血难凉啊。

转身，回望9号高炉。炉台入口处，悬挂着毛主席头戴柳条帽视察9号高炉的大幅照片。我知道，这里正在做遗址公园的前期可行性报告。若干年后，这里将四季花开、流水潺潺；晨起有鸟儿啁啾，暮归有蝶儿相伴；清风可入明月，近水诉诸遥山。那时已经退休的我，或许会牵着我的孙辈来这里玩耍，并且告诉他或她9号高炉的故事。

风雨摆渡人

沿天门大道一路往北,进入联合路再折向西,葱郁而略缺修整的树木从车窗边闪过。路的终端,马和汽渡包裹在金色的阳光里。

距离上一次来这里已经很久了,那一次陪同外地朋友,从这里过江,去和州探访刘禹锡的陋室,去霸王祠感受"四面楚歌"的悲怆,探访褒禅山的"求思之深而无不在"。

时间追溯到20世纪80年代,改革开放让江东这片古老的土地重新焕发生机。1985年国庆日,马鞍山马和轮渡汽车有限公司正式成立,这是八百里皖江第一汽渡。一时间百贾交会,南来北往,渡口风光无限。

2008年,马和轮渡转企改制,由马鞍山长运控股集团有限公司并购,这是对国有企业的第一次输血,以适应市场经济发展需求。11月,并购成功,职工身份置换,马和轮渡实现了第一次华丽转身。

"春潮带雨晚来急,野渡无人舟自横。"傍晚,下着瓢泼大雨,潮水涨得急,渡口杳无一人,一只空荡荡的渡船随波漂动。年轻的时候,读韦应物的这首唐诗,总是被其凄清的画面感打动。及至年纪渐长,方明白,唯美的背后,真相或许十分残酷。

"世上活路三行苦,撑船打铁磨豆腐。"铁匠要在酷暑里忍受高温的炙烤,做豆腐营生的需为碎银几两起五更睡半夜,而船行风浪间,随时都有翻船丧命的危险,摆渡人必须细心谨慎。

时间定格在2012年8月16日凌晨,这是黎明前最黑暗的时刻,马和轮渡104号船缓缓驶出码头,船上载有5辆货车、3辆轿车、2辆电瓶车，这是一艘刚检修过的船，且在正常服役期内。然而仅仅5分钟后，这艘14车位的渡船，突然侧翻，在不到30秒的时间内，迅速沉入江底。船员和乘客，12条鲜活的生命，永远随长江水东逝而去。

渡口沉寂了。摆渡人陷入深深的自我否定和自我怀疑中。次年，马鞍山长江大桥拔地而起，大桥西起姥桥枢纽，北跨长江水道，东至马鞍山东枢纽，是巢湖市和马鞍山市的过江直通道。长江大桥的通车，很大程度上缓解了过江轮渡的压力，将人们的生活带上了高速。那么低谷中的马和轮渡，还有存在的必要吗？

有！江苏长博集团有限公司的前期可行性调研报告给出了肯定的答案。2014年年底，长博集团通过股权转让的方式，接管了风雨飘摇的马和轮渡，老领导陈国平临危受命，他放弃了优渥的退休生活，着手对企业进行大刀阔斧的改革。

新官上任三把火，陈总的三把火是安全、安全，还是安全。有血的教训在前，安全永远是触碰不得的红色底线。为确保安全，公司将渡船全部换成安全性更高的28车位渡船，同时，对于漠视安全，习惯性违章的员工，坚决予以辞退，绝不姑息。当个人利益受到冲击的时候，陈总不例外地受到了人身威胁，面对困难，陈国平没有退缩，终于将员工的数量从198人减到136人。

减员必须增效。当年，在职员工收入增长20%，此后，员工收入逐年增长。有了回报，员工自觉地把安全放在首位，此后，再无违章事件发生。

走进渡船驾驶舱，我第一次用摆渡人的视角打量着江面。靠近岸边的江面上，水草丰茂，一些耐潮湿的树木半身浸在水里，树冠在水面盛开成一朵翠绿的巨大蘑菇；左手边是马钢港务原料的堆场码头，蓝白相间的烟囱和运输皮带通廊勾勒出好看的立体几何图形。江面宽阔，在烈日照射下闪着粼粼波光。对岸有一个正在堆料的小型料场，卷扬机旋转着，几只高压水枪交错着喷出优美的弧线，将堆料燃起的烟尘扑灭。天光透过云层，照射在渡船驾驶员面前的玻璃窗上，摆渡人挺直了腰板，手握操纵杆，目视前方，庄严而神圣。

船行至对岸，车辆在调度的指挥下依次下船，然后是和州这边的车辆鱼贯上船，一切井然有序，日光静好祥和。回到渡口这边，我看到办公楼前树立的宣传栏里，长博精神赫然在目：

长博之本，诚实守信，诚信是企业生存的灵魂；立信才能立业，信守承诺，真心服务用户；我们的信誉度、知名度在诚信中提升。

长博之标，自强不息，求强是企业追求的目标；挖掘潜力，扩大自身优势，走内涵发展之路；我们的实力在竞争中壮大。

"概括起来说，就是八个字：诚信务实，创新求强。"马和汽渡董事长季伟笑着跟我们解释。2018年，年轻的80后季伟来到这里，从陈总手里接过沉甸甸的担子，也从老一辈的长博人手里传承了长博赖以安身立命的企业文化。

"定制度易，执行却难"。马和轮渡现在已恢复了24小时摆渡，白天每隔15分钟一班，即使在车辆稀少的深夜，两班渡船的最大时间间隔也不会超过半小时。正是这样不断地诚实立信，渡口效益逐年稳中攀升。今天的马和轮渡，不但是皖江段最大的渡口，也实现了最佳效益。

"山不在高，有仙则名；水不在深，有龙则灵。"和州通判刘禹锡写下了超凡脱俗的《陋室铭》，也写出了"芳林新叶催陈叶，流水前波让后波"这样歌颂自我革新精神、颇具现实主义教育意义的名句。自古江东出才俊，刘禹锡诗词中蕴含的哲学思想，恰好给予现今企业生存发展以启示。

滚滚长江自古就被视为天堑，在没有现代化造桥技术的漫长岁月里，摆渡，就是将天堑变通途的唯一渠道。即使是在长江上一座座大桥拔地而起的今天,汽渡依然是不可替代的存在。它是沿江车辆过江的便捷选择;是桥梁禁行车辆,比如重载车辆的必经之路;更是大桥封闭时的应急过江通道。

彼岸烟波流转,我们只是过客,你们却是永远的摆渡人。我们终会上岸,无论去往哪里,都是阳光万里,鲜花开放;而你们,会一直守在这里,用快乐和温暖,护送人们安全抵达彼岸。

致敬摆渡人。

卖核桃的老大爷

那一年我去了河南、山西交界的郭亮——一个景色绝美的悬崖上的村庄。但是郭亮留给我印象最深的不是美景,而是人。巍巍八百里太行、五千年的华夏文明,孕育了聪明能干、质朴勤劳、精明慧黠的郭亮人。

卖核桃的老大爷70岁了,精瘦黝黑,精神矍铄,他的脸让我想起油画《父亲》。结识他是在游完郭亮村乘景区大巴返回南坪时,当时时间还早,我们几个就琢磨着再去附近转转,看到一个指示牌,指向"磨剑峰"方向。正好这位大爷在景区停车场卖核桃,我们就问他有没有车可以送我们去磨剑峰,大爷抄起手机就打电话联系,对方未接电话,大爷啥也没说就匆匆走了,留下一车山货和我们几个游客。我们就边夹核桃吃边等,过了大约5分钟,大爷回来了,说没车了,车都不在家,让我们别去了。我们这才明白他是去联系车了。看大爷挺信任我们,索性就买他点山货吧。大爷很高兴,一边频频夹核桃给我们尝,一边推销:"我的核桃好,我卖核桃不少秤,别人一斤只给你们六七两,我给你们九两!"逗得我们哈哈大笑。我们又说:"大爷,你把一车山货丢给我们,你放心啊?"大爷朗朗地说道:"没(mu)事(si)!"我们笑得更厉害了。

天色尚早,我们继续吃着核桃和大爷有一搭没一搭地聊天。郭亮村有个著名的景点崖上人家。站在崖上人家的场坪上,可看到"世界最险要十条路"之一的郭亮村挂壁公路,这段挂壁公路由郭亮村十三壮士历时五年手工开凿完成,堪称公路修造史上的奇迹。我跟卖核桃的大爷打听十三壮士的情况,大爷说,只能说以他们十三人为主吧,当年修建挂壁公路,郭亮村全村人都出了力的,不然仅凭十三个人,哪能完成这么大这么难的工程。

说话间过来一拨游客买核桃,大爷热情地请他们品尝。有游客质疑核桃的分量,大爷二话不说抓了几大把放进游客的塑料袋里。游客走了之后,我笑着提醒大爷:"您给添那么多,何止一斤啊,一斤半也不止啦!"大爷也笑:"山里的东西,不值啥钱,多添一点少添一点没(mu)啥事(si)!"

第二天我们徒步王莽岭。自南坪经磨剑峰上至王莽岭北门,一路上置身在白垩纪时代海水冲刷形成的岩层之中,仿佛能感受到亿万年前的海浪扑面而来;再从如画的昆山公路挂壁长廊下山,体会到的是郭亮人在恶劣的生存环境下和大自然争斗的坚韧。回到南坪,我又看到了卖核桃的老大爷。老大爷一眼看到我从山上下来,直冲我招手,我跑过去,大爷摸出两个柿子塞给我,说:"家里树上摘的,'揽'过了,不涩,甜,你吃。"郭亮是个穷山村,但是郭亮产的柿子、核桃、山楂,品质却是一等一的好。走了一天的山路,吃着甜甜的、凉凉的柿子,别提多爽了。

吃完柿子,看看离晚饭时间还有1个小时,我就对大爷说:"我帮你卖核桃吧。"大爷说:"好啊,你就帮我夹核桃给大家尝。"说来也怪,自打我往摊位前一站,大爷摊位的生意就好了起来,回南坪景区的游客一拨一拨地,都围过来,买上点核桃、杏仁、山楂、山葡萄,或者是野芹菜。大约40分钟的工夫,大爷整整一麻袋核桃见了底,一大包野芹菜,同样卖得一根不剩,其他山货也卖掉不少。天渐渐黑了,快到吃饭的点儿了,我说:"大爷,我走了。"大爷大吼一声:"莫走!"一边手脚麻利地包了一包山楂干、一包山葡萄干。又问我:"啥时候离开郭亮?"我说明天就走啦。大爷又抓了一大把核桃,一个个给我夹好,连同山楂干、山葡萄干一起,不容分说塞到我手里:"拿上,路上吃!"随后拍拍手,心满意足地点上支烟,把装野芹菜的空袋子往路边山坡上一扔,就势靠上去,深深地吸了口烟。

暮色里,我和同行的几个人边往农家饭店走,边回头看大爷的摊位,只见香烟的火光忽明、忽灭。

月亮升起来了,星星俏皮地眨着眼睛,山风吹散了农家的炊烟,农舍里亮起了温暖的灯,间或有女主人训斥孩子的声音。我无声地笑了:我们在滚滚红尘中追逐所谓的理想,到头来,名利场中的山高水远,终敌不过这卖核桃的老大爷的一箪食一瓢饮。

台阶上哭泣的男孩

虽说是暖冬,但早晚温差还是挺大的。临近冬至,天黑得也早。忙完一天的事儿,到家的时候天已擦黑。

楼下门厅前的台阶上,坐着一个小男孩,七八岁的模样,瘦,肥大的冬季校服穿在身上有些晃荡,背着双肩书包。从他身边经过的时候,借着余晖,我发现男孩在哭。

我心里咯噔了一下,下意识地,停了脚步。问他是哪家的,多大了,这是怎么了。男孩说他是16楼的,上二年级,忘了做作业,被妈妈赶出来了。

现在的高层住宅,人与人之间疏远得很,我以前从没见过这个男孩,也不知道他家长是谁。想了想,我给物业打了电话。物业的值班经理很快来了。

经理问了情况,表示要送男孩回家。男孩死活不肯,说他妈妈不会让他进门的。经理又问他爸爸的情况,他说爸爸是师范的老师,很忙,现在还没回来呢。男孩说他妈妈是幼儿园老师,家里还有个5岁的弟弟。男孩眼角有两条很长的抓痕,已经结痂,我问他抓痕是怎么回事,他说是弟弟抓的。

这是个面相很聪明的男孩子,并且内心善良。他叙述事情条理清晰,也懂得尊老爱幼,不然,以他的年龄,不会被5岁的弟弟把脸抓伤。

我跟物业经理商量了一下,决定由他上楼联系男孩的家人,而我留在原地陪伴男孩,以免他走失。暮色越发浓烈,江南的夜晚,露水快下来了。我让男孩取下书包垫在冰冷的台阶上,男孩很听话地坐在了书包上,我在男孩身边坐下,开始与他聊天。

原来,男孩就在小区附近的小学上二年级,但是学习成绩一直很不好,相比较而言,数学更差一些,作业题目都不会做。我能理解,父母都是老师的家庭,特别不能容忍自己的孩子学习不好,时间久了越发欠缺耐心。男孩每每有题目不会做,去问母亲,母亲就说三个字:自己想。

我问男孩为什么不会做题,是不是老师讲得听不懂。男孩用清澈的眼睛特别真诚地看着我:"我上课总是走神,注意力怎么也集中不起来。"我问他上课的时候都在想什么,男孩眼睛开始放光:"比如老师在讲课,我就看到我的道法书在飞来飞去,一会儿飞到同学抽屉里,一会儿又飞到讲台上,一会儿又飞不见了,然后我就在想,一定是被哪个也在修仙的同学偷去了,可是那么多同学,到底是哪个同学呢?……"

我差点笑出声,这男孩太可爱了,相比较同龄的孩子,他有着更为丰富的想象力。多么可贵的想象力,我其实很想鼓励他继续这样地天马行空,但是不能,我只能像个知心大娘一样用干巴巴的语言告诉他:"大人的世界和孩子不同,我们要相互理解相互让步。你可以在上课的时候好好听课,好好写作业,这样妈妈会高兴,就不会骂你,你下课的时候,还有作业做完的时候,就可以继续幻想了。"

男孩听了我的话,认真地点了点头,我为他的乖巧而心疼。他并不是故意要惹妈妈生气,只是他这个年龄的孩子无法像大人一样约束自己。

这时物业经理回来了,他说已经跟男孩妈妈沟通过了,男孩妈妈也在楼上关注着男孩的动向,并且已经打电话给男孩的爸爸了。男孩赶紧问经理:"我爸爸什么时候回来?"经理说就快回来了。男孩如释重负,说他等爸爸回来后一起回家。

  我叮嘱他,一定要等爸爸,不要乱跑,这才起身上楼回家。进电梯前我又看了一眼男孩,他小小的背影,在宽大的台阶上显得很无助。我不知道在今后的日子里,他能不能处理好幻想的世界和现实世界的关系,但我希望,他能将美好的想象力保持得更久一些,毕竟,那才是童年该有的样子。

炉前工老杨

老杨临下班前将工作台擦了又擦,格外仔细。

班长走过来拍了拍他的肩膀:"走,喝酒去。"

厂区边的小饭馆,生意一如既往地红火。班长给老杨斟满酒杯,啤酒的泡沫发出极细微的"啪啪"的破裂声。透过淡黄色的酒水,老杨的眼眶有些湿润。

今天是老杨的最后一个工作日。3天前,老杨办好了离职手续,拿着一纸协解合同书和几十万的补偿金,老杨的心沉甸甸的,又空落落的。

老杨是炼铁A高炉的炉前工,文化程度不高。当年,18岁的老杨顶替父亲的职位进了马钢,在炉前工的岗位上一干就是三十三年。三十三年,他见证了老高炉的一次次大修改造,见证了一座座新高炉拔地而起,见证了高炉的由小到大、由弱到强。

其间,老杨结婚,生子。妻子是附属小厂的职工,俗称大集体。妻子身体一直羸弱,是个药罐子,早早办了病退之后,微薄的退休工资也只够付医保外的药钱。吃够了身体差的苦头,老杨妻子从他们儿子小的时候,就鼓励儿子多运动,增强体质。别人家孩子学钢琴、绘画、诗朗诵,老杨家儿子学游泳、乒乓球、羽毛球,儿子也争气,几年羽毛球练下来,就成了同龄孩子中的佼佼者,参加全省全国的比赛,都能获奖。

老杨庆幸自己是炉前工。早年的炉前工,是铁前系统所有工种中最苦的。尤其是夏天,一个班干下来,工作服被汗水浸透,泛着碱花,不及时清洗，工作服都能直立起来。但是环境差，补贴也高。老杨不怕苦，别人不愿意干的脏活累活，他愿意干，拿到补贴，给妻子买药，给儿子交训练费。

只是随着年岁渐长，老杨常常感到力不从心，但那不是体力上的衰退。随着炼铁工艺的改进和高炉自动化程度的提高，大部分炉前工的手工劳动被机械替代。对于文化程度不高的老杨来说，面对一面面巨大的彩色显示屏和操作台上一排排按钮，很难适应。中控室里环境整洁，空调温度恒定在26℃，可他更愿意操起长铁钩，在炉台上挥洒汗水。

2022年夏天是老杨儿子的高考季。春天的时候，儿子参加全国比赛，拿到了同龄组的冠军，顺利获得"国家二级运动员"资格。儿子的文化课成绩一直不错，高考成绩出来，远超一本分数线，又有"国家二级运动员"加持，儿子被上海一所名校录取。儿子多年的努力，老杨多年的辛苦付出，终于修成正果。老杨心里美滋滋的，走在上班路上，路边粉的、白的夹竹桃画，都在对他微笑；早起的鸟儿啁啁啾啾，也是在对他唱歌。

随着开学日期的临近，很多实际困难摆在了老杨面前。给儿子置办完生活用品，买了笔记本电脑，老杨的积蓄所剩无几，开学的学费就成了问题。老杨找班长商量，班长很年轻，外地人，正规大学本科毕业，平时在工作上对老杨很是照顾，会手把手地教老杨用电脑录入工作数据；老杨则在生活上照顾班长，经常带上自家做的美食给班长品尝，二人算是忘年交。

班长建议老杨办理"协解"。今年的协解政策十分优渥，老杨其实早就动心，只是对马钢多年的感情让他不忍割舍。儿子开学面临的问题促使老杨下了决心，终于在"协解"政策截止日的最后一天，办完了手续。

酒杯里啤酒的泡沫已散,老杨端起酒杯和班长一饮而尽。酒杯碰在一起,有破碎的声音。班长笑问老杨今后如何打算。老杨也笑,笑出了眼角的一滴眼泪:"我这一辈子,以铁为生,也不会干别的,以后不外乎找个相关的事情来做,或者,我也在这附近开个饭馆,工友们累了,就到我这里来喝酒解乏。"

　　说到这里,老杨的眼睛亮闪闪的,又有了光。

因为一座桥，爱上一座城

没有人知道红旗桥名字的由来。可能因为它落在红旗路中间，所以才叫红旗桥吧。

很长一段时间里，我都不能确定桥的位置。因为俯瞰下去，它就是个十字路口，南北向往红旗北路和红旗南路延伸。往西，过铁路道口，就是马钢厂区，我工作的地方；往东，毗连着雨山湖，是商场和居民楼聚集的闹市区。后来我问一个在湖边垂钓的长者，他带我到路基下方，从侧面观察，原来十字路口的东南方向和西北方向道路是贯通的，一条潜流斜穿而过，桥，名副其实。

桥西边紧挨着铁道，宁芜线上一列列火车来来往往，输送旅客和物资。每天上下班高峰，我们总会被道口的栅栏拦住，为火车让行。运气不好的时候，遇上货运列车在此调头，长长的车皮缓慢而沉重地喘息着，以龟速爬行，完全无视我们一双双焦急又期待的眼神。

道口的拥堵造成了小吃业的繁荣。早上是鲊肉蒸饭、烧饼油条、锅贴煎包，傍晚是各色时令水果、炸鸡辣条串年糕。小贩们在人群里穿梭着推销，让本就堵塞的人群更加拥挤不堪。

每到秋天，就会有一个卖橘子的老爷爷，他总是把两只装满橘子的竹筐摆放在马路对面。老爷爷背靠夕阳，穿一件白色老头衫，戴一顶金黄色草帽，身后，雨山湖水泛着粼粼波光，湖上有皮划艇运动员在训练，微风吹过，银杏树叶伴着细微的沙沙声飘落，将地面铺成金黄。老人摘下草帽轻轻扇着，看着道口闪烁的红灯，微笑。

十年之前,女儿将这一幅红旗桥秋色图写进了获奖作文中,这幅画面就此定格。其实红旗桥的四季都是美的。春天,桥边的柳树绽出新芽,小草破土而出,间或有燕子在柳叶间穿梭;到了夏天,梧桐撑开巨大的华盖,为奔波的人群奉上一片绿荫,高温将樟树的香气悉数激发出来,弥漫于空气中;冬天,树秃了,湖面也结了冰,天地之间一片灰白,却将湖边那一组石雕衬托得越发生动。

十年之后,女儿已去了另一座城市,却始终忘不了红旗桥头金黄的秋色。我也换了工作地点,不再每日穿过红旗桥进入厂区,也不再有堵车的焦躁,但也少了堵车时欣赏桥头风景的乐趣。世事莫过如此,得失都在方寸之间,重要的是心态。

十年间,红旗桥立交桥建设纳入了城市规划并付诸实施。与雨山九区立交、205国道高架一起,将小城由二维变成了三维,小城成了一座立体的小城。

红旗桥立交桥施工的时候,我已到新单位,但我依然通过前同事的朋友圈感受到了封路施工给他们带来的不便。因为施工,他们上下班不得不从205国道两头绕行,路远不说,堵车的时间也更长了,为此,他们只能天不亮时就从家中出发,而工作了一天,拖着疲惫的身躯回到家里,已是华灯初上。

我庆幸自己不用承受堵车的压力。更庆幸的是,我的新单位在红旗立交桥施工中承担了部分工作,而我,成了这座桥的间接建设者。

2020年夏天,长江流域水位持续上涨,安徽阜阳王家坝主动破圩泄洪。这一年,小城的梅雨季特别长,红旗桥立交桥的建设者们克服高温和持续降雨带来的种种不便,不舍昼夜。当我把最后一个箱涵顶进成功的消息告诉我的前同事们时,正被堵在下班路上的他们,无不松了一口气。

又是一个金秋。我来到暌违多年的红旗桥。宽敞的车道和人行道,从铁路下方穿过,也是下班高峰,可车流有序行进,以前的拥堵再也不见。人们从厂区出来,穿过红旗立交桥,迅速散开,迎接他们的是社区的万家灯火、三餐四季。

如果将城市比作人体,那么,宽宽窄窄、纵横阡陌的大街小巷,就是这座人体的血管。血管堵塞时,血流不畅,城市病了,而立交和高架桥的建立,疏浚了城市的血管,让城市重新展现勃勃生机。

因为一座桥,爱上一座城。这么说未免过于矫情。然而我对于所生活的这座小城的情感,无疑是在每天和红旗桥擦身而过中累积起来的。四季交替,晨昏更迭。这样的情感并不浓烈,但隽永而绵延。

辑四 渔经猎史

让更多的人认知人类苦难的存在
——读尼日利亚女作家阿迪奇埃小说《半轮黄日》

在西非东南部，非洲几内亚湾西岸的顶点，有一个国家，在非洲，它的人口最多，民族最多，石油储量最多。它就是尼日利亚。

这个多难的非洲古国自 13 世纪葡萄牙入侵，就开始了它漫长的被殖民史，直到 1914 年，尼日利亚沦为英国殖民地。英国是个老牌殖民帝国，他们利用对尼日利亚的宗教输入来强化殖民统治，这就为尼日利亚独立后那场残酷的内战，埋下了祸根。

尼日利亚北部的豪萨族长期受伊斯兰教影响；殖民时期英国则刻意向东区的伊博族大范围传播基督教；而西南区的约鲁巴人大多信奉本土宗教。1960 年尼日利亚宣布独立，之后在伊博人居多的东区发现了石油，由此中央和地方的权力分配问题使得种族矛盾激化，导致了 1967~1970 年之间的尼日利亚内战。其间伊博族宣布独立，竖起了比亚法拉共和国的国旗——在红色、绿色和黑色长条中央，是放射光芒的半轮黄日。

尼日利亚女作家奇玛曼达·恩戈齐·阿迪奇埃的长篇小说《半轮黄日》，通过一对伊博族孪生姐妹的关系纠缠，用最原始的方式，向我们展现了这场战争的血腥、大屠杀的残暴、饥饿对儿童的摧残以及死亡带给人们的深不见底的恐惧黑洞。

奥兰娜目睹了大屠杀。屋顶的火焰如巨浪翻滚，沙砾和烟灰在空气中飘浮。舅舅脸朝下，身体扭曲成难看的形状，乳白色的东西从脑后的大伤口渗出；舅妈躺在凉台上，全身赤裸，刀伤如微微张开的红唇；地上杂乱地躺着多具尸体，像布做的娃娃，其中一具无头女尸的衣服，像极了她那即将临盆的表姐；在逃离的火车上，身边的女人打开手中抱着的葫芦："来瞅瞅我女儿，你知道我花了多长时间编好了她的发辫？她头发么多。"奥兰娜看到了一个小女孩肤如灰土的头颅。

同样是女性作者，同样是描写战争，波兰女作家奥尔加和阿迪奇埃所用的写作手法截然不同。奥尔加是跳脱出来飘在天上，举重若轻，字面并不血腥，却给人更强烈的心灵震撼；阿迪奇埃则是沉到地面低入尘埃，亲手把创口扒开，把战争以最原始的状态呈现给读者，而这种血肉模糊的真实，甚至会引起读者的感官不适。

众所周知，南非记者凯文·卡特那幅获得普利策新闻特写摄影奖的作品《饥饿的苏丹》，捕捉的是苏丹战乱引起的大饥荒，一名即将饿毙的女童和她身后虎视眈眈的秃鹰。没有人能够否认这张照片带给人们的巨大的视觉冲击。而类似的场景，在阿迪奇埃笔下的尼日利亚内战时期被封锁的拉各斯，俯拾皆是。"双臂细如牙签的孩子，肚大如箩，皮肤撑开，很薄……露出了蛛网一般的血管和易碎的骨头"，他们会毫无征兆地倒地，安静地死去。尽管有国际社会的积极援助，依然有300万平民在这场战争中死于饥饿，其中绝大部分是儿童。

历时三年的尼日利亚内战以比亚法拉的失败而告终。然而战争给尼日利亚的伊博族平民带来的创伤是旷日持久的。对于这场全球最残忍的十大内战之一，尼日利亚官方却始终讳莫如深。内战的话题"至今仍是制造分裂的话题……我们都假装不曾发生过的事件。所以没有人在正式场合谈论它。"年轻的尼日利亚人对比亚法拉也没有多少真正的了解。这场战争带来的创伤记忆至今未能成为尼日利亚官方历史和公众记忆的一部分。

而暴力的受害者和作恶者，如果保持沉默或者掩盖暴力事实，拒绝承担相应的责任，不承认罪行和耻辱，心理创伤和畸形就会传递到后代身上，暴力循环重复的危险就会代际传递。

纵观尼日利亚历史，就是一部漫长的西非殖民史，充斥着难以调和的宗教冲突和种族矛盾。阿迪奇埃的难能可贵之处在于，她书写《半轮黄日》，无关仇恨，拒绝暴力，只是为了重构记忆，再现历史真相，实现各种族之间的和解与和谐，建立一种平等的新型社会关系。所以她在书中用温情的笔墨写了豪萨族人穆罕默德对伊博族人奥兰娜的真挚关爱；约鲁巴人阿德巴约小姐对伊博族教授奥登尼博的暗恋，以及伊博人凯内内和英国白人理查德的爱情。

我想起了华裔女作家张纯如，她倾尽短短的三十六年生命，书写了《南京大屠杀——第二次世界大战中被遗忘的大浩劫》，第一次用英文将那场惨绝人寰的浩劫公之于众，让30万亡灵的沉冤大白于天下，击碎了日本右翼势力的精心粉饰。和阿迪奇埃一样，张纯如坚信：遗忘，就是第二次杀戮，正视历史，铭记过去，才有未来。

余华说："一位真正的作家永远只为内心写作，他寻找的是真理，作家的使命不是发泄，不是控诉和揭露，他应该向人们展示高尚。"阿迪奇埃，正是怀揣着敬畏之心，带着"我们死去时，世界沉默不语"的战栗，记录下祖父辈的真实经历，让更多的人认知人类苦难的存在。

女性作者独有的时间表达
——读《太古和其他的时间》

我像只虾米一样趴在地图上寻找着太古和符拉迪沃斯托克的具体位置。太古是波兰境内一个虚拟的村庄，符拉迪沃斯托克就是中国东北边境的海参崴。在波兰女作家奥尔加·托卡尔丘克的成名作《太古和其他的时间》里，被迫参与战争的米哈乌，用了三个月时间，穿过俄罗斯大片冰雪覆盖的荒野，终于从符拉迪沃斯托克回到了家乡。太古是世界的中心，遥远而神秘。

在读完了土耳其作家奥尔罕·帕慕克的《我的名字叫红》之后，我选择了同样是诺贝尔奖得主的波兰女作家奥尔加·托卡尔丘克的《太古和其他的时间》。这种感觉就像我当初读史铁生的《务虚笔记》之后紧接着读萧红的《呼兰河传》。男性作者偏理性，文字富含哲理，但阅读时会感到有些艰涩；女性作者偏感性，文字深入浅出，读起来轻松又有回味。

在纽约现代艺术博物馆里，有一幅现代艺术派画家达利的名画《记忆的永恒》。画面上有三只软塌塌变形的钟表，还有一只正常形状的钟表，但是爬满了蚂蚁。我理解达利想说的是，时间不是唯一的，不是永生的，而要维持时间的持续，则必须有妥协。我不知道是不是受到达利的启发，在《太古和其他的时间》一书中，奥尔加说的是太古的时间，和太古有关的人或者事物的时间，信仰的时间……太古的每一个人，每一条河流，每一棵树，都有各自的时间，时间是有边界的，时间是有终点的。人们在各自的时间里生活，才有各自的生活轨迹；树木在各自的时间里生长，才会长成各自的样子。

《我的名字叫红》的作者帕慕克，学贯古今，拥有哲学思辨能力，以一个画家特有的视角，浓墨重彩地将一幅幅土耳其细密画用文字展现给作者，读起来画面感极强。再读奥尔加的《太古和其他的时间》，突然发现，原来山川河流、生活和信仰、爱与恨、情与仇、成功和失败、龃龉和美好、战争与和平，还可以用这种举重若轻的方式表达。如果说帕慕克的文字是重，那奥尔加的文字则是轻。重的文字，要求读者有一个较高的起点，要对文字所叙述故事的历史背景和地域文化，都有一定的了解，方能领会文字的精妙；轻的文字，深入浅出，让你一读就爱上，而当读完之后，一千个读者就会产生一千种理解和一千种不同层次的感悟。

我想这是女性作者所独有的。她们的作品，往往篇幅并不宏大，文字也不精深，但一点不妨碍她们表达宏大的主题和精深的思想。就像萧红在她的《生死场》里所写："在乡村，人和动物一起忙着生，忙着死。"生和死这个永恒的主题，在萧红笔下，就是这么简单。在奥尔加的《太古和其他的时间》里，同样的主题，奥尔加也是简单的一句话："人们以为他们比动物，比植物，而尤其是比物品生活得更艰难。"奥尔加认为，物品总是坚持着保持在一种状态，这种坚持才是比任何别的生存方式都更艰难的生存方式。

我喜欢奥尔加的表达，她能够从芸芸众生中跳脱出来，从她的视角来叙述人和事物。这视角独特又精妙，令读者惊喜。她写主人公米霞难产："米霞生第一个孩子的时候，天使让她看到了耶路撒冷。"透过这么柔软、美好的一句话，所有人都看到了米霞的挣扎呐喊，痛苦到神志模糊。这就是文字的力量。而赋予文字这种力量的能力，却是极其难得的，或者说，是天生的。

生死、战争、爱情,是文学永恒的主题。在《太古和其他的时间》里,将这些串联起来的是时间。

战争是残酷的,它深深烙在太古的每个人的时间里。

家园被毁:"你已经没有房子啦,留下的是一堆瓦砾。"

亲人被屠杀:"在新开垦的田地里,躺着一些被杀害的犹太人。"

女孩被侵犯,母亲抱着她,把她放进屋前挖好的洞穴里。

世界的磨盘停止了转动,它的机械损坏了。

所有的时间都停止了。

奥尔加就是这样,用她独特的文字,向我们讲述着一个个迥异、短暂,然而又丰富的人生。也许是对女性的偏爱,奥尔加笔下的女子,无论是努力生活的米霞,还是被夺走所有亲人的老妇弗洛伦腾卡,抑或是流浪女麦穗儿,都是那么善良,那么有爱。她们的明艳反衬出地主的自我封闭,神父的不宽容和乌克来雅的粗鄙。而所有美好和不美好,共同构成了一个包容的世界。

撩开你的面纱
——我读《我的名字叫红》

初知土耳其作家奥尔罕·帕慕克，是在窦文涛的节目《锵锵行天下》里。在那里，窦文涛和周轶君、许子东一起，带我领略了横跨欧亚大陆的历史重镇伊斯坦布尔绝美的人文风景，也让我对诺贝尔文学奖获得者，风度儒雅、学识渊博的奥尔罕·帕慕克一见倾心。

或许，一切艺术形式都是相通的，至少写作和绘画是如此。这一点在很多名作家身上都可以得到验证。比如法国大文豪维克多·雨果、印度诗人泰戈尔、德国作家托马斯·曼、日本作家村上春树，而中国的丰子恺，更是集散文家和漫画家于一身，在两个领域的造诣都是极高的。不出意外，奥尔罕·帕慕克自幼学习绘画，在他成长的过程中，伴随着"伊斯坦布尔的忧伤"。他穿过拜占庭帝国崩溃后留下的城墙废墟、啜着冰镇果汁，观看最后一批雅骊别墅在大火中消失。创伤中的记忆到了22岁，他决定放弃绘画，改用文字记录伊斯坦布尔人的"呼愁"，所以有了《白色城堡》《黑书》《寂静的房子》《别样色彩》《雪》，还有《我的名字叫红》。你看，他的书名无一不透着强烈的色彩感和画面感。红，就是红色，那种从天然植物中提取的，细密画中使用最频繁的浓烈色彩，而并非一个以红为名的女人。

翻开书页，第一章就惊艳到了我。帕慕克是以一个死人的自述作为全篇开头的。在他的小说里，一个人（甚至是死人）、一匹马、一棵树、一枚金币、一条狗、一种颜色（我的名字叫红），轮番登场，都以第一人称开口说话，从而完成整篇故事的宏大叙述。在我阅读过的所有小说当中，这种叙述方式是绝无仅有的。并且通过一步步的阅读来看，这种十分独特的视角，让空间扁平化，如同细密画的布局一般，对清晰地叙述故事进程十分有利。

皇家细密画家、镀金师"高雅"，被人推到了一口枯井里而死亡。"高雅"同时为传统派细密画大师奥斯曼和希望细密画借鉴西方法兰克画派技法的改良派大师"姨夫"工作。姨夫知道凶手必定是"高雅"的三位同事"蝴蝶""橄榄"和"鹳鸟"中的一个。姨夫决定召回学生黑完成他原本交给上述四位画家完成的一本著作的编撰工作。然而凶手因为姨夫的遗弃和对未完工画作的好奇，杀死姨夫，盗走了那幅画——一幅细密画和法兰克画派风格交融的苏丹画像。

十二年前，24岁的黑爱上了姨夫12岁的女儿斯库特，求婚失败后远走他乡。再度回到伊斯坦布尔时，斯库特已经是两个孩子的母亲、失去丈夫的寡妇，物是人非，不变的是情人依然美丽。因为父亲的死，斯库特答应了黑的求婚，条件是黑必须找到杀死父亲的凶手。苏丹国王命黑协助奥斯曼大师侦破此案。奥斯曼大师通过研究苏丹宝库里的藏书插画中马的鼻孔的画法，知道了凶手是他最钟爱的弟子橄榄，为了保护橄榄，他故意告诉黑，凶手是鹳鸟。这位毕生致力于传统细密画传承的一代宗师，在饱览了苏丹宝库里所有画作之后，刺瞎了自己的眼睛，达到了内心的永恒。

黑找出了凶手，和斯库特终成眷属，并且践行着诺言，视斯库特的两个儿子为己出。然而黑再也没有从事与绘画有关的任何工作。多年以后，斯库特小儿子奥尔罕根据母亲的回忆，写出了《我的名字叫红》。

土耳其最著名的城市伊斯坦布尔是一座充满魅力的城市。它横跨欧、亚两大洲，东西方文化、经济最先在这里相遇，并由此产生了辉煌瑰丽的伊斯兰文化，细密画就是伊斯兰文化的具体体现之一。《我的名字叫红》不是普通的爱情侦探小说,它是一部土耳其伊斯兰文化史。《我的名字叫红》的故事发生在16世纪中叶,彼时伊斯坦布尔正经受着各种冲击,东西方文化激烈碰撞,产生了绘画风格之争、宗教信仰之争,甚至领土之争。一切都是相互关联的。

文化优势是展示国家优势的最为形象的方式。不幸的是,此时西方已经完成了伟大的文艺复兴,而土耳其的细密画,还在固守和拓展中苦苦挣扎。使用散点透视法的土耳其细密画在和使用焦点透视的威尼斯绘画的剧烈交锋中,败下阵来。

我们常说,落后就要挨打。避免挨打的方式有二:一是发奋图强,迎头赶上;一是闭关锁国,陶醉于曾经的辉煌。伊斯坦布尔选择了后者,从此,奥斯曼帝国日趋衰落,"苏丹们"将昔日的辉煌尘封起来,覆盖上一层厚厚的面纱。其实华美的面纱之下,早已是木朽株枯,百孔千疮。

奥尔罕·帕慕克深爱着他的祖国,他希望他的祖国能重新被人们了解。他的小说《我的名字叫红》为世人掀开了伊斯坦布尔神秘的面纱,带我们走进伊斯兰世界,了解他们,感知他们。这就是这部获得诺贝尔文学奖的经典作品意义所在。

一个独立女性的自我救赎
——加拿大女作家阿特伍德《使女的故事》赏析

你可能不知道玛格丽特·阿特伍德,但你一定读过《使女的故事》,或者看过同名美剧。是的,阿特伍德是一位加拿大女作家。她发表于1985年的反乌托邦小说《使女的故事》,凭借不长的篇幅和极强的可读性文字,征服了一众读者,成功跻身畅销书行列。

我在阅读过程中注意到一个有趣的现象,那就是女性作者和男性作者在表述方式上的不同。我曾经将萧红和史铁生比较,将奥尔加和帕慕克比较,而阿特伍德,更像是女版的米兰·昆德拉。男性作者的文字理性、思维缜密、富含哲理,女性作者的文字感性,她们往往将宏大的主题蕴含在轻灵、跳脱的文字当中,让人更容易亲近。萧红如此,奥尔加如此,阿特伍德也是如此。

这是一部反乌托邦的政治幻想小说。更多的人是把它当作一个荒诞的故事来读的。一场政变改变了一切。军队掌控了国家,女主的工作权利被剥夺,作为妻子的身份被剥夺,做母亲的权利也被剥夺,而这一切是一点点完成的,就像温水煮青蛙,最后成了奥夫弗雷德。弗雷德是大主教的名字,奥夫弗雷德的意思就是:弗雷德的。她成了使女,大主教的生育工具,一个行走的子宫。

如果您对宗教知识有一定了解,那么对理解《使女的故事》中的宗教背景是有很大帮助的。原教旨主义者对教义持保守信仰,而信仰的前提是《圣经》里每一件事情都是真实的,他们只接受创世纪内关于宇宙的来源，反对进化论。最为可怕的是，原教旨主义者认为必须强制推翻别人的信仰，用暴力推行自己的教旨。

女主原是一名职业女性，她和有妇之夫相爱，并在男人离婚后与其组成了家庭，育有一女。而当原教旨主义者暴力夺取政权，建立了基列国之后，女主的这一切都成了原罪。首先她和所有职业女性一样，被剥夺了工作的权利，账户被冻结清零。女主一家的逃亡计划因被人告密而失败，女儿被强制送给别人抚养，丈夫也不知所终，而她自己因为有生育能力逃过一死，沦为使女。基列国的女性被分为太太、经济太太、马大、使女，女人不得阅读、不能有思想，如果反抗，就会被处死。

"雪花轻柔地飘落，毫不费力地将大地万物裹上柔和的银装。快要下雨了，月色迷蒙，使一切显得模糊不清，色彩难辨。据说，在最初的冷感过后，冻死是没有痛苦的。只需要躺在地上，像孩子们堆的雪人天使，睡去便可。"当女主的名字变成了奥夫弗雷德后，在没有子嗣的大主教弗雷德家那间专供使女居住的、找不到一件锐器、连自杀都无法实行的房间里，看着窗外的飘雪，她心中只剩下一个念头：活下来。

每天吃有利于生育的配餐，在有可能受孕的日子里，完成三个人参与的受精仪式，是奥夫弗雷德唯一的生活内容。穿着统一的红色使女装，没有任何的护肤品，奥夫弗雷德对化着淡妆出入写字楼、着运动装和闺密一起晨跑的生活记忆犹新。当她们被冻结账户时，她们觉得这是暂时的；当她们被赶回家时，她们觉得事情还不是很糟；当她们被送到感化中心的时候，她们选择了屈从；当她们沦为生育工具时，她们选择了忍受。事情并不是一下子变得很糟的，就像温水煮青蛙。

阿特伍德《使女的故事》写于 1985 年，她的小说虽然以政治幻想的形式出现，但书中的每一个细节都曾真实发生过。从创世纪开始，女性就从来不是一个独立的个体，夏娃不过是亚当的一根肋骨。《使女的故事》发生地是美国的马萨诸塞州，当年，五月花号搭乘着一部分奉行原教旨的英国分离派清教徒移民，正是在该州的普罗温斯敦登陆。而阿特伍德本人，就有一位在17世纪受过清教徒迫害的美国祖先玛丽·韦伯斯特。

事实上，全世界范围内的女性，在争取独立、平权方面做的努力，从没有停止过。

作为使女的奥夫弗雷德，在屈辱地活着的同时，并未放弃对丈夫和女儿的消息的打探。她利用被准许出门买菜的机会，绕道监狱围墙边，通过确认每天被处死后挂在围墙上示众的尸体，来确认丈夫是否还活着；她答应主教夫人让她与司机尼克私通来怀孕的计划，以换取女儿的一张近照。她需要知道他们还活着，他们活着，她就活着。

故事的最后，大主教偷偷带奥夫弗雷德出入"荡妇俱乐部"的事情被主教夫人发觉，奥夫弗雷德被囚禁在卧室，等待处置。这时候司机尼克带人闯进来，告诉她他是来带她逃离的。奥夫弗雷德无法确定尼克究竟是告密者还是营救者，但是她决定赌一赌，最后她在大主教躲闪的目光中，和主教夫人疑虑的注视下，走出大门，走向未知。

这样的结局，是奥夫弗雷德与命运的抗争，是女权意识的觉醒，是一个独立女性的自我救赎。

需要警惕的是，当一种宗教信仰接近于极端的时候，它给社会带来的危害将是毁灭性的，它所侮辱和损害的，也绝不仅仅是女性。

生命之禅
——初读《务虚笔记》

如果你看我的书，一本叫作《务虚笔记》的书，你也就走进了写作之夜。你谈论它，指责它，轻蔑它，嘲笑它，唾弃它……你都是在写作之夜，不能逃脱。因为，荒原上那些令你羡慕的美丽动物，它们从不走进这样的夜晚。

——题记

阅读是一个充满魅力的过程。同样一本书，不同的人会有不同的解读；同一个人阅读同一本书，每阅读一遍，也会有不同的感悟。智人和动物的本质区别在于思考，在人类大脑的沟沟壑壑里，遍布哲学和禅。

史铁生21岁的时候，突患腿疾而瘫痪，从此在轮椅上度过了三十八年。在漫长岁月里，肢体的残缺让大脑变得异常活跃。生或者死、健康或者残疾、贫穷或者富有，一个个哲学命题拷问着他的灵魂，在秋叶萧瑟的地坛。

所以有了长篇小说《务虚笔记》，有了写作之夜，有了那座荒寂的古园和祭坛，有了南方神秘的宅院和北方大片金黄的葵林。以这些场景为依托，画家Z、诗人L、医生F、O、T、女导演N、WR、残疾人C以及Z的叔叔等人陆续登场，他们各自独立，却又时时重叠，为我们上演一幕幕人生话剧。有人说，一个人只有一个人生，而我们通过阅读好的文学作品，可以获得很多个不一样的人生体验。我想史铁生的作品就是如此。残障困住了他的身体，却无法束缚他的灵魂。他将对人生的渴望，转化成不同的角色，奉献给我们。

然而被捆绑的身体是他挣脱不了的枷锁。当他年复一年日复一日在地坛公园看着不变的四季和一样的晨昏，生命变得如此无趣时，死亡就会展现出异常的绚丽。当死亡序幕拉开的时候，史铁生给我们讲述了一条鱼的故事，一条来自大海的鱼，毒性非常剧烈但色彩相当漂亮，焙干、研碎，在某一个深夜，女教师O吃下这些碎屑，静静地赴死亡之约。人言是赴约的借口，真相恰恰是死亡如此美丽。

一只鸟，白色的大鸟，在天空中飞得异常缓慢，没有声息，它白色的羽毛以各种形态出现在Z的画布上，他画城市、街道、有多个通道的大大的房子、大房子前的人体，但最终这些统统幻化成羽毛，形态各异的羽毛。而在他妻子女教师O的梦里，这只白色的大鸟，翅膀一张一收，飞得无声无息，从天的这边飞向天的那边，飞向远处地平线上的老屋。鸟儿飞得洒脱真切、无拘无束、毫不夸张，老屋却虚幻缥缈如气息凝结。

很多人说，20世纪80年代的中国作家，受以马尔克斯《百年孤独》为代表的魔幻现实主义作品影响颇深，比如莫言《蛙》里民间艺术家手下捏出的一个个有灵性的小人，又比如陈忠实《白鹿原》里那每每在山脊上一跃而过的白鹿。在《务虚笔记》里，魔幻现实主义体现为一只鸟。是的，这只白色的大鸟；它出现在多个场景，贯穿作品始终。魔幻现实主义是用丰富的想象和艺术夸张的手法，对现实生活进行"特殊表现"，把现实变成一种"神奇现实"。"魔幻"只是手法，反映"现实"才是目的。陈忠实的《白鹿原》堪称史诗级别的小说，读后的很长一段时间里，我都在思索男主角在一个冰雪覆盖的严冬获得类似神灵启示的白鹿具象对于整部作品的意义。同样，在史铁生《务虚笔记》

里多次出现的白色的大鸟，初读之下，我尚不能解读出它的所有内涵。

最具视觉冲击力的是葵林，北方，漫山遍野的向日葵林里散布着很多黄土小屋。葵花盛开的季节，数万只蜂儿齐唱，跟随葵花熏人欲醉的香风迁徙。葵林诉说的是男人和女人的故事，是Z的叔叔和那个有着纤柔名字的女人的故事，也可能是别的男人和女人的故事。爱情，以及由爱"繁衍"出的生和死。纤柔的女人为了爱情背负着叛徒的骂名隐入葵林中，成了葵林中的精灵，她活着，但也许死了，她可能嫁了，也可能没有。

读《务虚笔记》，很累却又欲罢不能。我以为文学作品是有性别的。比如早期的萧红和后来的迟子建，她们用优美的文笔向你淡淡地叙述一个个故事，那故事因此变得美好；而王小波和史铁生，优美的文字中带着冷静的哲学思考，使得文字生出锋利的棱角，直击读者内心。我想，史铁生在他漫长的轮椅生涯中，一定一次次拷问过自己的灵魂。他把自己的很多个面融进他写作之夜里的一个个人物当中，而在残疾人C当中，甚至融进了自己的躯壳。爱与性、情与欲，在C残缺的肢体和健全的大脑里碰撞，一半是海水，一半是火焰。

有人说，史铁生的《务虚笔记》算不上小说，只能算是他的手记。我不这么认为。小说是什么？小说无非是通过对人物、情节和环境的具体描写来反映现实生活的文学体裁。《务虚笔记》恰恰具备了这些要素并通过有别于人的方式将故事表述出来，同时带着读者一道去思考：我是我印象的一部分，而我的全部印象才是我。

北方，碎石遍布，白色的大鸟在天空中被击中，鸟儿挣扎着，拍打着翅膀，羽毛缓缓飘落……没有人知道羽毛去了哪里。

阅读的故事

江苏作家毕飞宇由于长年的阅读、写作，患了严重的颈椎疾病。为了帮助颈椎康复，毕飞宇经常去小区附近的盲人推拿诊所做推拿按摩。在按摩过程中他知道了很多盲人按摩师的故事，并以他们为原型创作了长篇小说《推拿》。这个故事固然说明了一个优秀作家对生活的敏锐洞察力，但也从另一个侧面说明了，对一个喜爱阅读和写作的人来说，颈椎病几乎已经成了职业病。

碰巧我也是个喜爱阅读和写作的人，加之我本身的工作的性质，一天之中，除了吃饭、睡觉和上下班路上，其他时间几乎都端坐在电脑前敲敲打打。十五年前，我就曾因颈椎神经受压迫，犯过一次严重的眩晕症。康复之后我痛定思痛，将电脑垫高到需仰视的角度，并且业余时间培养了打羽毛球的爱好。

即便如此，颈椎问题依然是日趋一日地严重起来。右侧的脑神经十年如一日地疼痛；行走在路上，遇到有人从后面喊我，甫一回头，颈部立刻发出"咔咔"之声，肌腱正以感受得到的速度钙化、老去。

常有朋友问我："你经常打羽毛球，怎么还会颈椎不好？"我笑曰："如果我不打羽毛球，如今怕已经瘫痪在床了。"调侃归调侃，现实还是要正视的。我不得已减少了伏案工作的时间，增加了卧床休息的次数。普通枕头是不敢用了，一年四季，用的都是夏天那种硬邦邦竹篾编制的凉枕，睡觉前，必将头颈部用大围巾仔细裹好，再如木乃伊般直直地躺上去，一夜无梦，晨起方能使得肩颈僵硬的症状有所缓解。

我不敢去看医生，怕被医生判"死刑"，从而逃不过手术这一刀。前日聚会，一老同事戴着一个固定颈部的硬质脖套，问她，说是一个月前刚做了颈椎手术。也是疼得实在受不了，用尽一切手段都无法缓解，不得已去了上海的医院，将变形后压迫血管神经的那一节颈关节取出，置换为人工关节。说着她取下脖套给我看，颈部一道大半拃长的伤疤赫然在目。"就是把颈部切开，重新整理后再接上。"她老公在一旁补充。一席话听得我后颈发凉，冷汗直冒。

回到家中，心有戚戚，立刻把书桌前舒适的沙发椅换成了更矮一些的兀凳。兜兜转转，摸着僵硬的后颈，又背着球包去了羽毛球馆，决定此后每周再增加一场羽毛球，无论有用无用，图个心安。

最重要的还是阅读，既然这个爱好不能舍弃，那就多想一些折中的办法。好在现在有了Kindle这样的电子产品，还有很多有声读物，使得我们传统的阅读方式得以改变和被替代。夜阑人静，窗外雪花轻飘，我蜷在温暖的被窝里，手捧薄薄的Kindle，床头柜上，泡着枸杞的保温杯散发着袅袅热气；又或者，夜跑路上，戴着耳机，和着有节奏的步伐和心跳，听着朗读者声情并茂地演绎中外名篇。

时间久了，也有了一些经验。一般来说，那些大部头的传统经典名著，比如上、中、下三部的《源氏物语》，或者是需要随手做一些笔记的优质中外长篇，比如《我的名字叫红》《白鹿原》，还有艾略特的诗集《荒原》，我还是用阅读纸质书的方式；而相对短一些的中长篇小说，如《月亮和六便士》《使女的故事》，我尽量选用电子书或者有声书的方式，躺着读或听。

至今还记得，一天晚上我戴着口罩，去了一个离家不远的不知名的停车场夜跑，耳机里放的是加缪的有声书《局外人》。因为戴着口罩呼吸不畅，我跑得很慢，耳机里的声音也就听得特别真切。我不知道朗读者是谁，但可以听出，朗读者对原作有很深入的理解。他从莫尔索处理母亲的后事，读到在海滩上莫尔索莫名其妙地杀了一个阿拉伯人，在背景音乐的烘托下，朗读者浑厚的男中音把全书推向了高潮："我只觉得铙钹似的太阳扣在我的头上……我感到天旋地转。海上泛起一阵闷热的狂风，我觉得天门洞开，向下倾泻大火。我全身都绷紧了，手紧紧握住枪。扳机扳动了……"那一刻我也停下了脚步，摘了口罩依然觉得透不过气，浑身根根汗毛直立，深感加缪一系列看似荒诞的描写背后实质的逻辑连贯，而这种体验，是传统阅读方式难以给予的。

他山之石

前些日子,清华校长在给即将步入清华深造的莘莘学子颁发录取通知书的时候,附赠了一本海明威的名著《老人与海》。不想此举竟在网上引起热议。有一部分网友认为,作为国内最著名的高等学府,应该弘扬民族文化,中国的优秀文学作品那么多,为什么要送一本美国作家的书?何况校长在给年轻人的寄语里,只字未提家国情怀。

众所周知,《老人与海》是海明威1951年创作于古巴的中篇小说,1954年,海明威因《老人与海》获得诺贝尔文学奖。海明威不愧是语言大师,他的《老人与海》整个故事时间线只有三天,然而他用文字的深度拓展了时间的长度。

20世纪中叶的古巴,风烛残年的渔夫圣地亚哥一连八十四天都没有钓到一条鱼,如果不是曾给他做过助手的小孩马诺林的接济,他可能都饿死了。但是他仍然不肯认输,终于在第八十五天,钓到了一条一千五百磅重的大马林鱼。大鱼拖着小船往大海深处走,老人和鱼较量了两天两夜,终于杀死了大鱼。然而鱼的血腥味引来了饥饿的鲨鱼,老人将鲨鱼一一杀死,大鱼也只剩下了一副18米长的骨架。

精疲力竭的圣地亚哥躺在床上,他又一次失败了。但是,系在船尾的大马林鱼骨架,证明了他的努力、他的奋斗、他的不屈。在精神上,他没有失败。

海明威有着极强的驾驭文字的能力,他用最简单朴实的语言,将硬汉圣地亚哥的形象,直观展现在读者眼前。他并不评价和解释事件本身，只致力于还原文章本来面目，如同海上的冰山，露出海面的只是一角，隐于海里的部分，交给作者自己感受和理解。

我在中学的时候第一次阅读《老人与海》，时隔多年，我有了一定的人生经历和阅历，再次阅读，自然有了十分不同的感受。

一部好的文学作品，一定是经得起时间考验的。《老人与海》成书于1951年，十年之后，海明威自杀离世。时光又过去了六十年，《太阳照常升起》《永别了，武器》《丧钟为谁而鸣》，以及《老人与海》，这些熠熠生辉的不朽文字，仿佛在告诉世人：海明威，从未离开。

海明威善于塑造硬汉形象，"一个人可以被毁灭，但不能被打败"，代表的是一种精神。事实上，现实中的海明威就是一个"硬汉"，他参加过一战，也参加过二战，他也经常狩猎、捕鱼。现实中，他确实像《老人与海》里的渔夫一样，捕过鲨鱼。因此，在《老人与海》里，他用很长的篇幅描述了圣地亚哥与鲨鱼的5次交锋。在5次交锋中，老人的鱼叉被带走，刀柄被折断，最后只剩下残缺的舵把，虽然他最终击退了鲨鱼，大马林鱼却也只剩下一副骨架。世上没有绝对的胜利和失败，透过海明威的文字，我们看到的是孤身入深海的坚毅、单刀刺鲨的勇气、扬长避短的智慧和永不言败的韧劲。

他山之石，可以攻玉。学习和借鉴不同的文化文明，必定有助于我们改正自身的缺点，弥补自己的不足。我想，清华大学校长选此书赠予新生，旨在勉励新生"敢于直面一切困难挑战，注重塑造坚韧精神"，"无论结果如何都要竭尽全力地奋斗"，其用心也良苦。

老去的村上春树
——读村上春树《刺杀骑士团长》之后

村上春树的小说，我一共读过四本，依照阅读的顺序分别是：《挪威的森林》《1Q84》《没有色彩的多崎作和他的巡礼之年》，以及刚刚读完的《刺杀骑士团长》。恰巧这也是村上春树这几部作品的发表顺序。我并不觉得村上春树的作品都好，但是，他的每部作品都给我留下了深刻印象。村上春树是个悬念大师，他总能循着故事的脉络，设置出种种悬念，让我手不释卷、欲罢不能。

和我阅读过的前三部小说不同，《刺杀骑士团长》我读的是电子书。关于阅读我有个习惯，就是喜欢用一支 HB 铅笔在书页的空白处涂画，写上我阅读时的感受。读电子书就生生杜绝了我这个不知是好是坏的习惯。所以我经常跟书友们调侃说我不喜欢读电子书，读电子书必定写不出读后感。

但是《刺杀骑士团长》是个例外。读完这本书后，感觉有太多的感想，想要诉诸笔端。

《刺杀骑士团长》的故事依然是村上春树一贯的风格：36 岁的肖像画家结婚六年的妻子突然提出离婚，迷茫的画家简单收拾了行李，驾车开始了漫无目的的流浪。几个月后画家回到东京，住进了同学雨田政彦的父亲、著名日本画画家雨田具彦的山中别墅，在别墅中，他发现了雨田具彦藏在阁楼上的画《刺杀骑士团长》，就此发生了一系列匪夷所思的事情。

《刺杀骑士团长》发表于2017年，此时村上春树已年近七旬。在这本书里，我感受到了类似《挪威的森林》的情色描写和人物性格中的抑郁。《1Q84》中有两个并存的世界，连接两个世界的通道是高速公路上"爱老虎油"广告牌下的悬梯；《刺杀骑士团长》则是"有"或者"无"两个世界，连接通道在雨田具彦的临终关怀病房里；类似于《1Q84》里的少女作家深绘理的，对于绘画有着天生敏感的13岁女孩真理惠，《没有色彩的多崎作和他的巡礼之年》里的多崎作固然是没有色彩的，《刺杀骑士团长里》，则直接为画家设置了一个叫"免色涉"的邻居。所以，我认为《刺杀骑士团长》是村上春树对自己所有作品的一个总结性大合集。

　　在《1Q84》里，青豆刺杀领袖并和领袖交合，却怀上了爱人天吾的孩子；在《刺杀骑士团长》里，画家流浪时做的一个清晰的梦，却让已和别人同居的妻子怀上了他的孩子。以我之所见，村上春树对自己没有孩子这事以及年轻时的放荡是心存芥蒂的，纵然时光流逝，他依然无法和过去的自己握手言和。晚年的村上春树是否幻想着，在一个他未知的地方，有一个与他血脉相承的存在呢？

　　于是村上春树在书中设置了免色涉这个人物。为了和有可能是自己女儿的真理惠接触，免色涉斥重资买下了真理惠家对面山上的房子，并用望远镜窥视，请画家为真理惠画肖像，和真理惠的监护人姑姑交往。同时村上春树又让画家与妻子复合，共同抚养同样父亲身份存疑的女儿。

　　为了让这个存疑具有真实性，村上春树设置了"有"和"无"两个世界。通过"理念"和"隐喻及双重隐喻"的关联，来说明"无"的世界是真实存在的。在我看来，与其说村上春树是在告诉读者，不如说他是在说服自己。

　　然而现实和理念是脱节的。少女真理惠突然失踪，将姑姑、免色涉和画家都带入焦虑中。为了找到真理惠,画家在以骑士团长为实型的理念的指引下,在雨田具彦的临终病房杀死了骑士团长,从而引出了《刺杀骑士团长》这幅画中的长面人——隐喻和双重隐喻。隐喻帮画家打开了通往"无"的世界的通道。在"无"的世界里,面目不清的"自我"将画家摆渡到了河对岸,画家喝了河水,在画中另一个角色唐娜的引导下,穿过森林和洞穴,奋力挤过一个长长的、逼仄的通道,跌入雨田具彦别墅后山的那个神秘洞穴中,回到了"有"的世界。与此同时,因好奇独自潜入免色涉家中而不得出的真理惠同样在骑士团长理念的指点下,利用保洁人员到来的机会,离开了免色涉的府邸,安然回到家中。

我没有看出真理惠的脱身和画家刺杀骑士团长及其之后的一系列行动有任何关联,无非是村上春树的故弄玄虚罢了。画家进入"无"的世界,其实是村上春树对自身的一些反省。"无"的世界,恰似一个庞大的子宫,画家重新经历了孕育的过程,从而获得了新生。

村上春树是个天才作家,他的文字有着众多的受众。他曾陪跑诺贝尔文学奖十多年却终无所获,我想,他的局限恰恰在于"思想"或者"理念"的缺乏。正如他在获得耶路撒冷文学奖时所说的:在墙和鸡蛋之间,我永远选择站在鸡蛋这边。这种极度感性的语言,决定了村上春树的作品永远到达不了一定的高度。是他扼杀了自己的思想,正如画家刺杀了骑士团长。

村上春树老了。才华从他体内逐渐剥离,抽丝而去。但在《刺杀骑士团长》中,雨田具彦在德国和恋人筹划一起对纳粹独裁者的刺杀行动失败,恋人被杀,自己被遣送回国;而他的学音乐的弟弟,因征兵被迫前往中国,参与了南京大屠杀,回国之后不久自杀于家中。村上春树在书中写道:"日军在激战后占据了南京市区,在那里杀了很多人。有同战斗相关的杀人,有战斗结束后的杀人。日军因为没有管理俘虏的余裕,所以把大部分投降的士兵和市民杀害了。至于准确地说来有多少人被杀害,在细节上即使历史学家之间也有争论。但是,有无数市民受战争牵连而被杀害则是难以否认的事实。"这,就是一个人文知识分子对历史的深刻认知,无关才华。

在自我修复中成长
—— 读村上春树《没有色彩的多崎作和他的巡礼之年》

迄今为止，读过村上春树的三部小说：《挪威的森林》《1Q84》和这本《没有色彩的多崎作和他的巡礼之年》。这三本书当中，《没有色彩的多崎作和他的巡礼之年》和早期的《挪威的森林》属于同一类型，写的都是和青春期有关的成长的故事。而实际上，我更喜欢的是《1Q84》，因为它更有极丰富的想象和超现实的韵味。

汪曾祺说："写小说就是要把一件平平淡淡的事说得很有情致。"村上春树就有这个本事。《没有色彩的多崎作和他的巡礼之年》，故事并不复杂。20岁的多崎作离开家乡去东京上大学，在一年后的假期回到家乡，却遭到了他的黑、白、赤、青四位好友的集体绝交。他用了一年时间修复自己，把自己从求死的边缘拽回来，然后他交往了同性好友灰，几个月后灰又不辞而别。直到十六年后，36岁的多崎作结识了女朋友沙罗，聪明的沙罗窥出多崎作的内心，鼓励他打开心结。于是多崎作回到家乡，找到当年的好友，终于真相大白。

真相是尘封了十六年之后，由多崎作主动去揭开的。十六年里，冤案的始作俑者白早已离世，而其他三位好友赤、青和黑，在多崎作找到他们的时候，都表示相信多崎作是被冤枉的，但是在漫长的十六年里，竟然没有一个人想到要告知多崎作真相。他们各自生活，各自走着自己的人生，几乎无视了多崎作的存在，没有人关心他被冤枉、被抛弃以后过得好不好。他们给出的理由是相信多崎作的自我修复能力!

而实际上,多崎作当时的感觉就像船在航行,忽然自己孤零零地从甲板上被抛进了黑夜中的大海。"船继续向前行驶,我在黑暗冰冷的水中,望着甲板上的灯火渐渐远去。"被抛弃的多崎作独自在海水中挣扎,命悬一线。好在他终于走出来了,如果当初他选择了死亡,那他的这几个好友,是不是间接的杀人凶手呢?

"人若真的受伤,通常会无法直视伤口,想隐藏它忘却它,把心门关起来。"事实上,经历了这场变故的多崎作完完全全变了,此后再不敢和人深交,包括后来与他交往的灰。灰的不辞而别多半是因为多崎作人为设置的距离感。如果说,20岁之前的多崎作,有着黑、白、赤、青这样的明朗色彩,那么,20岁之后的多崎作,则始终是灰色的。如果不是沙罗的启发,那么这阴鸷的灰色,将伴随多崎作的整个人生。

我一直不喜欢日本作家,尤其是二战之后的作家,把他们过于隐忍的性格表现在他们的作品当中,以至于作品中充斥的都是这种变态的极致的调调。村上春树是日本文坛的一股清流,他在《1Q84》里张开想象的翅膀,带着读者一起飞。然而在《没有色彩的多崎作和他的巡礼之年》这本书里,我们还是多多少少看到了那种变态的隐忍。

好在多崎作36岁时遇到了女友沙罗,从而解开了十六年前的心结,我们有理由相信,36岁以后的多崎作,将有一个新的人生。总有一些东西,没有消失在历史的长河里。

"我的人生,简直像在二十岁时就止步不前了。多崎作坐在新宿站的长椅上想。之后那些去了又来的日子几乎没有堪称分量的东西。年月就如同温软的风,在他的周围静静地拂过,没有留下伤痕,没有留下悲怆,也不会引发激烈的情感,或是留下值得一提的喜悦与回忆。而他竟已渐入中年。"读着这样的文字,稍有经历的人都会唏嘘不已、暗自神伤,喟叹自己某一部分人生和主人公暗合。这,就是村上春树的文字的力量。同时感谢翻译施小炜,他以对村上春树的深层解读和求真求实的翻译态度,尽最大可能让我们读到了一个真实的村上春树。

一本好书,必然是作者、译者、读者共同完成的。

在荒原上行走
—— 读村上春树的《1Q84》后感

村上春树的《1Q84》一共有三本，我看的这套是女儿在三年前的暑假从萤火虫书店买来的，买回来后她立刻拆了难看的白色表皮和绿色带广告的封套并把它们扔了，所以我看到的《1Q84》就是那种漂亮的，有凹凸质感的硬皮封面，封面上只有"1Q84"几个字，举重若轻，宛如1Q84的世界。

我素来不太喜欢日本小说，大约是翻译的缘故吧，总是些"某某君请多关照"之类的句式。即便读过的《菊与刀》这样推介日本文化的作品，我也看不出什么好来。所以这套《1Q84》我一搁就是三年。

后来还是打开了《1Q84》，因为村上春树；因为听说村上春树这本书的灵感来源于乔治·奥威尔的《1984》；因为几年前村上春树《挪威的森林》带给我的震撼——那本《挪威的森林》的书页后来被污损，即使我用打印纸仔细地包好了书皮。有些事情，即使你再用心，再努力，也无济于事。

村上春树真是日本文坛的异类。他的《1Q84 BOOK 1（4月—6月）》告诉我们，时间可以以扭曲的形态前进。青豆和天吾，貌似两条平行线，可是交集若隐若现。两条线牵出诸多线索，诸多线索间的关联若隐若现。患阅读障碍症的天才少女，空气蛹，小小人，公社。家庭暴力，职业杀手，性。交集是两个月亮，一大一小，一黄一绿，同时挂在夜空。

写小说的人，脑子里都得有一幅宏大的构图，那些个奇思妙想，都得在自己掌控之中。撒出去的千丝万缕，能统统收回来，这就是所谓的收放自如吧。看《1Q84 BOOK 1（4月—6月）》，看得惊心动魄，担心那么多出人意表的线索怎么收场。看《1Q84 BOOK 2（7月—9月）》的时候，就觉得酣畅淋漓，心中只有对作者的佩服。

在那个雷雨交加的夜晚，青豆杀死了领袖，与此同时，天吾和深绘里奇异地交合；之后青豆在1Q84的入口，用手枪顶住自己的上颚，与此同时，天吾在猫城的父亲病房的空床上，看见了空气蛹，蛹里是10岁的青豆。我始终觉得，这是《1Q84》最高潮的部分，就像雅纳切克小交响曲的华彩乐章。

其实乐曲到了华彩乐章后戛然而止也挺好的，留下余音袅袅，给听众自己回味。不过如果这样，就没有《1Q84 BOOK 3（10月—12月）》了。相比前两部而言，第三部写实多了。村上收回他华丽的想象，为整个故事找到一个最朴素的结尾：青豆怀着天吾的孩子，携天吾逃离了1Q84，在1984的世界里，平静地生活。

我不喜欢这个结尾。在经历了1Q84之后，青豆和天吾真的可以回去吗？尤其是青豆，她在1Q84里做了很多事，却一走了之，实在没有担当。当然，她可以解释说，她只为天吾而来。可是，无论是1Q84还是1984的世界里，都不只有她和天吾。没有人能够在游离的状态下生活。那么，除了爱情，还有责任。

还有猫城。天吾在猫城的经历，远没有青豆在1Q84那么艰难。这不公平。总觉得天吾在某种程度上是作者自身的幻想，用书里的话说，天吾是村上春树的子体。所以村上春树宠着他，让他拥有俊朗的外表，才华出众，又深得异性的青睐和帮助。他多次去过猫城，却不曾迷失，每次都能安然离开。不像青豆，曾因为找不到1Q84的出口，绝望到用手枪对准自己的上颚。

迷失的时候，青豆的耳畔有个声音响起："愿你的国降临。"

在进行小说创作的时候,村上春树始终不曾迷失自己。他在获得耶路撒冷文学奖的时候曾说:"在一堵坚硬的高墙和一只撞向它的蛋之间,我会永远站在蛋这一边。"这,也是村上春树的《1Q84》带给我的启示之一:其实我们每个人,都在荒原上行走,或者在1Q84,或者在猫城,那是你的国。每个人,都在寻找出口,无论这寻找多么艰难。重要的是,不要迷失自我。

希望的田野
——读梁鸿《梁庄十年》及她的"梁庄三部曲"

"中国当代村庄仍在动荡之中,或改造,或衰败,或消失,而更重要的是,随着村庄的改变,数千年以来的中国文化形态、性格形态及情感生成形态也在发生变化。"

起初,我是抱着阅读萧红《呼兰河传》和迟子建《额尔古纳河右岸》的心态开始阅读《梁庄十年》的,很快就感觉到了失望。梁鸿的文字就像她的故乡梁庄附近湍水河岸的沙石,真实而略显粗粝。记录和观察,是梁鸿《梁庄十年》的写作宗旨。也就是说,这不是一部纯文学小说,而是更接近于柴静《看见》那样的纪实性作品。

在完成了从作家梁鸿到学者梁鸿的转变之后,接下来的阅读就变得流畅了。

《梁庄十年》是梁鸿今年初出版的新作,是她的"梁庄三部曲"的收官之作。于是,在阅读完《梁庄十年》之后,我又去阅读了她十年前的《出梁庄记》和《中国在梁庄》,终于在脑海中勾勒出了一个较为清晰的"梁庄"。

我喜欢一切关于村庄的文字,这也是我阅读梁鸿"梁庄三部曲"的起因。当年刘亮程的《一个人的村庄》令我痴迷,我希望自己也能扛着铁锹在村庄里闲逛,和虫子共眠,我就是村庄的一部分。我更喜欢诗人海子的村庄:"村庄里住着母亲和儿子/儿子静静地长大/母亲静静地注视……村庄是一只白色的船。"与他们相比较,"梁庄三部曲"

的文字就缺少了雕琢，其中很多段落以受访者的口吻直接呈现，就像是未经整理的采访录音。稍有文字洁癖的我对此是有些不能接受的，于是我采用了快读的方式。而当我发现，快速阅读并未妨碍我对整部作品的理解之后，我想，这样的文字是不够精练的。

然而感情是真挚的。梁庄是梁鸿的故乡，她在那里生活到20岁，无论她走到哪里，梁庄都是她的根。她放不下梁庄，放不下梁庄里的人。作者希望通过她的描写，让读者和她一样爱上梁庄，爱上中国的乡村。

而我通过她的文字，看到的是一片贫瘠、肮脏的土地，和土地上生活着的不爱思考的人群：他们质朴，好像也并不；他们粗野，往往通过暴力解决问题；他们随波逐流，女性没有平权意识；年轻一代的梁庄人，更多地选择做一名游离在城市和乡村边缘的打工人。

是爱得不够，还是爱得太深？

穰县梁庄，地处河南。中华文明源远流长，多元共生，其中最为厚重的当数中原文化，"一部河南史，半部中国史。"然而随着北宋灭亡，政治中心东移，河南的位置，决定了这里是一个战争和灾难的高发区，黄河水患，加速了河南人口的外迁，河南就不可避免地衰落了。

梁鸿笔下的梁庄，年轻人依然更多地选择了离开。村庄里，留下的是一辈子守着这片土地的独居老人，梁庄就是他们的全世界；留下的是在沉默中长大的留守儿童，他们因为贫穷不得不和父母分开。老一辈打工人回来了，他们倾尽毕生所得在村庄里建起了楼房，为的是落叶归根，生活只是波澜不惊地画了个圆。可贵的是，在《梁庄十年》里，梁鸿将更多的笔墨放在梁庄的妇女身上，在家暴、偏见、歧视与父权体制下的农村妇女，甚至没有人记得她们的名字，她们是五奶奶、霞子妈、韩家媳妇、凤嫂……她们有的留守，有的逃离了乡村，但乡村依然存留着关于她们的流言。梁鸿找到了她们，和她们交谈，记住了她们的真实姓名，记录了被流言覆盖的真相，那都是一个个心存善良的美好个体。

"梁庄的新房在不断增加，老房也迟迟不愿离场。它们以日落西山的姿势顽强地支撑，几面破败的山墙，一段残垣，腐朽断裂的屋架，点缀着梁庄的风景。新房和旧房，共同造就了梁庄越来越拥挤、越来越混乱的内部空间。"

梁鸿着重强调了她重回梁庄之后见到的村西头新建的高大洋房，这是填了梁庄最后的坑塘之后建起的一幢欧式别墅，灰色大理石围墙、罗马柱、假山、草地，梁鸿说"它开拓了梁庄新的高度，特别美"。然而在我看来，在破坏了中国乡村原生态的基础上建起的欧式建筑，一定是破坏了中国乡村整体格调而显得不伦不类，跟"美"实在是搭不上边。梁庄的衰败，必然伴随着数千年来形成的中原文化形态的变化，人们在抛弃生活陋习的同时，也丢失了很多美好的东西，而这原本是可以避免的。

对于故乡，梁鸿是悲观的。"很快，我所熟悉的一切，都将消亡。"诚然，正如梁鸿说的："倾听文化茶馆那麻将的哗啦声，遥想那空旷的戏台飘过的寂寞空气，还有几亿少年无所适从的茫然眼神，我看到的是一个民族的文化、生活的颓废及无可挽回的衰退。"但我想，在一些东西消亡的同时，一定有另一些东西正在生长。而这些生长着的东西，正是中国乡村的希望。

回首金陵岸

草长莺飞的江南四月，得知叶兆言先生要来我居住的小城马鞍山举办讲座，可是我已和朋友们约好再去皖南。无奈，我将入场券交给了麻豆爹，于是，皖南归来，我得到了一份两小时左右的讲座录音，和一本叶兆言先生签名的《南京传》。

叶兆言先生文字功底深厚。以前读他的《陈年旧事》，民国时期南京城里的人物肖像跃然纸上，心中很是佩服先生撰文叙事深入浅出的本领。读他的小说《后羿》，感觉先生不但知识渊博，且思想不陈腐，一个民间神话故事也可令他脑洞大开。

囿于历史知识的极度匮乏，少年时期的我，一直认为在北京城内奢靡玩耍的隋炀帝，为了一睹扬州琼花的芳华，才修凿了京杭大运河。即使后来知道了大运河的真实功用是漕运，我依然以为，那是隋炀帝将大江南粮仓的稻米运往北京城的唯一水上通道。直到近日阅读了叶兆言的《南京传》，我才完全修正了自己错位的记忆。

事实上，隋炀帝绝非声色犬马之辈。"遥想当年，20岁的隋炀帝杨广，从江北的桃叶渡杀过来，统军灭陈，进入南京城，那是何等的英雄豪迈。"六朝古都南京的最后一位君王陈后主，过于依赖金陵的"帝王之气"和长江天堑，面对兵临城下的危局依然"奏伎纵酒，赋诗不辍"，最终落在杨广手里。随后杨广开科取士，开凿大运河，这些都是可载入史册的业绩。隋朝先定都长安，设洛阳为陪都，后迁都洛阳，大运河正是以洛阳为中心，辐射南北。

马鞍山离南京只有15分钟的高铁车程。女儿小的时候，每逢周末或者节假日，我就带着她去中山陵游玩，去雨花台凭吊，在新街口新华书店一坐就是一整天。现在，更有相当一部分马鞍山人，在南京和马鞍山之间，过着朝九晚五的生活。马鞍山人可能没去过省城合肥，却不可能没去过南京。然而读完叶兆言先生这本厚达510页的《南京传》，我发现这么多年来，我一直守着一座陌生的城市。我喜欢把玩玲珑剔透的雨花石，品尝不加辣油的鸭血粉丝汤，在落叶萧萧的明孝陵徜徉，可是我并不认识它，更不了解它。

我必须重新审视这座城市。

回首金陵岸，只缘起三国。

赤壁大战后，魏、蜀汉、吴三国鼎立，碧眼紫髯的好汉孙权做了吴主，定都南京，号称东吴，南京的历史由此开始。后来东吴被晋所灭，司马炎定都洛阳，史称西晋。八王之乱和永嘉之祸以后，西晋被北方蛮族灭亡，皇室"衣冠南渡"，司马睿在建康（南京）延续晋朝，史称东晋。

东吴延续五十八年，东晋一百零三年。公元420年，大将刘裕废了东晋皇帝，建立了属于自己的南朝宋国，开启了宋、齐、梁、陈的一百七十年。而这六个建都于南京的朝代，共同奠定南京作为六朝古都的地位。

作为六朝古都，南京城市建设在这三百余年里有了长足的发展。也在南北不断地交汇冲撞中，形成了独特的方言和文化。然而不幸的是，以南京作为都城的六朝，都是以亡国为句点，"殊途同归"。作为亲历者的庾信，无法正视梁朝的惨败，写下了不朽名篇、六朝挽歌《哀江南赋》。"不名为赋，当视为亡国大夫之血泪。"

六朝最后一位君王陈后主写得一手好诗，他的《玉树后庭花》颂的是爱妃张丽华，却成了流传后世的亡国之音："花开花落不长久，落红满地归寂中"。"丽华膝上能多记，偏忘床前告急封"，隋军攻打建康，前线告急，陈后主却将急件遗忘在张丽华的床头，以至于贻误战机，陈朝灭亡。"商女不知亡国恨，隔江犹唱后庭花。"张丽华被杨广斩于清溪，陈叔宝却继续在隋朝的长安偏安了十六年，从未把亡国之痛放在心上。如此，亡国之殇又岂能是一女子的生命所能承受的呢？

文学造诣在陈叔宝之上的另一位君王是李煜。李煜的爷爷在南京建立南唐，为南京换来了四十年的和平和发展，然而北方后周三度入侵，南唐军一溃千里。"问君能有几多愁，恰似一江春水向东流。"一代词人李煜，成了又一位亡国之君。

平民皇帝朱元璋建都南京，在位三十年，其子燕王朱棣篡位成功后十八年，迁都北平。也许永乐皇帝看清了，若在秦淮河边夜夜笙歌，那么好日子迟早到头。大明王朝延续了二百七十六年，永乐皇帝的迁都当是明智之举。六朝古都，外加南唐、明（初）、太平天国、民国，合称十朝都会，唯有明朝不是灭亡于南京。

一念起万水千山，一念灭沧海桑田。坐在朱然公园里落满银杏叶的草坪上，我遥想着葬于紫金山南梅花山内的孙权。三国时，马鞍山是东吴的丹阳郡，与首都建业（南京）咫尺之遥。时势造英雄，彼时的南京，与扬州、苏州、徐州相比，毫无优势可言，正是横空出世的孙权之个人想法，决定了南京的未来和发展，孙权选择了建业，历史选择了南京。

"国破山河在，城春草木深。"中华门明城墙的砖石再厚，也没能抵挡住日寇的铁蹄。对于每一位中国人来说，南京留给我们最近、最惨烈的记忆，是1937年12月13日至1938年1月的"南京大屠杀"。一座城市的沦陷，伴随着生灵涂炭、血流成河。如今八十四年过去，随着亲历者的相继离世，历史的细节一点点模糊。感谢叶兆言先生，他的《南京传》是对南京历史相对完整的真实记录，是一次穿越历史的奇妙旅行。

叶先生说："依照古人为前朝写传惯例，《南京传》截止在1949年，以后的南京历史，应该是下一部书稿，可以告诉读者，这已在计划之中。"这是一个崭新的时代，我们期待，期待叶兆言先生的下一部著作带给读者一个在飘扬的五星红旗之下的、现代化的，经济高速发展、人民安居乐业、文化空前繁荣的崭新南京。

借书的烦恼

南宋诗人陆游在《幽栖》中写道:"新寒换衣典,闲日借书观。"叶绍翁《寓居》:"无酒难留客,借书方入城。"可见借书阅读,自古就像天冷添衣、肚饿吃饭一样习以为常。

借书大抵分两种:一种是从公共图书馆借阅,限期归还;另一种是朋友间的私人借阅,无固定归还期限。前者受借阅制度约束,后者情况则较为复杂。

我有一书友,家中藏书颇丰。一次借出《挪威的森林》给另一书友,这书友读完之后,颇有感想,旋即约好饭局,带上一瓶法国干红,要与书的主人把酒话桑麻。不承想途中所骑电瓶车发生剐蹭,人倒是没事,只是书包中的法国干红,全部招呼了《挪威的森林》。书的主人看着饱蘸酒水的书页哭笑不得,此后藏书新添了个毛病:同样的书,一式两本,一本收藏,一本外借。

黄允修找随园主人袁枚借书,袁枚借给了他,却又啰里啰唆说了一番话,大意是黄允修遇上慷慨大方的好人了,不像他小时候,家贫,去藏书比较多的张姓人家借书读,却被拒。我不知道黄允修当时的感受,换作我,定是书也不借了,扭头就走。这种居高临下的精神施舍,是我最不能接受的。

说到这里,您一定看出来了,我是不愿将私人藏书借予别人的那一类人,哪怕对方是十分靠谱的好友。

书和其他物品不同。当我们读完一本书时,这本书的每一页都已经被你的眼睛抚摸过，书的空白处有你做的标记和写的心得，你和它之间已经达成了一种默契，你们不再互不相干。当别人借走这本书后，你就会有一种牵挂。这和借钱不同，借出的钱和归还的钱，只要数字上对等就 OK。

也许有人不以为然，确实，我这怪癖的形成是有历史原因的。20 世纪 80 年代，我考上了北方的一所大学，临行前，我将高中期间用过的所有教辅书捆扎整齐，装进一只蛇皮袋，那捆书的最上面，是一本收有我作文的《安徽省中学生作文选》。那一年家里发生了一些事情，二姐和母亲发生了龃龉，一言不合，二姐点燃了母亲房间的木地板，我存放于家中的满满一蛇皮袋书籍，被二姐当成引火柴，全部化为灰烬。一下子，我感觉两年的高中生活被抽空。为这事，我和二姐绝了交，从此不相往来。

我不知道这是否叫作应激性心理障碍，大学毕业时，我固执地将四年的教辅书，一本不落地托运到了工作地。之后很长时间，我将我不多的私人藏书保管得好好的，自己阅读时，都用书签做标记，绝不轻易折页，污损书籍，更不会将私人藏书外借。那时候穷，买不起多少书，大部分时间都是去图书馆借阅。

真正有实力买书、有时间读书，是近几年的事儿。那天我在朋友圈晒出新买的《人间词话》，一好友立刻"艾特"了我："可以先借我一阅吗？"正好当时我正在啃大部头《源氏物语》，立刻爽快地回复她："没问题，你先看。"晚上吃饭时，好友拿到新书迫不及待地撕去了塑料皮外封，翻开第一页，看着她为了方便阅读，将第一页摁平，书的软皮封面上留下了一道平整的印痕，我的心脏忽然感到一阵不适，仿佛听见泡沫划过玻璃发出的刺耳的声音。

近几年我爱上了码字。阅读过的书，每有心得感悟，即诉诸笔端，集结成文，也经常在朋友圈做一些分享，于是常常有朋友借书。一般朋友，在微信上要求的，我就委婉找个借口回绝；知交好友，直接拒绝，实言相告，朋友都能理解；最尴尬的是不相熟，又是当面借书的朋友，短时间内找个合适的托词并组织好语言不是我擅长的事。

　　我还有一书友，藏书很讲究，版本再好的二手书、版本不好的新书，都不在他藏书之列。前日我问他如何妥当拒绝当面借书者，他笑："为啥要让别人知道你有书？"我说："那如果别人就是知道了呢？"他敛了笑容，严肃起来："就说老公和书概不外借。"

如果没有战争
——关于《安妮日记》

我有时候会想，如果没有那场战争，没有那场大屠杀，成年后的安妮·弗兰克会是什么模样？

我想，她如愿成了一名作家，或者教师，在大学里教语言类课程。她继续写作，有多部不错的作品传世，她说过："我希望我死后，仍能继续活着。"那么，她的作品，就是活着的她。

我想，她和彼得朦胧的爱情没有修成正果。因为彼得并不是安妮理想中的伴侣，更多的是她为躲避纳粹抓捕而搬入密室的逃亡生活中的精神慰藉。安妮的内心是敏感而又孤傲的，她会一直单身。

她和父母达成了和解。生活在密室的两年多时间，正是安妮的青春期，她的日记里有对母亲的埋怨，也有对父母婚姻关系的担忧。而随着年岁的增长，这些将烟消云散。

午后，安妮坐在花园的藤椅上，喝着下午茶，写着自己的下一部小说。姐姐玛格和母亲在厨房烘焙甜点，两个侄女在橄榄树下荡秋千，父亲已经退休，此刻正在修剪园子里的花草。阳光照在金色的玫瑰花瓣上，从北大西洋吹来的海风和煦而温暖。

遗憾的是，这一切美好与平淡只存在于我的假想中。事实上，1944年8月4日，党卫军冲进了密室，抓走了所有藏匿在后屋的8名犹太人，包括安妮。转年的2月底或者3月初，安妮在贝尔根-贝尔森集中营死去，此时离她16岁生日还有3个月。

躲藏在后屋中的8名犹太人，7名死于纳粹集中营，唯一存活下来的是安妮的父亲。这位前犹太富商，倾其后半生精力，做的唯一一件事，就是整理、出版、推广他的女儿在13—15岁花季里写的日记。

如果没有战争，《安妮日记》不过是一个普通青春期少女的心灵独白。安妮，1929年6月12日出生于一个德籍犹太人家庭。二战开始以后，为了躲避德国纳粹对犹太人的迫害，全家移居荷兰。然而覆巢之下无完卵，德军很快占领了荷兰，开始大肆搜捕居住在荷兰的犹太人，安妮一家被迫躲进了父亲公司里的密室。那种失去自由、不见天日、如惊弓之鸟般的日子，压抑着安妮脆弱敏感的心。她开始用日记记录这种地鼠般的生活，长达两年。

密室无异于一座活死人墓，然而安妮乐观又坚强。"我相信今天失去的幸福一定能从大自然里再找回来，有信心和勇气的人也绝不会困死在不幸的遭遇里。"安妮对两年里帮助他们、为他们冲破重重困难弄来食物的荷兰人心存感激。不断有送去集中营的犹太人被集体毒死的消息传来，安妮因恐惧而战栗，但依然相信有未来。她杜撰了好友"吉蒂"，用书信的方式记录密室生活和她的情绪和思考，希望战争结束后，这本日记成为反映德军占领下荷兰人苦难生活的纪实作品，也成为她的第一部作品。

战争剥夺了安妮的生存权。战乱中的犹太人，生命安全和基本自由遭到侵犯，人格尊严受到凌辱，赖以生存的财产被掠夺。我们不会忘记，《辛德勒的名单》中，那个躺在尸车最上端的红衣女孩晃动的小腿。

安妮于1945年3月死于集中营，成了二战中被屠杀的570万犹太人中的一员，濒死时的安妮骨瘦如柴，2个月后，德军战败，而安妮的生命却永远定格在了15岁。幸运的是，安妮父亲的荷兰雇员保存了安妮在密室写下的日记。幸运的是，安妮的父亲活了下来，整理出版了《安妮日记》。

只是,安妮再也不能书写。《安妮日记》成了她的绝唱,成了她在人世间的最后回响。无论她多么有才华,无论她多么不甘。

安妮的父亲幸存了下来,他四处找寻,却发现所有的亲人都已死去,只留他一人孑立于世。

战争埋葬了岁月,再也回不到从前。安妮的父亲晚年时和一位同样在战争中失去亲人的犹太女子生活在一起,企图彼此温暖、相互疗愈。然而,面对同样伤痕累累的对方,如同面对镜中的自己,是可以促进彼此伤口的愈合,还是越发撕裂得鲜血淋漓?

乱离皆梦,江水东流。

子夜未央,我独坐窗前,敲下这些文字。茶水杯中最后一片叶子停止了舞蹈。夜空中星汉西流,月光洒在窗帘上,微微泛红,晚风不温不燥,一切刚刚好。

看看众花上
——读当代女作家李娟《遥远的向日葵地》

我选在元旦这天开始阅读这本书，完全是出于对文字的敬畏，为此我举行了一个小小的仪式——在朋友圈昭告此事。我的一位好友回复说她也购买了此书，但还没开始阅读，因为——舍不得拆封。

这就是女作家李娟的非虚构散文集——《遥远的向日葵地》。

起初是在一档音频节目里听到了《冬牧场》片段，李娟用干干净净的文字，淡淡地叙述着哈萨克民族游牧的生活，春天接羔、夏天催膘、秋天配种、冬天孕育，生命在波澜不惊中完成轮回。后来，有幸读到了李娟的"羊道三部曲"（《春牧场》《前山夏牧场》《深山夏牧场》），牧人想要逃离的游牧生活，恰恰是我们的诗和远方；牧人经历的平庸日常，是我们眼中的传奇。大自然的严酷和美好、边塞生活的艰辛和欢愉、生命的脆弱和坚韧，在李娟天然去雕饰的描述中，带着古老的虔诚，如春风扑面而来。

于是我怀着同样虔诚的心翻开了《遥远的向日葵地》。

如果用一个贴切的词来形容李娟的文字，那就是"高级"。阅读李娟的文字，我常会生嫉妒羡慕之心。写作是老天爷赏饭吃，可是老天爷给我一碗粗粝的糙米饭，给李娟的却是揉进了万物精华的盛宴，令我倾尽洪荒之力，也只能高山仰止。可是，我并不确定，她的文字其实更像阿尔泰山融化的雪水，至纯、至真、至润。

在李娟笔下，人与植物之间是隔膜的。就像她在《大地》一章里写的，人的脚步所到之处，植物会屏息静气，待人走远，才会重新舒展、沸腾。"人走到这边，那边抓紧时间开一朵花。人走到那边，这边又赶紧抽一片叶子。"植物的生长是地底深处黑暗里唯一的光，人的脚步所到之处，灯光熄灭，每一个脚印，都是无底深渊。

　　人与自然是辩证统一的，人是自然的一部分。然而随着生产力水平的提高，人们越来越多的拟人化了自然。我们在春天播下种子，在秋天里收获。我们用植物种子的延伸物填充我们的胃，我们见猎心喜、扬扬自得。却不知植物早已对人类怀了无比的敌意和深深的戒心。我们将剩余的食物倒入下水道，对上苍的赐予毫无敬畏之意。总有一天，我们会踩着自己的脚印坠入黑暗。水患、瘟疫、地震、高温，何尝不是来自自然的报复呢？

　　1888年的夏天，阿尔的太阳如火一般的炽热，比太阳更炽热的是凡·高的12幅向日葵作品。他想用这12幅向日葵作品挽救和高更的友情，然而终是徒劳。凡·高笔下的向日葵是跳动的火焰，是狂热的生命激情，可以燃烧一切。凡·高一生一无所有，只有如向日葵般绽放的生命。

　　多年以后，高位截瘫的史铁生，在他的小说《务虚笔记》里，向我们讲述了一个拷问人性的《葵林故事》，大片的向日葵林，金黄颜色，花开的时候，蜂儿在葵林中齐声歌唱。男人将女人遗失在葵林，女人背负了所有走向葵林深处。轮椅困住了史铁生的身体，却无法束缚他的灵魂。自由的灵魂载着他残缺的身体，在金色的向日葵林里飞翔，迸发出声声呐喊。

　　和他们相比，李娟的向日葵是多彩的，而不只是金黄。正如李娟在书中所说："所有人只热衷于捕捉向日葵金色辉煌的瞬间，无人在意金色之外的来龙去脉。"那是乌伦古河南岸，用向日葵做底色的生活。在黑色的泥土里播下种子，种子冲破泥土抽出嫩绿的芽，长出绿油油的叶片，花儿开了，底色这才变成了金黄，循着太阳，追逐着光，葵花开放了它巨大的花盘。母亲赤裸着身体在密匝匝的葵花林里劳作，被晒得黢黑，呈现生命最原始的色彩。

一切都是静止的，一切都是流动的，就像母亲的蒙古包。葵花还没出芽的时候，蒙古包是大地上坚定的凸起；葵花生长成海，蒙古包就成了随波荡漾的船；葵花开花了，花盘布满海面，阳光下金光四射，此时的蒙古包已深深沉入海底。

万物生长是大地最雄浑的力量，生长着的万物是世间永恒的主宰。

多么纯粹的文字啊。

难怪有很多人说，李娟的文字应该被选入中小学课本。因为她的文字自由自在、返璞归真，又不失趣味，是文字最应有的模样。

就像在葵花的生长中下沉的蒙古包。这样的下沉，是一种温暖的包裹。在李娟的眼里，蒙古包是家，是承载生命的船：

"每天清晨，鲜艳的朝阳从地平线拱起，公鸡跳到鸡笼顶上庄严打鸣，通宵迷路的兔子便循着鸡鸣声从荒野深处往家赶。

很快，鸭子们心有所感，也跟着大呼小叫嘎嘎不止。

家的气息越来越清晰，兔子的脚步便越来越急切。

被吵醒的我妈打着哈欠跨出家门，看到兔子们安静地卧在笼里，一个也不少，眼睛更红了。"

要怀有怎样悲悯的情怀才能写出如此治愈人心的文字呢？我对作者的外貌产生了些许好奇。于是上网搜了相关信息，发现李娟是一个戴着高度近视眼镜、头发蓬乱、不修边幅之人，甚至在口语表达方面也不很擅长，与我想象中的妆容精致、侃侃而谈的形象大相径庭，不禁莞尔，同时腹诽自己的浅薄。

在李娟的作品中，着墨最多的是牧场，牧场随着季节的变化流动，逐草而居的牧民跟随牛羊迁徙；但是向日葵地是固定的，固定在茫茫戈壁滩，荒凉而贫瘠。是李娟用灵动的文字，赋予向日葵地以色彩，让它变得喧嚣而丰饶。

星月流转，四季更迭。当下一个秋天来临的时候，乌伦古河南岸的向日葵地还在吗？我想还在的。即使李娟已去了南方，即使母亲已回到阿勒泰小镇，但一定会有别的人承包那片土地，并在那片金色的土地上播下新的希望。

冲撞和交融
——读沈复《浮生六记》想到的

少时读《红楼梦》,总是跳过那些华美的诗句,只读故事梗概,而《红楼梦》说的又是华门豪府的故事,离我清贫的乡野生活甚远,所以理解不了《红楼梦》的好,反而使我远离了很多清代作品。《浮生六记》便是其中之一。

决定读这本书,是在经历了一些人和事之后。在我看来,沈复的文字尚属不错,写的也是普通人家的家长里短、儿女情长,具有一定的可读性。但生活在不同时代的人,具有不同的价值观,沈复和陈芸的爱情,并非亮丽光鲜,也没有那么的琴瑟相和。林语堂说芸娘是他心目中的理想女人,无非是芸娘能和沈复畅谈书画,更何况,芸娘还主动为沈复觅妾,这种女人恐怕没有哪个直男不喜欢吧?但如果说芸娘为沈复纳妾召妓是那个时代女人贤淑的体现,那芸娘瞒着婆婆为公公物色妾室,怕是不能用贤淑了。而沈复对芸娘的感情,无非是狎妓的时候,会选一个相貌近似芸娘的罢了。

然而《浮生六记》的好处在于,它有六记。耽于儿女情长的,可看《闺房记乐》;喜爱插花的,可看《闲情记趣》;《坎坷记愁》更是描述了普通人家的钩心斗角、矛盾重生,以及困厄生活中的艰难跋涉;爱旅游的,则可在《浪游记快》里随沈复的笔墨,感受山川之美,更可在《中山记历》里,领略琉球国(今日本冲绳)的地理地貌、风土人情;《养生记道》则让风雨人生重归静谧。

苏童有部小说叫《妻妾成群》,或多或少表达出部分男人心中的渴望以及对一夫多妻的向往。其实这里有个很大的误会，中国自汉朝起，就已经有明确的法律规定一夫一妻制的婚姻制度，男人如有妻而想再娶，难度是非常大的。首先，再娶过来的女子，只能是妾；其次，纳妾者必须年过40且无子嗣；最重要的一点是，纳妾还必须正室应允。

满族人则不同，这个马背上的游牧民族一直遵循一夫多妻制，有正侧之分，正福晋地位高于侧福晋，但都是妻子。

当年吴三桂冲冠一怒为红颜，引清军入关，从此开始了清王朝二百六十八年的统治。这期间满汉文化激烈冲撞交融，形成了一种独特的，在我看来多少有些扭曲的文化形态。比如秃顶长辫的男子、小脚踩花盆底高跟鞋的女人。

在两种文化相互交融的过程中，社会的基本价值观中都有很多不确定的因素。生活在这个时代的每一个个体，也会更加迷茫和彷徨。清代作家写过很多优秀的小说作品，但这些优秀作品依托的故事环境却都不是清代本代。曹雪芹的《红楼梦》刻意说明故事发生的年代不详，吴敬梓的《儒林外史》假托明代，蒲松龄《聊斋志异》里的鬼狐妖媚更是穿越千年。芸娘和沈复生活在这样的环境当中，在我看来是尴尬的，但男女主人公却并不自知。作为男人，沈复颇有落魄八旗弟子的风范，缺少基本的独立生存能力。芸娘则是那个年代女子的悲哀的缩影，她有才华，但从她嫁给沈复那天开始，从夫妻琴瑟相谐，到耽于贫困，直至为沈复寻妓，甚至瞒过婆婆为公公觅妾，竟致最后被放逐，芸娘女子主体身份慢慢消失，最后蜕化为一个影子，沈复的影子。

清代散文，自成一格。清初学人三老顾炎武、黄宗羲、王夫之，文字识见精深，表达了强烈的民族情感；古文三大家侯方域、魏禧、汪琬，或纵横恣肆，或疏淡迂回、雍容尔雅；及至清中期，更有以方苞为首的"桐城派"，静重博厚，指摘时弊，奇宕雄肆。相比较而言，沈复的《浮生六记》，至多是一介文人对肚脐的把玩而已。

月亮也有背面
——读《沈从文文集》随感

那夜我游凤凰古城,在一片灯红酒绿、纸醉金迷中茫然若失。心有不甘,回来后从书架上翻出《沈从文文集》,找出《凤凰》一篇,想重拾那个南华山翠,沱水依依,临岸吊脚楼错落有致的美丽边寨。

可我却读到了一个血腥的故事:旅长刘俊卿平素和毕业于女子学校的夫人感情极好,却因为无意中看到夫人闺密的一封来信中有"你嫁了人就把我忘了"的话语,疑心写信者为男性,就命令马弁把夫人接到防地杀了。马弁不得不遵命,要下手时夫人发现不对,马弁实情相告,夫人哀求马弁带她见旅长说个明白,马弁不敢,说那样他就得死。夫人无奈,只好"让马弁把枪按在心子上一枪打死了"。事后旅长淌了两滴眼泪,让马弁买一副500块钱的好棺木,把夫人埋了,故事完结。

那个年代的湘西,女性毫无地位可言,读到这种惨绝人寰的悲剧故事固然惊悚,然而更为令人心惊的是沈从文居然将此形容为"动人的悲剧""动人的诗"。也许,在沈从文看来,旅长的两滴眼泪,可为"动人"佐证,但在我看来,这明明是吃人血馒头。

阅读《沈从文文集》的感觉就像乘坐过山车。读《边城》,惊为天人,想世间怎会有这等优美的文字,《边城》被公认为中国白话小说的金字塔尖,一艘小小的渡船,满载了现实与浪漫,美好与温暖;可再读《凤凰》,却又为沈从文先生冷血的三观摇头叹气,叹先生是世间最凡俗不过的糊涂男,遂将文集弃之一边;过几天,随手捡起再翻,却是《秋(动中有静）》，只一眼，便又欲罢不能，沈先生不但用优美的文笔将辰河边小口岸吕家坪的秋色写得活色生香，更是将吕家坪人丰年的自足、生活的愉悦，以及对外部未知世界的好奇，对即将到来的"新生活"的恐惧与渴望拿捏得恰到好处，真是多一分便多，少一分便是少。

也许，这就是月亮的背面。比如巴尔扎克在现实生活中是个不折不扣的混蛋，却不妨碍他写出传世巨著《人间喜剧》。生活中的沈从文，同样一言难尽。

"我行过许多地方的桥，看过许多次数的云，喝过许多种类的酒，却只爱过一个正当好年纪的人。"在上海中国公学当老师的沈从文，爱上了自己的学生张兆和。他写给张兆和的情书里的这段话，不可谓用情不深。只是我总觉得这话里话外，透着浓浓的"直男"味。只爱一个人，原本是最基本的道德底线，在这里却被渲染成了一件了不起的事。相比较而言，徐志摩对林徽因的爱，有些许卑微，低到"愿做康河柔波里的一条水草"。卞之琳是徐志摩的高徒，徐志摩滥情，卞之琳却专一，他苦恋张兆和的妹妹张充和多年。"你站在桥上看风景，看风景的人在楼上看你。明月装饰了你的窗子，你装饰了别人的梦。"

林徽因的才华是多方面的。诗歌只是她的小爱好，她真正热爱的是建筑。当年宾夕法尼亚大学建筑系不招女生，林徽因只好改学美术，却在两年后成了建筑设计系的助教，后来和追随她学习建筑的梁思成结为伉俪，成为建筑界的"神雕侠侣"。张充和更是一位颇具主张的独立女性，她不喜欢卞之琳的"不爽快"，觉得他的诗"矫情""缺乏深度"，后来张充和嫁给了汉学家傅汉思，在耶鲁大学教授书法、昆曲。

原本张兆和也可以像张充和或者林徽因一样，只可惜在她向当时身为上海中国公学校长的胡适求助时，胡适非但没有阻止自己聘用的老师违规追求女学生，反而做起了说客。这无疑给了张兆和巨大的压力。

嫁给了沈从文的张兆和不再是别人眼中的风景，白月光变成了朱砂痣，婚后的龃龉将双方撕扯得伤痕累累。

游览凤凰的时候，在沈从文墓地前，一位朋友问我："晚年的沈从文和张兆和之间，还有没有感情？"未待我否定，朋友兀自回答："我想还是有的。不然沈从文怎会留下遗言：'三姐，我对不起你！'张兆和在整理沈从文写给她的书信时，又怎会潸然泪下？"

"不折不从，亦慈亦让，星斗其文，赤子其人。"张充和对姐夫的十六字评价，当属客观。

爱是最美的语言
——汪曾祺美食散文漫谈

几年前我开始写一些记录心情的文字,源于经历了一些人、一些事。后来扩展到读书笔记、人物特写,还有这些年让我难以忘怀的美食。对于我来说,写作逐渐变成了一种快乐。

我庆幸自己保持了阅读的爱好,并且将这种习惯耳濡目染给了女儿。如今女儿大概率是我文字的第一个阅读者,因为她对我的文字总是有一个相对客观的评判。我会根据她的意见修改完善我的文字。

女儿认为我的美食文字是好的,因为有生活气息,有亲身的感受,所以文字很自然不矫情。我也陆陆续续写了家乡的栝楼、香椿、水豆腐、粑、年糕、板栗,以及荆芥、螺蛳、蚕豆,等等。我想,如果说这些文字有些意义的话,那一定是爱,我把对家乡、亲人、朋友的爱,通通融进了美食当中。

但是否可以做得更好?

我找来汪曾祺的美食散文,希望从中获取一些有益的启示。

汪老是个散文大家,他的文字是极简的,尤其是他的美食文字。

在《四川杂忆》里,汪老这样写川菜馆,卖毛肚的饭馆早起开门后即在门口竖一块牌子,上写"毛肚开堂",或简单地写两个字:"开堂"。晚上封了火,又竖出一块牌子,只写一个字"毕",简练之至!汪老的文字冲淡隽永,此处这个惊叹号,充分彰显了汪老对极简的崇尚。能用一句话讲清楚的,绝不用两句话,能用一个字说明白的,绝不用两个字。这也是我们文字表达的基本法则，好的文字，必须是极简的。

再比如《切脍》。汪老从《论语》《齐民要术》《东京梦华录》，说到《金瓶梅》《红楼梦》，纵横捭阖，探讨切脍之由来，言及多朝多代，却只用了区区200来字。汪老的阅读之宽泛、学识之渊博、语言之精练，可见一斑。

《野菜》通篇不足300字，却包含了巨大的信息量，令人读后吮指回味。汪老说，野菜多半带点苦味，凡苦味菜，皆可清火。但是更重要的是吃个新鲜。有诗人说"这是吃春天"，这话说得有点做作，但也还说得过去。随后话锋一转：敦煌变文、《文瑶集杂曲子》、打枣秆、挂枝儿、吴歌，乃至《白雪遗音》，等等，是野菜。因为它新鲜。好一个新鲜！竟将文字，写出了活色生香的味道。但如果没有一定的阅读积累和知识储备，断无法产生共鸣。

悠悠敦煌，大漠黄沙。丝绸之路上，佛教在这里传播，历史在这里延伸。将经文用民间说唱的形式记录下来，就是经变文。那一夜电闪雷鸣、风雨如磐，千佛洞石室洞开，敦煌变文惊艳于世。将阳春白雪的佛教知识依托于下里巴人的形式存在，将艰涩的文字用通俗的语言说唱出来，正是这类艺术形式的精妙所在。正如野菜，疯长在山野田边，似不如传统美食那么精致完美，却也自成一体，生机勃勃。

汪老1939年考入昆明的西南联合大学中文系，师从沈从文。他的文字干净朴拙，我以为深得沈从文老师真传。汪老的美食散文，似是信手拈来不着痕迹。写的是尘世烟火，字里行间却透着清新的文化气息。

许是对大学生活难以忘怀，汪老对昆明菜十分偏爱。他写家乡菜的鲜、川菜的辣、沪菜的甜，而《昆明菜》，则是清淡纯和。这里，恐怕更多地融进了师生情、同窗情。

"一月，下大雪……二月，刮春风……三月，葡萄上架。"汪老的《葡萄月令》，更是用了诗一般的语言，恰似《诗经·七月》里"七月在野，八月在宇,九月在户,十月蟋蟀入我床下"的曼妙意境。

汪老说过:"我把自己所有的爱的情怀灌注在喜好美食的文章中。""我写这些文章的目的,也就是使人觉得,活着多好呀!"正是对生活的热爱,使得汪老历经磨难初心不改。

我忽然想,汪老文字的炉火纯青,固然源自汪老的博学多才。然而,更是汪老对生活的执着的热爱,造就了一代宗师不朽的文字。这就是我阅读汪老美食文章的浅显感悟。

最是人间留不住
——萧红和她的《呼兰河传》

"严冬一封锁了大地的时候,则大地满地裂着口。从南到北,从东至西……"萧红的《呼兰河传》,是从冬天开始的。用诗一般优美的文字为市井小民立传,萧红是第一人。跟着她游走的笔,我认识了依着呼兰河的美丽小镇。小镇的冬天很冷,夏天,有好看的火烧云;七月十五有盂兰会,呼兰河上放河灯;四月十八娘娘庙会,秧歌、狮子、跳大绳。童年的萧红在祖父充满乐趣的后花园长大,就像一朵花开了那样自然;邻居家12岁的小团圆媳妇,被公公婆婆殴打虐待致死,花儿未开却已凋谢;园子边的磨房里住着冯歪嘴子,娶了同院王家的女儿,生下第二个孩子,王家女儿就死了,冯歪嘴子埋了妻子,继续做年糕、卖年糕,养大两个儿子。

一些人忙着生,一些人忙着死。人生大抵如此。

我一口气读完《呼兰河传》,合上书意犹未尽。封底上写着编者对这本书的评价:"小经典,大文字。"季羡林说,这种文字是可以代代相传的。是的,"溯呼兰天然森林,自古多奇才"。萧红,就是20世纪30年代的文学洛神,呼兰河畔永不褪色的萧萧落红。

伟大的文学家、思想家鲁迅先生曾说萧红是"当今中国最有前途的女作家",《呼兰河传》也是在鲁迅先生的鼓励下完成的。这部自传体小说完成于1940年年底,1942年1月,萧红病逝于香港。《呼兰河传》成了她的绝唱。

"河的南岸,尽是柳条丛,河的北岸就是呼兰河城。""花开了,就像花睡醒了似的。鸟飞了,就像鸟上了天似的。虫子叫了,就像虫子在说话似的。一切都活了。""呼兰河这小城里边,以前住着我的祖父,现在埋着我的祖父。"萧红用诗的语言,向我们娓娓叙述着呼兰河。才华是与生俱来的。将传统文学中最高雅的部分散文和诗,与现代文学主体小说完美对接,形成了现代文学中最具生命力的"萧红体",并且一直被模仿,从未被超越。

"此曲只应天上有,人间能得几回闻"。萧红,只在人间停留了短短的31载。我在想,如果上天再给她一些时间,她是否会带给读者更多的好文字?那将是读者多大的福祉啊!只是人生没有如果。但也许,她压缩了一生的长度,却拓展了一生的宽度。在短短的31年的生命里,她留给了我们《生死场》《小城三月》《呼兰河传》,这也就足够了。

抗战时期,民族主义和爱国主义是两个宏大的主题。而萧红的《呼兰河传》,则超越了这两大主题,直达"对着人类的愚昧",这也使她的《呼兰河传》更具不朽的力量。独有的文学主张,使她成为民国四大才女中的翘楚。

书的结尾,萧红这样写道:"以上我所写的并没有什么优美的故事,只因他们充满我幼年的记忆,忘却不了,难以忘却,就记在这里了。"萧红的文字,有一种力量,一读之下便欲罢不能,轻易就被她俘虏了。我很庆幸在读《呼兰河传》之前,没有读过关于萧红的其他文字,也没有看过关于她的传记电影。在我看来,萧红的文字是纯粹的。

"最是人间留不住",难得才情高格调。心疼萧红,生于日寇铁蹄践踏下的东北,一生漂泊不定,"半生尽遭白眼冷遇"。无论是萧军,还是端木蕻良,都只是她生命中的匆匆过客。多少人爱慕她的才华,她却只落得与蓝天碧水永处。从此,世间再无萧红,只有呼兰河永恒流淌着。

人人生而平等

一口气读完《杀死一只知更鸟》，合上书之后，长长地吁出一口气，脑子却很空，能说出的感觉只有两个字：精彩。这是我从未有过的一种阅读体验。通常情况下，我读到一本好书，习惯于拿铅笔在空白处写下我随时的感受，全篇读完之后，更是会洋洋洒洒写下长篇感言。然而这一次却出了意外，这让我感到一丝恐惧，对未知的恐惧。

我的中学老师曾经说过："学习就是一个画圈的过程，圈内是你学到的知识，圈外是你尚未掌握的知识。学的东西越多，画出的圈就越大，那么和未知世界的接触面就越大，要学的东西就越多。"这话自然也适用于阅读。

《杀死一只知更鸟》是美国女作家哈珀·李倾尽毕生之力写出的唯一作品，并因文字精练、文笔优美，被列为美国中学生的必读书目。但此书热卖后，哈珀·李拒绝了众多出版商的约稿，隐居孤老。可见她童年时代看到的罪恶和不公，对她的影响伴随终生。

《杀死一只知更鸟》写的是20世纪30年代，发生在美国南方梅科姆小镇上的故事。那是一个种族歧视深植于所有人内心的时代。

白人律师阿迪克斯给他10岁的儿子和6岁的女儿买了气枪作为圣诞节礼物，但他同时告诉他们不要去射杀知更鸟，因为"杀死一只知更鸟就是一桩罪恶""知更鸟只唱歌给我们听，什么坏事也不做"。

然而在现实生活中，阿迪克斯竭尽全力却没能阻止几乎是全镇白人对一位"知更鸟"般的黑人的集体谋杀。

贫穷的白人女孩马耶拉，在欲望驱使下，勾引了黑人男子汤姆·鲁滨孙，未果，却被自己的父亲尤厄尔撞见。她违反了当时美国社会的固定法则。不得已，她只有把汤姆处理掉方能销毁自己在欲望驱使下所犯行为的证据。于是她控告汤姆强奸，她的父亲是第一证人。

阿迪克斯找到了控告不成立的有力证据，却无法说服陪审团判定汤姆无罪。一只知更鸟就这样被杀死了。

翻开美国历史，你会发现，种族歧视在这段并不漫长的历史中造成了怎样的影响。

1619年，第一个非裔奴隶被贩卖到美国南部，种下了不平等的种子。直到1869年，美国南北战争结束，美国恢复统一，宣布废除奴隶制度，整整用了二百五十年。然而奴隶制度的废除，并不意味着平等的到来，那些非裔黑人和土著印第安人依然在社会底层苦苦挣扎，他们没有话语权，没有表决权，甚至没有在公车上坐下的权利。

20世纪30年代的美国，经济大萧条给美国民众带来了巨大的生存压力，美国黑人的生活更是举步维艰，种族之间的矛盾也就越发尖锐。这就是《杀死一只知更鸟》的故事发生的背景。

三十年后，马丁·路德·金发表了著名演说《我有一个梦想》：我梦想有一天，我的四个孩子将在一个不是以他们的肤色，而是以他们的品格优劣来评价他们的国度里生活。马丁·路德·金一生致力于非暴力黑人民权运动，却在39岁那年被种族主义分子暗杀。

又过了四十年，2008年，非洲裔平民奥巴马当选美国第44任总统。106岁的黑人妇女安妮，在触摸屏上投下了庄重的一票。在就职演说中，奥巴马说道，20世纪30年代，经济大萧条横扫美国大地，一片绝望。但美国以新政、新的就业机会以及崭新的共同追求战胜了恐慌。

从《杀死一只知更鸟》的故事，到黑人当选总统，用了七十五年，我想，这是美国最好的七十五年。然而民主之路并非坦荡，种族歧视也未完全消失,时至今日,歧视、迫害有色人种的事件在美国各地仍时有发生。现任美国执政者也在人为设置着一些带有种族歧视的新政。然而,"人人生而平等",仍将是每一位美国人,乃至全世界人,共同追寻的目标。

阅读时，我们在一起

书籍，将我们联系在一起，给我们力量，让我们温暖彼此。我把我的阅书单分享给你，向你敞开心底最柔软的部分。

《莫斯科绅士》，一本美国人写的关于苏联的书，埃默·托尔斯将目光聚焦在"十月革命"后莫斯科大都会酒店，三十二年的时间线内，大都会酒店万象丛生，俨然成了一片"漂浮的国土"。时政、谍报、爱情、亲情，虚构的故事依托于莫斯科这片真实美丽的土地发展，让人读完之后，有忍不住去涅瓦大街走一走的冲动。

与此相似的是刘子超的旅行文学《失落的卫星：深入欧亚大陆的旅程》。苏联的解体，将中亚五国抛弃至全球多极化浪潮中，它们因此变得失落、迷茫、边界模糊，我们甚至无法完整地说出这五个"斯坦"国的国名。刘子超文笔一流，他多次深入中亚土地，采撷出一个个中亚人的故事，告诉我们，那片荒漠，曾经是帖木儿的故乡、曾经走过西去取经的玄奘、曾经流放过陀思妥耶夫斯基、曾经是苏联的核试验场，如今那里还生活着努力学习汉语希望来中国的"幸运"、困守咸海采集咸海泥的中国打工人、帕米尔高原上照料着一大家人生活的吉尔吉斯女子、独自走在瓦罕公路上的留守儿童。

因为喜欢村庄而购买了梁鸿乡村三部曲《出梁庄记》《中国在梁庄》和《梁庄十年》，很遗憾没有得到我所期待的欢喜。一部作品只有读过了才知道好与不好，正如马家辉所言，人这一辈子，读个五六本好书就够了，但是为了读到这五六本好书，你必须去读五六十本、五六百本，乃至五六千本书才行。马家辉是智者。

如果不是许子东的推荐，我注定要错过《古船》这本好书了。《古船》是张炜为数不多作品中的一部，然而却是精品。那艘颇具魔幻现实主义意象的古船，搁浅在胶东芦青河滩，洼狸镇抑或"东莱子国"的都城，是由生活在最底层的小人物完成的宏大历史叙事。

同样源自许子东推荐的还有《老残游记》，个人认为这个中篇在晚清小说中独树一帜。前半部分是游方郎中老残行走当中所经历的人和事，直指彼时清朝官场中的酷吏误国害民之现状；后半部分作者脑洞大开，以梦为境，说的是老残在阴曹地府中的一番游历，以告诫世人当一心向善。

《我在伊朗长大》用漫画替代语言来叙述故事。我一直很喜欢漫画，它具有一种化繁复为简单、化腐朽为神奇的魔力。《我在伊朗长大》属于法国漫画风格，这是自传体小说，如果用文字的话，需要交代伊朗复杂的历史背景，而玛嘉运用她所擅长的漫画，配以简单的文字说明，就让我们了解了一个真实的伊朗。文字、绘画、音乐，莫过人与人之间相互沟通的工具，掌握和运用得越好，沟通就越舒适流畅，无他。

初次接触陀思妥耶夫斯基的《罪与罚》，就被大师所折服。正如陀氏的迷弟毛姆所言："没有哪一本小说能如此淋漓尽致地描绘出人性善恶，也没有哪本书能带着如此巨大的悲悯和巨大的力量，叙说人类灵魂可以承受的悲惨境遇。陀思妥耶夫斯基对承受痛苦的人怀有的深切同情，只有同样痛苦的灵魂才能做到。"我又怀着巨大的敬意看了陀氏的《死屋手记》，依然如《罪与罚》般的痛苦灵魂，但是所带来的震撼与《罪与罚》相比，逊色不少。或许正如余华所说，一个作家，一辈子能写出一部惊世之作，就已经很了不起了。

《南京传》和《后羿》，同出自江苏作家叶兆言之手。叶兆言先生是个低调的人，不愿提及他和叶圣陶先生的关系，每天坚持至少五六千字的写作，默默耕耘的精神着实令人钦佩。

　　《山海经》是一部隐藏着无数密码的旷古奇书。我抱着很多的疑问去阅读它，获得了一些答案，然后在阅读的过程中又产生了更多的疑问。近几年三星堆的进一步考古发掘，凸目人面具、青铜神树以及太阳神鸟的出土，和《山海经》中的古蜀国传说、扶桑神树，以及关于以太阳为图腾的十日国远古部落的描述，相互印证。虚虚实实，真真假假，远古时代的文明，究竟是怎样一番光景？这里再次显现出文字的重要性。殷墟发现了三千年前甲骨文，通过甲骨文的记载，我们将历史追溯到了商王朝文明，碳十四断代法固然可以测出文物的年代，但只有文字才能告诉我们当时发生了什么。所以，真希望三星堆文明的进一步发掘，可以有文字来佐证。《山海经》中的神话，或将成为现实。

今雨不来

读张中行老先生的散文,有一种清淡的舒适感。仿佛在冬日的暖阳下,啜一杯清茶,听长辈摆龙门阵。先生博览群书,中土之外兼及西方,青年时期曾下大力气深入探索哲学;先生兴趣广泛,通晓金石书画、文物古董;先生历经几个时代,备尝生途的艰辛。先生的文字冲淡隽永,寓哲理禅义于淡诗般的语言中。《负暄琐话》《负暄续话》《负暄三话》一路读来,每晚捧读三五短篇,于回环咀嚼中睡去,在获知匪浅之余更有心绪的温暖宁静。

然而在全篇行将结束之时,我看到了这样的文字:"溅泪,思人,都是由于爱恋。爱恋会带来苦。想彻底避苦是哲人,听之任之是常人,常人的一部分,觉得苦的味道也甚至更值得咀嚼,是诗人。哲人的奢望,我理解,可是不想追随,因为由理方面考虑,大道多歧,由情方面考虑,自知必做不到。这是说,我命运是常人,而且每下愈况,有时想到诗人的梦和泪,而见猎心喜。显然,这就会走上反道和禅的一条路,也就是变少思为多有想望。想望什么?总的说是世间的温暖。温暖总是由人来,所以有时读佛书,想到有些出家人的茅棚生活,心里就不免一阵冰冷。我不住茅棚,说冰冷也许太重,那就说是寂寞吧。"

读到这里未免讶异!煽情?一向客观冷峻的张老先生也会煽情吗?于是继续寻觅:"是前不久,主要是有那么一天,我感到岑寂,也许盼什么人,今雨也来吗?但终于连轻轻的印地声也没有,于是岑寂生长,成为怅惘,再发展为凄凉。我没有达摩面壁的修养,又不能树立烦恼即菩提的信念，因而感到苦，也就渴想漂泊的心能有个安顿之处。"

掩卷沉思，原来先生也是孤独的。博览群书、纵横捭阖、卓荦超群、历经沧海、桑榆暮景的张中行老先生，面对滋长的岑寂凄凉，却无达摩面壁的达观！

世间有两种人，一是哲人，一是痴人。以我粗浅的认知，我以为授道解惑的孔子是哲人，睿智黠慧的苏格拉底是哲人，而自刎于乌江边的项羽是痴人，寻寻觅觅的李清照也是痴人。痴人终究无法摆脱心灵的纠葛，张老先生透辟超脱，处世"为而弗有"，我以为他是哲人。然而耄耋之年的张先生却在岑寂中发出"今雨也来吗？"这样的疑问。为何？

或许，孤独是与生俱来的。它深植于每个人的内心深处，无论你如何挣扎，如何掩饰，终究无法摆脱。大千世界中的男男女女，苦苦寻觅真爱，欲把自己交付给对方，无非也是想给漂泊的心找一个安命之所，然而终究是自欺欺人。

哲人也好，痴人也罢，无非是在荒野上行走的路人。如果不慎陷落在被枯叶覆盖的枯井里，哲人会微笑，痴人会流泪，但无人会呼喊，因为：

今雨不会来！

"常时车马之客，旧雨来，今雨不来"。（杜甫）

以爱的名义
——电影《阳光普照》观后

少年阿和被黑轮欺负，约了好友菜头去报复。二人找到黑轮，菜头为朋友两肋插刀，出手砍掉了黑轮的一只手。阿和和菜头都被关进少年抚育院（少管所）。几年后，阿和从少年抚育院出来，他试图做好每一件事，为做错的第一件事救赎。

阿豪没考上心仪的医学院，报了补习班准备第二年再考。阿豪从小优秀，没考上医学院可能是他一生中受到的唯一挫折。高考失利，他没有别的选择，必须复读重考。因为他太优秀，他背负了太大的压力，他终日活在太阳光下，没有阴影，也就无处逃遁。于是在一个普通的夜晚，他洗好澡，叠好衣服以后，跳楼自杀了。他做好了每一件事，却做错了最后一件事。

阿和和阿豪都是阿文的儿子，但是阿文只承认阿豪，因为阿豪从来都是他的骄傲，阿和从来都是他的麻烦。

台湾电影《阳光普照》讲述的是台北市一个普通家庭的故事。影片带给观众极大的情感冲击，甫一上映就引起了强烈反响。

这部影片，给我留下极深刻印象的是两个片段。

一个是阿豪跟阿真讲述司马光砸缸的故事，故事的惊悚部分在于，司马光砸破水缸以后，水缸里却没有水流出，在水缸的阴影里，坐着一个人，那人就是司马光自己。阿豪讲这个故事的时候，看似语气平和，实则是被阳光照着的他为寻求阴影的庇护发出的呐喊，可惜没人听得懂。

另一个是阿和出狱以后去看望被砍掉一只手的黑轮，他问黑轮少一只手是什么感觉，黑轮攥紧了阿和的手掌，然后让他用力伸展。阿和再怎么用力都很徒劳，黑轮淡淡地说："就是这样的感觉。"黑轮的语气很平淡，没有任何渲染，却将那种近乎绝望的无力感准确地传达给了观众。

观众为做错了事的阿和惋惜，为他后来艰难地改过自新捏一把汗，也为优秀的阿豪自杀而唏嘘不止，却往往忽视了真正的主角阿文。阿文是驾校教练，同时也是一个不称职的父亲。如果说阿和做错了第一件事，而阿豪做错了最后一件事，那么阿文则是一错再错。

阿和不成器，阿文作为父亲并没有帮助过他，而是直接放弃了他。有人问阿文几个孩子，阿文总是回答："一个。"这一个便是他即将上医学院的优秀的阿豪。这部电影的英文名是 The Sun，谐音 The Son，就是一个儿子的意思。阿文刻意回避阿和的存在，在法庭上，阿文对法官说，希望把阿和关到老，关到死，多么冷漠的父亲。

阿文把所有的希望都寄托在阿豪身上，但他对阿豪的爱同样是冷漠的。他每年都要送阿豪一本驾校发的手册，封面上写"把握时间，掌握方向"，他按时给阿豪生活费，却从来不知道阿豪在想什么，最终他对阿豪的爱成了压垮阿豪的最后一根稻草。

阿豪死了，阿文这才想起他另一个儿子阿和。

菜头和奶奶相依为命。当初法庭判定菜头赔偿被害人黑轮 150 万，菜头没有钱，黑轮的父亲便找到了阿文，希望他能承担一部分赔偿，但是阿文无情地赶走了黑轮的父亲。法庭执行判决，将菜头和奶奶的住所变卖，赔偿了黑轮，居无定所的奶奶只好住进老人院。这事在菜头心里埋下了仇恨的种子。出狱后的菜头，发现奶奶已死在老人院，自己一无所有，而阿和已娶妻生子有工作，菜头心理失衡，毕竟当初他是为了阿和才去砍人的。于是他要挟阿和，逼阿和抢劫、贩毒，拉阿和下水。

阿文发现了菜头对阿和的纠缠，他要保护他此时唯一的儿子，于是他拿了20万新台币给菜头，希望菜头放过阿和，但是被菜头拒绝。于是在一个下着瓢泼大雨的黑夜，他杀了菜头。当阿文举起石块狠狠砸向菜头的时候，不知他有没有想过，菜头也是别人的儿子。

父爱如山。以父爱之名，阿文将自己变成了恶魔。阿文最终有没有受到法律制裁，影片没有交代。影片在阿和骑车带着母亲穿过树林的画面中结束，阿和的母亲抬头看天，阳光穿过斑驳的树叶洒在母亲的脸上，有光、有影，画面很美。

阿文永远不会明白，他有两个儿子，无论优秀与否，无论死去还是活着，他都有两个儿子。如果他早就明白这一点，或许这一切悲剧都不会发生。

为官者当先为人
——重读经典小说《儒林外史》有感

这是一个喧嚣浮躁的时代。人们忙于追逐名或利，或为生计疲于奔波。当我们从冗杂的琐事中偶尔抬头喘息的时候，悚然发现：那个一壶茶、一本书、一个下午的美好时光，已好久不见。

感谢毕业三十年的大学同学聚会。当我匆匆收拾好行李，踏上开往母校所在地的高铁时，为了打发枯燥的旅途时间，我从书架上随手拽了一本落了薄薄灰尘的旧书，恰巧是《儒林外史》。

《儒林外史》的作者吴敬梓，是生于清代的安徽籍作家。他以明朝的江南为背景，以"儒林"为中心，用白描的手法，讲述了二百多个人物故事，鲜活再现了明朝八股科考体制下的儒林百态。

当年阅读这本书的时候，还是三十四年前——1981年高考前夕，国家刚恢复高考制度不久，众多学子都挤在高考这座独木桥上，想通过高考改变自己的命运，实现自己的理想和人生价值，高考成了当年大多数年轻人的唯一出路。现在回想起来，当年的场景和《儒林外史》中的科举颇有几分相似。

明朝的科举，崇尚的是八股文，其特点是"代圣贤立言"，有固定的写法，每篇文章均由破题、承题、起讲、入手、起股、中股、后股、束股八部分组成。知识分子在八股文的桎梏之下，都成了人云亦云，丧失了独立思想和独立人格的应声虫。而如今，莘莘学子为了应对高考，深陷于题海，用这种机械的方式训练出来的高考机器们，又有几个有着"独立之思想、自由之精神"呢?

所谓一花独放不是春,万紫千红春满园,八股文未必不是好文,然而只有八股文一种形式存在的科场,必定不是好科场。吴敬梓笔下的一位童生,笔试完之后要求面试诗词歌赋,竟被考官周进训道:"……那些杂览,学他做什么?"并令公人将他一路推到大门外。这样的氛围之下,才会有五十四岁才考中举人的范进,连大文豪苏轼是谁都不知道。

庸妄物质不自知,堕落无耻不自觉。范进原本穷困老实,中举之后,收受张乡绅送的房子和银两,做了学道,不忘照顾老师要提拔的人;周进捐监之后考中进士,做了学道,连考卷还没收齐,就定好了名次;口口声声"从不晓得占人寸丝半粟的便宜"的严贡生,竟讹诈船夫的脚钱、圈邻居的猪,直至霸占弟弟严监生的身后家产。

读书是为了什么?公元前五百多年的孔子说:学而优则仕。孔子的儒家思想影响了中华民族几千年,所以说吴敬梓笔下的周进、范进之流,半生穷困,却执着于考功名这一条路。及至中举之后,放了学道,做了官,于是收受贿赂、编制人脉关系网,追求的是自身利益最大化,却从不考虑为朝廷做些什么。所谓"三年清知府,十万雪花银",就是当时官场的真实写照。历史的长河流淌了几千年,人类文明进步了吗?

民国学者胡适对《儒林外史》给予了高度评价,认为这是本可以和四大名著比肩的"吾国第一流小说"。他认为作者"见识高超",一开篇就用王冕的口气,抨击了八股科举体制:将来读书人既有此一条荣身之路,把那文行出处,都看得轻了。为此,胡适在《吴敬梓评传》里说道:"……就是提倡一种新的社会心理,叫人知道举业的丑态,知道官的丑态;叫人觉得'人'比'官'格外可贵,人格比富贵格外可贵。"时至今日,这种社会心理终难养成!

当年读《儒林外史》，只是感叹吴敬梓对儒林人物的细节刻画入木三分，今天重温经典，却更慨然于这本书的现实意义：收起人性的贪婪，保留本性中的纯真。力所能及，则修身而为，齐家治国平天下；如力所不能及，如我，不如独善其身，做一个王冕那样正直磊落的人，唱一句归去来兮，田园将芜！

辑五 那山那水

璀璨殷墟

一出高铁站，迎面十来个黑面壮汉一字排开，边挥手边冲我喊着听不懂的方言。我吓得下意识地放慢脚步，往前来接站的老同学身后躲了躲。老同学笑着解释："没事，他们只是揽生意的出租车司机。"

我从吴侬软语的江南，乘坐5小时的高铁，来到民风质朴彪悍的安阳，为的是看一眼记载着三千三百年华夏文明的片片甲骨，承载着商都辉煌的祭祀礼器鼎、簋、俎、鬲、豆。洹水汤汤，穿越千年时光，从中华文化的源头奔腾而来，它所裹挟着的神秘信息，更是令人神往。

一大早，谢绝了同学的陪伴，想独自安安静静地品味殷墟的荒凉岑寂，聆听历史深处的声音。第一站，我去了中国文字博物馆。历史是用文字来记载的，在安阳发现的甲骨文，是迄今为止中国最早的文字记载。这一个个富有灵性的象形文字跳动着，将五千年的华夏文明紧紧串联在一起，其价值不可估量。

从文字博物馆出来，乘41路公交，11站地，就到了世界文化遗产殷墟遗址宫殿区。这里除了展示出土文物的殷墟博物馆之外，就是极具考古价值的妇好墓遗址了。妇好是殷商盛世武丁朝武丁的妻子。她是大祭司，会占卜；又是女将军，能打仗。也许是天妒英才，妇好只活到30岁。伤心的武丁将妇好埋在了宫殿里，并在她的墓穴里陪葬了大量精美的青铜器皿，包括后母辛鼎（注意，不是后母戊鼎），同时墓穴里还陪葬了大量刻有甲骨文的龟甲片，这是唯一一座有文字记载墓主身份的殷商墓穴。而由于墓穴的上方是宫殿，妇好墓才得以躲过历朝历代盗墓贼的洛阳铲，完整地呈现在世人面前。

在妇好的坟墓里，甚至有殉葬的雅利安人。妇好强大到没有任何需要依附武丁的地方，故而有学者认为商朝是母系社会。但是，从妇好的墓穴来看，她并没有被葬入5公里以外的王陵区，墓穴也不大，众多随葬的青铜器和玉器，只能说明武丁对她的宠爱。然而三千年迷雾重重，历史的真相究竟如何，谁知道呢？妇好墓内保存完好的甲骨文记载，至少让我们明白了墓主的身份，以及她的些微面貌，相对于5公里外王陵区里那13位寂寂无名的商王来说，妇好已经是很幸运了。

泱泱中华，上下五千年。在商周文化之前，还有龙山文化、仰韶文化。但真正有文字记载的，则是三千三百年前的甲骨文。将当时的占卜、祭祀、战争等活动记录下来，留示后人，这是甲骨文被发掘的伟大意义所在。

听老同学说，早年，安阳郊区的农民经常在挖地时挖出一些带字的龟甲兽骨，因为愚昧无知，以为这是一些被下了咒符的物件，可以医治疾病。于是整麻袋的甲骨被当作药材卖掉，甚至成了病人的药引子。殷墟作为殷商王宫所在，至今已陆续出土了10万多片甲骨。殷墟宫殿区一个展区里有一个很大的坑，在这个坑里，曾聚集了一整筐的甲骨，20世纪30年代，这筐甲骨被发掘出来，因战乱而辗转迁徙，所幸现在完好地保存在台湾的汉语言研究所。甲骨文共有3000多字，目前只研究识别出1700字。我想，这一整筐出土于商代朝歌的甲骨，或许记载了商王朝的故事，有着和敦煌遗书同等的价值呢。

从宫殿区驱车，穿过曲折蜿蜒的乡间公路，大片的玉米地或荒野从车旁闪过。7月里即将入伏，中原却依然淫雨霏霏。绵绵雨雾中，埋葬了殷商13代帝王的王陵区，更显得空旷寂寥。王陵区只开放了3个展厅，其中一个墓坑中，那个充分展现殷商高度文明的后母戊鼎静静地立在那里，散发出迷人的光泽。

司母戊鼎重达 832.84 公斤，我猜测正是太过庞大、沉重，才躲过盗墓贼之手。鼎身浮雕精美，充分展示了殷商时期青铜铸造的超高工艺和艺术水平。当然，司母戊鼎现在已改名后母戊鼎，因为当初郭沫若先生错把甲骨文字"后"，认成了"司"。

晚上和老同学漫步安阳老城。我跟他说安阳是一座被低估的城市，仅殷墟这张名片就够显赫的了。老同学带着中原人特有的淳厚笑着说："已经很不错啦，前几年，国家拨了2个多亿在安阳修了中国文字博物馆，去年又拨了2个多亿，正在扩建二期工程。加起来，花了有5个亿呢。"

夜色中的安阳古朴宁静。曾经，安阳是个历史文化重镇，在三千年的时代变迁中，盛极一时的朝歌消失了，极尽奢靡的鹿台坍塌了；但，青铜器还在，甲骨文，不朽。

文王操

每次到河南，我总有种一秒变文盲的感觉。

这次依然如此。一大早老同学开车过来，说我们今天去汤阴，羑里城在那里。

老同学的普通话里带着安阳口音，一瞬间我有点蒙。毕竟这次安阳之行我也是做足了功课的，但是印象里安阳的景点中并没有老同学说的这个地方。追问之下，又说了笔画，方才明白，羑念作"有"音。羑里城，是殷商最后一代帝王纣囚禁西伯侯的地方。

西伯侯就是姬昌，后来的周文王，商朝末年的周族首领，商纣王封其为西伯侯。姬昌礼贤下士，宽厚待人，广求贤才，势力日益强大。纣王担心其势力危及殷商王朝，于是找了个借口将他禁于羑里，同时还将自己妹妹嫁给姬昌，恩威并施。七年之后，姬昌取得了纣王的信任，被纣王释放。回到周部落以后，文王拜姜尚为相，进一步扩大势力，为后来武王灭商、建立西周打下了坚实基础。

周文王被囚羑里城时，潜心研究八卦，化八卦为六十四卦，每卦六爻，共三百八十四爻，成就天下第一部经书《周易》。周文王又发明了七弦琴（我们今天称之为古琴），创作了著名的古琴曲《拘幽操》。

羑里城早已在三千多年的历史演变中灰飞烟灭。今天展现在我们眼前的，是在原址上根据历史记载修建的羑里城遗址。受水灾的影响，羑里城景区十分冷清，除了一些零星散客之外，只有一个小个子老师，在给她的一群中学生模样的弟子，就着墙上的图画，讲解与纣王囚禁文王有关的传说。

看着滔滔不绝的老师和面无表情的学生,我在想,历史的真相往往在它发生的那一刻就丢失了,再也找不回来。比如殷商王朝的消亡,西周王朝的崛起,其原因十分复杂,但更多的是历史发展的必然结果。然而经过历朝历代文字演绎,人们逐渐夸大了纣王的昏庸残暴和文王的圣德贤明。同时为佐证计,又有了纣王杀了文王的长子伯邑考,并把他的肉做成肉饼给文王吃的故事,有了文王用十五座城池换纣王废除炮烙酷刑的故事。

而我们的老师,是履行教育职责的专业人员,肩负着传递科学文化知识,答疑解惑,促进学生德智体全面发展的重要责任。老师在把知识灌输给学生的同时,一定不要忘了启发学生的独立思考能力。学生是否记住了《封神演义》中的故事并不重要,重要的是,学生是否在学习历史的同时,有所感悟和思考。

天空又下起了小雨,我撑开雨伞,继续往前走。景区尽头是一个大大的、一人多高的八卦阵迷宫。我没入迷宫当中,居然不小心走了个最短路线,很快到了迷宫中心的高台,站在高台上,景区整个阵势尽收眼底,一瞬间忽然有了一种诸葛亮手握羽毛扇指挥千军万马布阵的感觉。

那一拨中学生也游览过来,他们看着八卦迷宫很是兴奋,男孩女孩们三三两两结伴钻进迷宫里,在逼仄的巷道里穿梭。女生们为走进了死胡同爆发出银铃般的笑声;调皮的男生不时跳起来,试图从上方找出迷宫出口。一个高个男生率先走出迷宫,站在高台上大声提示着还在迷宫里左冲右突的伙伴。

雨丝越发密集起来,远处,建于明代的石牌坊"演易坊"静静地立着,那是文王经常弹奏七弦琴的地方;旁边的凌霄花攀附在一棵百年大树上,开出一树鲜花。蓍草在地里疯长,这是当年周文王占卜用的草,据说蓍草只能在羑里城生长,移出去就养不活。我靠在亭子一角,打开手机,找到了古琴曲《文王操》。《文王操》是对善施仁德的周文王的赞美,更是对理想社会和理想人格的歌颂。其旋律丰富感人,内涵深邃博大。我戴上耳机,把音量调到最大,美妙的琴音扑耳而来。

雪城印象

从肯尼迪机场乘飞机往北飞,大西洋的海水在银色机翼的映衬下显得分外湛蓝,曼哈顿林立的高楼迅速向后隐去。大西洋的湛蓝也消失以后,扑面而来的是白色,大面积的白色,被道路分割成块,间或有褐色的森林,成片的白色块夹裹着成片的森林,被飞机甩在身后。我疑惑这白色是什么,直到半小时后,迎面而来的褐色森林也染上了白霜,我才恍然大悟,原来是雪,白雪覆盖下的城市,隐去了所有的颜色,如此纯净。

雪城就以这样的方式走进了我的视线。

出机场不远,就是一片废弃的工业园区,园区没有烟囱,只有一座座红砖厂房,我猜想当年这里曾经有过繁盛的手工业,后来手工业转移到人工成本更低的东南亚,这片园区因此沉寂下来。野草疯长,河边的芦苇向园区蔓延,将厂房包围起来,厂房在岁月的侵蚀下并不颓丧,只把那一抹红累积得更深。园区的另一头是交错的高速公路,车辆穿梭,与园区相互映衬,达成一种动感的静谧。阳光打在芦苇上,穿过通透的芦苇去看园区错落的厂房,斑驳的铁质扶梯从荒草中探出倔强的身躯,红砖墙上,现代风格的涂鸦把园区装饰成一面颇具质感的背景墙。

雪城只有14万人口,因为GDP的负增长,很多人选择离开这里。靠近市中心的地方,很多公寓是空的,无人居住。更多的人选择居住在半山腰的一栋栋漂亮的小房子里。雪城的道路是起伏蜿蜒的,开车行进在道路上，两旁都是一幢幢可爱的小别墅式住宅，人字形坡面屋顶，罗马立柱式门廊，色彩以白、灰、暗红为主，门前有草坪，后院面积都大于房屋面积，因为刚过万圣节，大部分小别墅门前摆着各种造型的南瓜灯。松鼠住在道路两边的树上，它们在居民的院落里刨洞埋食，也会蹦跳着穿过马路去对面的松鼠家串门。开车的行人遇到在道路上你侬我侬的松鼠，会停下车来，静静地等它们离开，并不惊扰它们。人们日出而作，日落而息，每一幢小房子里都有着属于自己的小城故事。

木心说："从前的日色变得慢。"其实，日色还是那个日色，只是我们踏着匆匆的脚步，追逐他人，却迷失了自己。我一直认为，所有自由的前提都是财务自由，却忘了真正的自由是心的自由。你以为你用尽了全身力气，可街角咖啡馆里，一杯浓香的热巧克力就告诉你，岁月悠长，山河无恙。

周末的时候，雪城的人们会到城外"走湖"。湖是个双子湖，不大，绕着大湖走一圈，也不过半个小时。两个湖之间，有一条小溪连接。小溪很浅，落满了树叶，溪水绕过腐叶缓缓地流淌。透过清澈的湖水，能看见倒伏在湖中的整株的大树，大树已死去很久了，树叶、树皮都已经剥蚀，只剩下光秃秃的灰白色树干，凝固成化石。

湖水澄澈且绿，小城的人称它为绿湖。随着季节的不同、日照的变化，绿湖以绿色为主色调，更呈现出蓝、靛，甚至是紫。默默无闻的绿湖形成于一万五千年前的冰川纪，55米深的湖水，被一种嗜硫的紫色微生物断然分成两层，18米以下的湖水是没有氧气的死水。这样状态下保存下来的湖底的淤泥，就有了非常多的考古价值。

梭罗在瓦尔登湖边居住了两年，写下了著名的散文集《瓦尔登湖》。他说："时间决定你会在生命中遇见谁，你的心决定你想要谁出现在你生命里，而你的行为决定最后谁能留下。""大多数人，即使是在这个比较自由的国土上的人们，也仅仅因为无知和错误，满载着虚构的忧虑，忙不完的粗活，却不能采集生命的美果。"是瓦尔登湖的美孕育出了美的《瓦尔登湖》。

　　漫步绿湖岸边，落叶满径，林木高大，斜阳打在对岸的山坡上，把山坡染成金黄色，金黄倒映在湖水中，变成了浅绿。山坡上，焦黑的枯木随处可见，人们不砍伐林木，也不清理腐叶，走湖的人，也只在泥土上留下浅浅屐痕。人和湖互不打扰，绿湖一直在这里，而我，有时候在。这感觉让我欣喜，我想，我还会来这里，看遍绿湖的日出日落、四季更迭，写出我自己的《瓦尔登湖》。

出关

终于要独自去异国旅行了。

麻豆很不放心,怕我因语言不通弄出什么状况,不能顺利出关、入关。她首先替我选择了国内航空公司的航班,在广州转机,这样便于和空乘、地勤交流;然后把我的签证做了电子认证,又写了邀请函、在飞机上要填写的报关表内容,甚至连出关、入关整个程序步骤,都给我用中文写好打印下来,然后又频频嘱咐,事无巨细,搞得我不胜其烦:"拜托,姐姐我这是出关哎,又不是昭君出塞。"

在南京禄口机场办理登机手续,行李箱直挂纽约,随身只背了运动背包,笔记本电脑和证件拿在手里。坐在登机口候机,窗外是停机坪,夕阳照在银色机翼上,静静的,从忙碌的工作状态中离开,真好。

到达广州已经是晚上了,离飞纽约的航班起飞还有两个半小时,因为要在广州出关,麻豆一直担心我转机时间不够。没想到下飞机后,顺着国际转机指示牌上楼,我很快找到出关口,在机器上刷了护照,录了指纹,整个出关过程用时不超过5分钟。

边等飞机边玩手机打发时间,大洋彼岸的麻豆很是疑惑,不解我为什么这么快就办好了出关,通过微信仔细跟我确认了各个步骤准确无误。飞机起飞前半小时开始登机,一架波音777静静地停在那里,像一只小憩的大鸟。机舱外是广州漆黑的夜,夜空中没有星星,只有灯光,身边旅客多是金发碧眼,我恍惚已置身异国,心中满是疏离感。

广州飞纽约需要15个半小时,想想就很崩溃,这也是我这么多年未曾踏足美国的主要原因。之前和麻豆去以色列打卡,也是因为中东离祖国不是那么遥远,以为四五个小时就能到达,订完机票才知道要飞11个小时,只好硬着头皮上了,落座后就没挪窝,一路刷电影,直到看见地中海的朝阳,感觉11小时是我的乘机极限了。去美国呢,如果从旧金山转机,可以把行程拆分成"10+6",奈何语言不通,担心转机出错,只好作罢。

好在登机时已是午夜,起飞后很快进入梦乡,一觉醒来已是5小时以后,行程已过去三分之一,吃了空姐送来的广式早茶,裹上毛毯,蜷在椅子里舒舒服服地看电影,三部电影看完,行程又过去三分之一。前座是一对学生模样的夫妻带着一个七八个月大小的娃,旁边是位去美国出差的精英。和小娃躲了一会猫猫,又和精英闲聊了一会,机舱广播通知:纽约就要到了。

下了飞机还是有些小紧张的,因为之前听说美国入关要排长队,还要填表、被询问各种问题,甚至还会查看社交软件内容。麻豆预测,我这样的菜鸟,办入关手续带取行李,怎么着也得2小时。

乘摆渡车进了航站楼,拐过长长的甬道,一位扑闪着长睫毛的黑人姑娘把我们引到两大排机器旁边。很贴心,机器有中文系统,按照提示操作,很快机器吐出一张纸条,拿了纸条正要走,被一位不会英文又不会操作机器的大叔拦住了。帮他验过绿卡之后,我跟着指引走到一位黑人小哥面前,将护照、登机牌和打印的凭条递给他,小哥问了我一句英文。没听懂,我告诉他我不懂英语,可是小哥显然不懂中文。幸好排在我后面的一位姐姐告诉我:"他是问你来美国干什么。"我恍然大悟,这就是入关了啊,赶紧从包里掏出麻豆的邀请函和行程单。小哥扫了一眼连连点头,在签证上盖戳,放行。整个入关过程出乎意料地顺利。

麻豆还没到,我在肯尼迪机场的休息厅里等她。纽约的清晨很冷,机场的暖气并不足,然而依然能见到一些穿着T恤、短裤的旅客。纽约有肯尼迪和纽瓦克两个机场,据说肯尼迪机场是比较新的,但依然略显破败。机场很大,有八个航站楼,我在四号航站楼出口,看着匆匆出站的旅客。休息室的落地窗下,两个流浪汉裹着被子睡着了;落地窗外,接送客人的黄色出租车有序地排成一排。我坐在冰冷的椅子上,搓着手,准备迎接纽约的第一缕阳光。

相逢即是别离

到了敦煌,才知道莫高窟是不可随意亲近的。

夏季是旅游旺季,为了减少呼吸对洞窟里的佛像的侵蚀,莫高窟严格限制进窟的人数,游客只能参观 4 个大窟,如要在一天之内看完 12 个洞窟,则需要提前预约。

同车 30 多人,只有五六个人预约到了那 8 个特窟的门票,我和女儿也在其中。可麻烦的是,我约到的是早上 8 点进窟,女儿却是 11 点进窟,而我们的旅游大巴,中午 12 点就要离开。

我们决定碰碰运气。8 点未到,我们就排到了等候进窟的队伍里。检票口是一个 30 来岁的男子,着莫高窟工作人员统一的服装,白衬衫上挂着工牌。

果然检票员拦下了女儿。我说我们是一起的,中午就要离开了,问能否通融一下。好说歹说,检票员只是摇头:"我们每场人数都是限定的。"

我说既然如此,那把我的机会让给女儿,让她进去观看,她回国一趟不容易,我就在外面等她。检票员依然摇头:"莫高窟这么精美的艺术,不看会后悔的。"说着,检票员主动拿着女儿的票,走到一个领班模样的人跟前,嘀咕了几句,领班掏出圆珠笔,在票上写了几个字。检票员回来把票交给女儿:"行了,你们快进去吧,希望你们喜欢敦煌。"

进去之后看见的是一座半圆形建筑。一楼是实景演出,出使西域的张骞、发现又出卖了敦煌遗书的道士王圆箓、为敦煌毅然回国的敦煌研究院第一任院长常书鸿,这些敦煌史上的节点人物轮番登场,亲口讲述敦煌。二楼是影厅:第一厅放映全息电影,屏幕上驼铃响叮当,商人们在这里汲水饮马、小憩打尖,用波斯的宝石换大唐的霓裳羽衣,寺院里经乐声声,草台上有艺伎轻歌曼舞,再现的是丝路繁盛;第二厅是球幕电影厅,用莫高窟735个窟精美的数字影像将我们包裹,恍惚中,我们仿佛已置身洞窟之中。

出了影院,参观者依次登上了景区大巴,一辆辆有着敦煌旅游标志的大巴鱼贯而出,沿着"劈"出的一条简易公路,向沙漠深处驶去。

从影院到洞窟所在地,有半个小时车程。这是敦煌艺术研究院第三任院长、敦煌的女儿樊锦诗倾尽毕生心血,为保护敦煌做的一大贡献。她说,多年以后,敦煌必然会消失,我们所做的,就是让她存在的时间长一点,再长一点。所以她制作了数字敦煌,将敦煌精美的壁画和雕塑,以全息影像的形式储存起来;同时又划出了大大的保护区域,严格限制进入敦煌的人员数量。

抵达千佛窟,迎着我们的是绿荫蔽日的树木。这些树木高大粗壮,已经生长了很多年,这和我预期的完全不同,若非亲眼所见,我以为莫高窟是漫天黄沙掩映下的,大大的、画满了壁画的山洞。

事实上,公元366年,乐遵僧人来到敦煌,受神祇启示,开凿了第一个石窟。此后,善男信女、高僧大德、王公贵族、普通市民,不分贵贱,都在这三危山上开凿大大小小的佛窟,做着自己的功德。一代又一代,莫高窟积蓄着智慧结晶,酝酿着博大的佛教文化。

导游拎着一串钥匙,有选择地打开了8座代表性佛窟。佛窟里不能点灯,不可摄像,尽最大可能延缓壁画的氧化。在洞窟里,我看到了飞天,这是一群大德高僧开坛讲法时,在半空奏乐舞蹈的仙女;我看到了反弹琵琶,看面相似是一个虬面黑服的异邦男子,想来当年繁华的丝路上，走过不少天赋异禀之人；我还看到了那幅最大的山水人物画《五台山图》；也看到了臭名昭著的华尔纳剥离壁画后留下的残缺。

　　站在道士塔前，我在想，在那个风雨交加的夜晚，如果王圆箓没有发现敦煌遗书的秘密，那么今天的莫高窟又会是怎样一番光景呢？王圆箓没有多少文化，为生计所迫做了道士，他在17号洞窟发现6万卷敦煌文书后，为了换取修缮经费，他拿出部分经书送给当朝官员，却有去无回，这也为日后英、法、日各国用银子骗走大量宝贵文献埋下了祸根。那么当初收到王圆箓经书的官员，如果能够如实逐级禀奏，敦煌遗书或能得以保全。然而岁月无常，世事难料，道士王圆箓的是非功过，孰难评说。

　　女儿在96号窟前驻足仰望。96号窟俗称九层楼，窟外的红色木构窟檐高达45米，依山而建，气势恢宏，是莫高窟的标志性建筑。窟内是建于初唐的35.5米高的巨型弥勒坐佛，大佛眉目丰润疏朗，以宝石研磨成的细粉着色，展示出大唐初期强盛的国力。以九层楼为轴，左右两边，逐层延伸着一个个小小的精美的石窟，风沙浸透了时光，在山石上留下了不灭的痕迹。

　　莫高窟曾在大泉河谷畔的风沙深处沉睡千年。一千六百多年后的今天，莫高窟的佛像早已斑驳，色彩逐渐淡褪，经书更是散落一地。纵有百般柔情，千般不舍，不可否认的是，它在被唤醒的那一刻，即迈向了别离。好在还有"樊锦诗们"，这样一群深爱着敦煌艺术，执着的敦煌人，在努力挽留着莫高窟离去的脚步。

回不去的村庄

众川河边，芳草萋萋。

桥名为隆兴。明代，罗氏家族有一位女子，在和异族的风水争执中，将自己如花的生命结束在了这座桥上。此举果然破了异族的龙脉，此后罗氏一族风水轮回，且隆且兴。一千多年过去，罗氏女的传说早已灰飞烟灭，只留下这座皖南单孔跨度最大的石桥，依旧在默默诉说。

坐在桥边的草地上，我默默打量着石桥。夕阳斜打在桥面上，将石桥的倒影投射在河面，形成一个完整的椭圆。桥身由大块的青石砌筑而成，金银花藤蔓将桥侧面完整覆盖，青郁而葱茏。河水唱着欢快的歌从我脚下流淌而过。河对面，精瘦的老大爷和耕牛劳作归来，老大爷在河边洗了脚，牵着牛过了桥，在夕阳的剪影中，隐入村庄巷陌。少顷，两位穿着蓝布褂的中年采茶女，背着背篓上了桥，停住了，一位女子俯身掐了两朵金银花，给女伴别在鬓角，女伴有点害羞，脸颊飞起两朵红云，两个人说说笑笑进了村子。

身后的祭祀社屋在村若野，那宋时的粗梁大柱挟裹着无数神奇密码，佑护着呈坎千年的五谷丰登；由苏东坡手书的蓝底烫金直匾"长春大社"随着夕阳西沉，隐去了光芒；暮色四合，村舍里炊烟升起。

这是十八年前呈坎无数个春日里的一个傍晚，这幅美好的田园暮归图在我的脑海里定格了十八年。那是我第一次来到皖南。十八年里，我走过皖南的一个个村庄一条条阡陌，穿行在每一个古镇的小桥流水，只为邂逅最初的那一个黄昏。

《易经》记载："阴（坎），阳（呈），二气统一，天人合一。"呈坎原名龙溪，始建于东汉。相传唐末宋初，罗天真、罗天秩两兄弟为避战乱来到这里，他们发现此处风水极好，遂决定定居于此。他们将穿村而过的龙溪河打造成 S 型，成为八卦图中阴阳鱼分界线，逐渐形成三街九十九巷的八卦主四卦布局，富甲绵延，泽被后世。

相隔十八年后，我再次来到呈坎村，村庄已变得陌生。以村头石桥为中心，一大片做旧的新古迹拔地而起，村民广场上偌大的电子屏循环播放着《爸爸去哪儿》摄制组在呈坎录像的画面；几年前毁于特大山洪的元代建筑环秀桥已被"复原"，桥面却兀自宽出许多；村子里新建或正在新建着民宿和饭店，白墙黑瓦少了岁月的斑驳；流过村民家门口的循环水系干涸了，问导游，说是基建阻断了水脉。"不过，基建结束后还会恢复的"，胖胖的导游姑娘信心满满地补充了一句。

长春大社落寞了，已不在游客参观范围。依着村民的指引一路寻觅过去，社屋早已褪了朱红，如一个风烛残年的老人，暗淡在时光里，被大门上的一把铁锁锁却了前尘往事。

出长春社右拐，就是隆兴桥，我几乎是狂奔而去，却怔在那里。桥面也已被拓宽，且正在加长，水泥搅拌机轰隆隆地鸣叫着，掀起阵阵烟雾；河对岸的田埂，变成了一级公路，阡陌间不再有耕牛劳作；桥侧蓬勃的金银花藤蔓不见了，桥身变得毫无生气；正是谷雨时节，却不知采茶女去了哪里。

回不去了。

两年前去西宁出差，去了北山土楼观，想一睹中国第二大悬空寺的风采，却发现登寺的山道已被封闭。询问山脚观内道士，说是几年前山腰悬空寺的修缮工作中，为了让悬空寺外观显得高大上，修缮者擅自加大了寺角的飞檐。殊不知这悬空寺之所以能够悬挂于山崖之上，是严格遵守力学原理的，加大的飞檐破坏了结构的平衡，从而引起了山体的滑坡，为安全见，只好封闭了山道，禁止游客进入，同时维修一事就此搁浅。

　　同样处于乡村旅游大开发中的呈坎，加宽了古桥，新建了房舍，吸引了更多的游客。但是，"阴阳对立，天人合一"，在几年前毁于山洪的穿越元、明、清、民国的环秀桥，以及默默断流的排水系，确是在提醒着我们：一些沿革多年的平衡已经打破。发展，是历史的必然，旅游开发，是呈坎村的不二选择。那么，只有借势而行，让村庄重新回归田园，人与自然达成新的平衡，方能让老屋再度焕发迷人的色彩。

即将消失的吊栋阁

去泾县章渡看号称"江南千条腿"的吊栋阁,是源于一位驴友的帖子。这位驴友拍下了老街的破败,无不心疼地预言:几年后江南唯一一处吊脚楼建筑群即将消失。

学生时代,读过很多关于三峡的文字,比如"高峡出平湖",比如舒婷"与其在悬崖上屹立百年,不如在爱人肩头痛哭一晚",比如"朝辞白帝彩云间",那些美丽的词句令我对三峡无限神往。后来长大了,工作了,日子一天天重复,总是很忙,总是没有时间。我以为三峡一直在那里。可是有一天,三峡建大坝了,那些千年的美丽,忽然消失了。曾引发我无数想象的鬼城丰都,也淹没在了滔滔江水之中。时间是不可逆的,失去的,永远失去了。

所以,当我看到这位驴友的帖子时,迅速做了个决定:去章渡。至少,让留给自己的遗憾少一点。

用 GPS 导航到了章渡,整个镇上却没有一处吊栋阁的标识。只好下车询问。巧的是,我问的这位,竟是退休的前镇长。镇长告诉我:往前 500 米,见到水泥路右拐,就是了。"去看看吧,再过几年,就看不到了,原本一位南京人买下了老街,可惜没有投资,现在也不管了。这个事情,我们镇政府也是有责任的,只是我退休了,也管不了了。"老人说完,一声叹息。

老街不长,几百米的样子,一排吊栋阁临青弋江而建。前店后宅的结构,昭示着当年渡口的繁华。青弋江连着长江,当年长江发大水的时候，那些支撑吊栋阁的千条腿，都是淹没于江水中的。只是如今三峡大坝建成以后，下游的水患是没有了，这千条腿也就终日裸露，风吹日晒，变得异常不堪。

老街静悄悄的，没有游客，青石板铺就的巷道散发着百年前的光泽。一位老大爷坐在堂前慢慢地吃饭；一位老奶奶带着孙子或者重孙在门前玩耍，二三岁的孩子，把自己吊在门上旋转，老式木门在他的晃悠下发出吱呀吱呀的喘息声，老奶奶笑眯眯地看着，并不阻止；一位50多岁的妇人在采摘自家屋前的栀子花，见我过来拍照，随手掐几朵递给我；一只黑猫躺在半掩的门后，眯着慵懒的眼睛。午后的阳光，懒懒地照着，时光慢了下来，岁月如此静好。

老街不可逆止地破败了。店铺上了锁，主人早已迁徙；昔日繁华的渡口，再也不见竹筏驶来。

老街的尽头，是一个废弃的渡口，当年周恩来奉命来泾县指导工作的时候，乘坐竹筏在此登岸，拾级而上，并且在一个叫作"得月轩"的酒楼和叶挺、项英见面了。

那位老大爷吃完了饭，慢慢踱出来，笑眯眯地看着我们。当我们问他怎么不搬迁的时候，他说："我不走，我闻不惯你们城里的空气，嗓子卡卡的。我在这里住惯了，虽然比不得从前，但是还是很安静的，睡多久的午觉也没人打扰。"

斜阳映照在斑驳的马头墙上，吊栋阁千条腿把影子齐刷刷地投进清澈的江水里，是时候转身离开了。袖中是栀子花的幽香，心中是无奈的感慨。但愿，吊栋阁不会消失。

听，西北民谣

4月15日，崔健首场线上演唱会《继续撒点野》如期举行。晚8点开始暖场，9点正式开始，12点结束，演唱会整整持续了4小时，在线观众超过4500万人次，点击量超过1.2亿，崔健不愧为中国摇滚乐教父。

在演唱会的高潮和返场的说唱部分，崔健请出了重量级神秘嘉宾——"西北鼓王"赵牧阳助阵。一把三弦，一身土布衣裳，瘦小的赵牧阳端坐在一只高脚凳上，自顾自吼出一曲秦腔。强大的气场抵得上华阴老腔的一整个戏班子。

20世纪90年代初，中国摇滚乐陷入沉寂。当最后一个乐队解散时，鼓手赵牧阳背起一把三弦，开始了他长达二十年的流浪。正如他在《侠客行》里写的："目空心空端起一碗酒，飘飘悠悠一去不回头。"直到2015年，赵牧阳带着他创作的西北民谣《侠客行》强势归来。"前头是高山后头是黄河，冷冷的北风迎面吹过来……阵阵狂风笑看黄沙走，逍遥怒吼黄沙塞满口……"在最无助、最迷茫的日子里，是家乡滚滚的黄河水给予了他强有力的支撑，原生态的西北民谣那优美旋律给了他创作灵感，那种与众不同的荒芜和浪漫，在他的作品《侠客行》和《黄河谣》里，表现得淋漓尽致。

"早知道黄河的水干了，修他那个铁桥做啥呢；早知道尕妹妹的心变了，谈他那个恋爱做啥呢？""他大舅他二舅都是他舅，高桌子低板凳都是木头。""天空和大地做了伴，鸟儿围着那太阳转，华山和黄河做了伴,田里的谷子笑弯了腰……我们需要停下脚步,该还世界一点颜色。"西北民谣立足普通人的视角,每一句歌词,每一节旋律,都带着浓浓的烟火气,比那些华丽的叙事更接地气、更朴实无华,也就更能感动人。就像西北民谣歌手张尕怂说的那样:"我的音乐不是节奏,而是呼噜和咳嗽。"

作为中华民族的母亲河,"九曲黄河万里沙,浪淘风簸自天涯。"她既有"渐霜风凄紧,关河冷落,残照当楼"的肃杀,又有"浊波浩浩东倾,今来古往无终极"的大气磅礴,也有"长河浪头连天黑,津口停舟渡不得"的无奈,更有"如今直上银河去,同到牵牛织女家"的浪漫。

千淘万洗,吹尽狂沙。西北民谣以信天游和秦腔为主体,高亢而苍劲,淳朴而憨厚。人们站在坡上和沟底,大声交谈,在高低长短间形成了自由松散的韵律,歌腔与黄土高原的自然景观浑然一体。黄土高原上生生不息的生命与爱情,赋予了西北民谣亘古的魅力。

荒凉贫瘠的戈壁滩,黄河岸边,一些人在这里活着,在这里死去。花儿开在粪土上,草儿长在石头缝里,音乐流淌在风沙中,忧伤深植于心。

嘉峪关,曾经是河西走廊上最难以逾越的关口。万里长城东起山海关,又在嘉峪关画上句号。从明朝洪武年起,嘉峪关就取代玉门关,成为古丝绸之路要塞。当年左宗棠收复新疆伊犁归来,登上嘉峪关城楼,豪情万丈,泼墨写下"天下第一雄关"六个大字。

"秦时明月汉时关,万里长征人未还。但使龙城飞将在,不教胡马度阴山。"当赵牧阳站在嘉峪关箭楼,身披戎装,手击战鼓,用秦腔吼出王昌龄这首《出塞》时,我们仿佛看到明月清辉之下,边关在历史沧桑中屹立,一代又一代人,为抵御外敌,守护国土,义无反顾地奔赴边关,一曲民谣,唱的是家国情怀。

多年以前，我也曾登上嘉峪关。携祁连之雄伟，夹裹着敦煌的深远。雄关横卧戈壁，内城外墙、箭楼角楼，相互勾连。夕阳打在关隘两边的城墙上，城墙像是雄鹰的一对金色翅膀，往北凌空倒挂为悬壁长城，往西接大漠黄沙。作为河西走廊的咽喉要塞，这里当年不知燃起过多少狼烟。

走出嘉峪关城门，我习惯性地迷失了方向。塞外并非全是沙漠，在雄关和停车场之间，竟是一片绿色水洼，还有高大的林木和砖石建筑。打开手机地图，在阡陌间左冲右突，却总也找不到停车场所在，眼见夕阳西沉，光影渐暗，心中不免焦躁起来。此时，忽听前方歌声响起，转过街角，只见城墙根下坐着一对盲人夫妇，男人怀抱一把三弦，女人晃动着手中引路的小铜锣，齐声唱着一首不知名的西北民谣。

二人跟前的托盘里只有一些零钱，但歌者似乎并不在意，他们就像日常唠嗑一样地唱着，听着那清亮且抑扬顿挫的旋律，心忽然就静了，停车场就在那里，晚一点找到又有什么关系呢，不如盘腿坐地，听一曲西北民谣，尘嚣已远。

秋天，去看海子

  这个秋天注定阴雨连绵。国庆长假，上班族纷纷拥上了高速公路，又拥向了各个热门景点。如果说，交错的高速公路是人体的血管，各个景点是人体的器官，那么，整个长假就是一个脑梗加心梗的病人。我无心去凑这份热闹，我要找个安静的地方。我要去查湾，看望我的老乡，我的同龄人，中国最后一个诗人——海子。

  从村村通公路上的指示牌标识的路口进去，不过50米，就是海子故居了——一栋再普通不过的小瓦平房，海子年迈的双亲就生活在这里。故居左侧是书房，内有一张书桌、一张木床，以及海子的诸多藏书。海子的老父亲给我推荐各种版本的纪念海子的书籍，我没有兴趣，我要去海子墓地。恰逢海子的堂弟来看望他的大伯大妈，于是他热情地说："我引你去。"

  走在弯弯曲曲的田埂上，稻田已经收割，徒留下簇簇稻梗；阴沉的天空，那片小树林枝叶稀疏却透不进一丝阳光。小小的池塘边，两只白鹅引颈高歌；中年女子依着青石板不紧不慢的捣衣，那是当年的芦花吗？这就是海子的村庄，五谷丰登，让海子安定下来的村庄。"我静静坐在／人的村庄／人居住的地方／一切都和本原一样／一切都存入／人的世世代代的脸。"

  1989年3月26日，海子在山海关边结束了仅仅25岁的年轻生命。他的父母捧回骨灰，葬在了这片用大米和白菜养大他的土地上。在海子小小的坟茔上，嵌着两块他从西藏带回来的刻有佛图和经文的玛尼石，那是海子心中的神石。海子为了完成几乎耗尽了他全部生命的大诗《太阳》，两度进藏，寻找创作灵感。在那佛光闪闪的高原，诗人海子无限地接近了灵魂："远方除了遥远一无所有/遥远的青稞地/除了青稞一无所有/更远的地方更加孤独/远方啊除了遥远一无所有……"

海子从1982年开始诗歌创作，到1989年离开我们，他将艺术生命浓缩在了这短短的七年里。这位以梦为马的诗人，倾其全力冲击着诗歌和生命的双重极限。"万人都要将火熄灭/我一人独将此火高高举起……/众神创造物中只有我最易朽/带着不可抗拒的死亡的速度/我投入此火/吐出光辉……"而今诗人已死，诗歌亦亡。

离开海子故居的时候，已近中午。海子年迈的母亲操采菊正系着围裙在厨房炒菜。这是一个瘦小安静的女人，自始至终无话，只在我将要离开时轻轻说了一句："吃了饭再走吧。"我谢绝了海子妈妈的好意，独自踏上了归程。"母亲/老了，垂下白发/母亲你去休息吧/山坡上伏着安静的儿子/就像山腰安静的水/流着天空。"

风吹过岗，吹过田野时发出"呜呜"的声音。海子曾说，关于乡村，他至少可以写作十五年。四季的轮转、风吹的方向、麦子的拔节、泥土的光明、大地的沉默。如今海子回来了，这里是他的村庄，他静静地伏在山坡上，书写着乡村的永恒。

再见，查湾；再见，海子。待来年春天，十个海子一起复活，我再来看你。

远去的江轮

我的出生地是安庆，长江北岸的一座古城，始建于南宋，距今已有千年历史，也是黄梅戏之乡；我的工作地在马鞍山，是长江南岸一座因钢铁而建的新城市，这里的人以铁为生。安庆在上游，马鞍山在下游。

从前车马慢的日子里，往来两地间靠的是长江上行驶的客轮。安庆老乡直观地将跑短途的称为小轮，将长途客轮称作大轮。从安庆到马鞍山，走下水，大轮顺江而下，船速快，只需 12 小时；从马鞍山到安庆，逆流而上，走上水，需要 16 小时。

早年安庆不通火车，有个机场，为军用，百姓和外界交通联系主要靠吱嘎乱响的大巴车，再就是大轮。那时候的大轮可真是威风啊，上下至少四层，船体用白蓝或者白红的油漆刷得簇新，船头彩旗飘飘，每到一处码头，必先高声鸣笛，那意思就是："我来啦！"也正因为如此，安庆往外地的船票特别紧俏，春节期间更是一票难求。候船的人将八号码头挤得水泄不通，总有人随身携带几只活鸡，浑浊的空气里永远弥漫着说不清的混合味道。

马鞍山比邻南京，火车、汽车、轮船各种交通工具十分便捷，间或有轮船停靠码头，也只是零星下来三三两两的乘客，很快各自散开，码头簇新的候船大厅总是很空旷。

刚参加工作那阵子，一有假期我就往家跑。一只挎包里装换洗衣服，一只马桶包里装给母亲买的礼物。那时候年轻，活力满满，即使买不到等级舱位也无所谓。坐在大轮用来拴缆绳的铁墩儿上，趴在船舷上，看随船飞行的江鸥。渴了，穿过满地或躺或卧的无舱位乘客，去餐厅买保温桶装的冰水，穿着厨师服的大叔用一次性杯子给我接了满满一杯，我端着杯子小心翼翼地原路穿回，却发现铁墩儿已经被别人占了，于是倚了船舷，盯着江水中的一处漩涡，不紧不慢地小口喝冰水。

盯着一处水流久了，会有停滞不动的错觉，以为船抛锚了。惊觉地抬头，看向江对岸，青山依旧，草木葱茏，正缓缓后移。看看腕上的电子手表，好像时间也停滞了，叹口气，再去餐厅买冰水。卖冰水的大叔老远见我深一脚浅一脚地过来，就笑，用武汉话喊："油火以北（又喝一杯）！"我也笑，接过第二杯冰水，深一脚浅一脚地往回走。过了饭点，餐厅用布帘隔起来放录像，卖冰水的大叔兼录像厅售票员，录像带多年不换，总是那几部香港武打片，录像名写在布帘外的小黑板上，看录像的乘客并不在意影片内容，只想借此获得一个可供休息的座位。江风掀开布帘的一角，里面的乘客抱着行李在一片打打杀杀声中昏昏欲睡。

成家以后，回安庆的次数少了，变成了一年一次，且固定在春节。带着女儿，就不能买无舱位票了。于是每次购买安庆到马鞍山的船票就成了大问题。托过同学的同学、姐姐的同学，也找过黄牛。有一年试过所有想得到的办法，依然一票难求。眼看着假期到了，我只好决定买张无舱位船票先走，孩子跟当老师的姐姐晚些时候再回。那是第一次和女儿分离，我跟女儿耐心地解释了原因，女儿很懂事地点头，然而到了登船那一刻，女儿还是忍不住在大姨怀里放声大哭。我往回跑，想带女儿一起走，被大姐理智地拦住了。我像个没头苍蝇，又掉转头往船上跑，寻了个舱门边的巴掌大地方，席地而坐，裹紧大衣，吹着江风直到天亮。

即使买到了等级舱位也并非万事大吉。在轮船二层中部，有一个极小的房间,正面是窗户,后壁挂着一面布帘,布帘上缝着一个个小布袋,小布袋里是一个个写着几等舱几号床位,以及上铺还是下铺的红色小塑料牌。蜂拥上船的乘客又蜂拥到小房间跟前,递上自己的船票,换一张红色塑料牌,然后依照塑料牌数字,寻找属于自己的床位。我抱着女儿在船舷边等,心想大家为什么不能排队按顺序领取呢。等人群散去我才发现犯了大错,乘务员迟迟不见我来,以为我没登船,已将我的床位卖给了拥挤在窗前等候余票的一群人当中的一个。虽然乘务员事后想尽办法为我调到了一个床铺,但已是 1 小时以后,船已过池州。后来我学会了,一登上船,就把女儿抱到盥洗室一角,嘱咐她不要动。然后摘下眼镜,冲到中部小房间,举着船票拼命挤进人群,大喊:"要下铺!"

找到自己的床铺,安顿好行李,才是美好旅程的开始。将一次性餐布在床铺上铺开,摆上方便面、水果、奶制品、坚果、果脯,美食都是临行前一天就采购齐全的,应有尽有。轮船沿途停靠码头,都会有商贩隔着跳板和船上的乘客交易,卖当地产的桐子叶米粑、茶叶蛋和卤干子,船上的乘客询好价,就从钱包里数出对等的钱款,岸上商贩伸过来一根长竹竿,长竹竿顶端绑个网兜,钱款就放进网兜里,商贩收了钱,再将米粑或者茶叶蛋放进网兜里,连同找的零钱,一起递回给乘客。

吃饱了就去船尾看江景。看"两岸青山相对出",看"秋水共长天一色",看"春来江水绿如蓝"。背诵杜甫的"无边落木萧萧下,不尽长江滚滚来",李白的"天门中断楚江开,碧水东流至此回",李清照的"至今思项羽,不肯过江东",也读李后主的"问君能有几多愁?恰似一江春水向东流"。长江是中华民族的母亲河,古往今来,寄情于此的诗人墨客,不知多少。

站在船尾,抬头就能看到绑在客轮顶层的救生艇。长江性情敦厚,鲜有发怒的时候。只有一次,船行途中遭遇特大暴雨,天黑得像锅底,浪花冲过船舷拍打着紧闭的舱门,船体急剧摇摆,不得已,船在江心抛了锚,船长稳了舵,停下来等待风平浪静。终于雨过天晴,天光泛白,安庆地标振风塔清晰可见,乘客们松了口气,纷纷走出船舱。客轮一声长鸣,如得胜的将军班师回朝,昂然驶进八号码头。

后来,江面上建起了一座座斜拉式公路桥。再后来,沿江高速公路贯通,乘坐大巴或者自驾往返安庆和马鞍山,单程只需要3小时;宁宜城际高铁建成通车,更是将两地之间的距离缩短到一个半小时车程。长江客轮的班次逐年减少,终于在某个日子里彻底消失。

"滚滚长江东逝水",江轮虽然慢,但依然能到达你想去的地方,那里或许有外婆站在鱼鳞坡上翘首张望,也或者有父亲的"二八大杠",载着疲惫的你回家。那是一个时代的记忆,是一段无法回去的似水年华。

岁末，走进南博

人们总是容易忽略身边的东西。比如我喜欢逛博物馆，每到一地，空暇时间定会一头扎进当地的博物馆。博物馆是浓缩的历史，且极富地域特点。逛博物馆是快速了解当地自然、人文历史的首选。但是，这么多年，我却从没去过离我最近的江苏省博物馆。

江苏省博物馆又名南京博物院，博物院外观很漂亮，是在明故宫遗址上建起的一组仿古建筑。博物院的前身是国立中央博物院筹备处，因而馆藏十分丰富，单是镇馆之宝就多达十八件。

在 2022 年年末的某一天，我终于走进了南京博物院。尽管已预先做了一些功课，但我还是不断被那一件件精美的文物惊艳到。

琮，叩响历史深处的佩玉之声

在历史馆，沿着时间的脉络，首先映入眼帘的，是琮。玉琮是帝王祭祀用的法器，有通天之功能，馆展玉琮内圆外方，表面雕有精美的人兽面组合纹饰，距今已有四千五百年，是新石器时代良渚文化的代表作。

良渚文化位于长江中下游环太湖流域，"黄帝之时，以玉为兵"，良渚古城的遗址中，出土的大量玉器，不但有精美纹饰，还有总共 750 个刻符，这些刻符有时候成组出现，更像是一句话。我们有理由相信，那是新石器时期的人们，穿越时空，留给未来的信息。

北纬 30° 穿长江而过，在这个神秘的纬度地带，诞生过许多伟大文明。尼罗河流域的古埃及、两河流域的苏美尔、印度河流域的哈拉帕，与良渚一道，存在于并行时空中。也是同一时期，古埃及发明了象形文字，苏美尔人发明了楔形文字。那是一个多么令人心醉神迷，有着璀璨文化的史前时代啊。

纶巾羽扇颠倒，又似竹林狂

在南博，当我走到两幅竹林七贤砖画跟前的时候，感受到的震撼一点不亚于在大都会博物馆看到药师佛壁画的那一刻。青砖以四横四竖的排列方式摞砌成两面墙，两堵墙完整呈现出阮籍、嵇康、山涛、刘伶、向秀、王戎和阮咸的作品。我对砖画的制作工艺一无所知，但那凸起在砖石上的线条，是那么温润柔和，嵇康抚琴，阮籍长啸，颇显魏晋文士风范，人物衣袖、飘带，迎风舞动，不弱于"吴带当风"。再看嵇康，扬头举眉，"目送归鸿，手挥五弦"，想他于东市视死如归，一曲弹罢，"《广陵散》于今绝矣"，又是何等豪迈！

试想当年，文王司马昭如果允了三千太学生的请求，免了嵇康的死罪，那历史将会有怎样的改变呢？

林花谢了春红，太匆匆

和嵇康一样令人唏嘘的还有千古词帝李煜。李后主断送了南唐，"流水落花春去也"，然而这个连降书都要亲笔书写的文学家，在艺术鉴赏上是有洁癖的。李煜可能不是称职的帝王，却是个温润守孝之人，建隆二年，李璟客死南都。李煜将父亲接回金陵，倾力厚葬了父王。

1950 年，南京博物院在位于南京祖堂山的南唐二陵之李璟的墓葬考古中，发掘出大量颇具艺术价值的玉器、陶器，随葬的陶俑神情各异，肢体形态极富表现力，其中最具视觉冲击力的是一组人面兽身俑，这一组陶俑都呈卧姿，人面有官家、有僧侣，亦有普通百姓，兽身有鱼、龙、蛇、鸟，蛇还是双头，很难看出李煜想表达什么。在我印象里，只有埃及的人面狮身像也是同样的卧姿。想那大唐盛世，长安城内的各类异域人士多达万人，他们带来了不同地域的文化和信息，又将大唐先进的文化信息传递出去，东西方文明相互碰撞融合，加速了世界经济的整体发展，何其幸也。

有人说，人的死亡会经历三个阶段：一是心跳停止呼吸终止，在生物学上死亡；二是下葬，亲友们和你告别，你从这世界消失；三是这个世界上最后一个记得你的人把你忘记，于是你真正地死去。如果按照这样的划分，那么李煜那些传唱千古的诗词，已将他的生命延续千年，并将继续延续下去。

天青色等烟雨，而我在等你

很多事情是讲究缘分的。南博的镇馆之宝虽多，但是不可能一次就能看尽所有的宝贝。比如那件釉里红岁寒三友梅瓶，一位特展馆的工作人员说，他在馆里工作了十年，仅得见一回。

在特展馆里，我看见了两件明代青花云龙纹扁瓶。几天之前，一位参观者在网上发帖质疑，说看到的青花云龙纹扁瓶和官网上的图片有异，南博答复：同样的扁瓶有两件，其中一件的发色更为浓艳和晕散。一直以来只展出其中一件，这次为了解答参观者的疑惑，南博特意将两件同时展出，供参观者鉴赏。

博物馆这一件件藏品，浓缩的是历史。然而中华上下五千年，这悠远的历史，又岂是短短数小时能看全的呢。

坐在博物院顶层的茶餐厅里休息,我看向窗外,天色阴沉,粗大的梧桐树张开雨伞般的树冠,将中山路笼罩在一片绿荫之中;远处,紫金山笼罩在一层薄薄的雾霭中,朦朦胧胧,就像这历史,总让人看不清。再过几天,时间将进入2023年,人类从远古走来,历经水患、瘟疫、战争,但无论如何,人类从野蛮走向文明,从过去走向未来的脚步从不曾停歇。

在拥挤的人群中，走近50位欧洲艺术巨匠

朋友把"从波提切利到梵高：英国国家美术馆珍藏展"的早鸟票预购链接推给我的时候，我没有犹豫就下了单。

正式开展是在一个半月以后。在长长的等待过程中，我陆续收到上海博物馆公众号的推送，从而对这次的展品有了一个大致的了解，对看展的期待也在不断的了解中加深。

三年的封闭生活，导致开年第一场画展大火。从1月中旬开展伊始，场场爆满。于是我继续等，等一个近距离静静地欣赏梵·高《长草地与蝴蝶》的机会。然而又是一个半月过去，这个机会没有来，参观者却越来越多。

我不能再等。从我居住的小城，乘坐第一班高铁到上海需1小时45分钟，从高铁站打车往博物馆需45分钟。刷身份证、安检，当我终于走进特展馆的时候，面对黑压压的人群，我手足无措地愣在那里。

上博一楼不大的空间被分隔，九曲回转，分八个部分依次安放了52幅名画。然而从波提切利《圣泽诺比乌斯的三个奇迹》开始，每一幅画前都是攒动的人头。一位二次看展的小哥好心提示我，可以从最后一幅开始看，来个倒序。然而我好不容易闪转腾挪到最后一幅画作前，发现那是托马斯·劳伦斯的《红衣男孩》，画中十来岁的男孩唇红肤白，又大又圆的眼睛晶莹透亮，一袭红衣，符合绝大多数东方人的审美，因此已然超过梵·高和波提切利，成为画展上最受欢迎的展品。

无奈之下，我再次调整战术，决定不再困囿于浏览顺序。而是见

缝插针，一俟某幅画作前人流有所松动，就趋近看上几眼。就这么憋憋屈屈地，好歹将52幅作品看了个大概。随后我找了个犄角旮旯坐了下来，静静地等，终于等到梵高的《长草地与蝴蝶》出现了一个人流稀少的空当，我走过去，近距离地看着梵高在精神状况再度异常、生命即将终结的时候，画下的病房窗外的这片草地。我试图穿过这片草地走进梵·高的精神世界。然而就像我看不清梵·高究竟在那一片长草地里埋伏了几只蝴蝶一样，我也无法理解内心时而平静时而狂躁的梵高，呈现给我们的画作竟然大都是明亮而温暖的。世界上最遥远的距离就是心和心的距离，就像梵·高用12幅金黄炽热的向日葵作品，也无法挽留高更的友谊。

如何在不大的空间里完美展示52幅名作，工作人员是颇费了一番心思的。不过，画展的火爆程度，怕也是筹办方始料未及的。拥挤的人流，让一些尺寸较大的画作丧失了欣赏所需的距离，更是让尺寸较小的画作直接被淹没。雷诺阿是我非常喜欢的印象派画家，此次他的一幅小尺寸画作《浴者》参展，然而我穿梭了两个来回也没找到，连续询问了两名工作人员，都歉意地摇头，踌躇间想到前天看到的导览视频，赶紧打开手机，找出那段视频，发现《浴者》的旁边是马奈的大幅画作《咖啡厅演奏会的一角》，以这幅画为地标，我才找到了被拥挤的人流遮挡得严严实实的《浴者》。

光影大师伦勃朗的展品是他最后一幅自画像，画作中的伦勃朗憔悴而潦倒，成画不久，63岁的大师即告离世。而他的偶像卡拉瓦乔《被蜥蜴咬伤的男孩》，无疑吸引了更多观众的眼睛，画中的未成年男孩鬓角插花、着丝质衣裳，颈肩裸露，面露痛苦，咬住他手指的蜥蜴被从桌上的水果中拖出，画作的隐喻警示的是短暂的欢愉之后带来的痛苦。

说到光影，给我印象最深的当属梅西耶的《书房中的圣哲格罗姆》，中世纪的画面渗透着后现代的意味，画面似乎是立体的，光影透过书房门口的孔雀照射进来，打在书桌上端坐的格罗姆身上，再穿过后窗，抵达远方的田野，苦修者格罗姆笼罩着人性的光辉。

莫奈依然延续了他的作品大尺幅的特点，难得的是这次他没有画睡莲，而是画了一幅鸢尾花。不禁让人联想起阿尔炽热的太阳，以及梵·高笔下金色的向日葵和大片的鸢尾。事实上，莫奈的这幅《鸢尾花》和梵·高的《长草地与蝴蝶》，在构图和色彩搭配上，颇有点神似。

已过中午，看展的人仍然不见少。我想我得走了。原计划每幅画观摩5分钟的目标未能达成。然而能在2023年开年看到这样一场几乎囊括欧洲四百年绘画史的饕餮盛宴，也是视觉上的一大享受。

朋友说，艺术太难琢磨，无论自己如何欣赏，也看不出个所以然。我记得俄国文学评论家维克多·什克洛夫斯基说过："艺术之所以存在，就是为了使人恢复对生活的感觉，就是为了使人感受事物，使石头显出石头的质感。"我们看一幅画，觉得它好看，觉得它美，就足够了；若能从中拓展视野、收获了知识，那就是额外的惊喜。

这片多情的土地

少时读《边城》，有强的代入感，总把自己幻化成了翠翠，那个酉水边的美丽女孩。及至年岁渐长，作品中人物的悲欢离合逐渐淡去，而故事依托的背景——居住着33个少数民族的湘西地区，却越来越强烈地吸引着我。

一

车抵凤凰城，已是华灯初上。那个让我魂牵梦萦的苗家边寨完全隐没于夜幕，只留下 LED 灯勾勒的轮廓，闪着廉价的光。沱江两岸的吊脚楼里，处处笙歌，每隔三五米，就有穿着民族盛装的男女游客，在专业摄影师的指导下，与沱江一起入画。然而这满城灯火，却吝于分一盏给沈从文故居前的幽静小巷。就连矗立着《凤凰》雕塑的中心广场，也是漆黑一片。真的是"凤凰台上凤凰游，凤去台空江自流"啊。

不过说到《凤凰》雕塑的作者黄永玉老先生，他可真是一个豁达有趣的凤凰本地人。凤凰本是神鸟，艺术作品中的凤凰，多是鸡头燕颔，身披五彩霞衣的俊逸形象。而黄永玉先生的《凤凰》，则特别写"实"，一眼望去，活脱脱一只大火鸡。想起老先生年初为兔年设计的邮票，偏偏画了一只纯蓝色的"兔子"，一对"折耳"，前爪分明是一双"人手"，被众多网友诟病"辣眼睛"。对此，年近百岁的老先生淡然回应："画个兔子邮票是开心的事，兔子大家都会画，也不是我一个人会画，画出来让大家高兴，祝贺新年而已。"

二

整个张家界景区很大，不过缆车起始站就设在市区，景区内则有超长电梯运行，所以全程游览下来，还是很轻松的。然而完善的辅助设施也对自然地貌造成了一定影响。比如掠过我眼前的一座酷似黄山"梦笔生花"的奇峰，上面就硬生生地浇筑了一个硕大的钢筋混凝土水泥石墩，作为缆车运行的支撑。

张家界奇峰耸立，怪石嶙峋。但"人间四月芳菲尽，山寺桃花始盛开"，大山里新绿初绽，尚未形成万木葱茏之势。再加上雨水偏少，不单金鞭溪只有细流涓涓，连高大的千年红豆杉林，也似是蒙了一层薄灰。

景区内有当地老乡拎着橘子叫卖，5元钱三袋，我扫码付款，老乡递给我橘子就走，等我发现没扫成功，老乡已走到5步开外。我赶紧喊住老乡，说你怎么也不看看我付款成功没有？老乡笑："自家产的，无所谓。"记得沈从文先生的散文《人与地》里说到沅水上游产橘，且民风淳朴，外地人路过橘园想买橘子，橘园主人却是管吃不管卖："水泡泡的东西，你一个人能吃多少？十个八个算什么？"两千多年前楚国逐臣屈原，乘了白木船，沿沅水上溯，见到这大片的橘林，方写出不朽名篇《橘颂》："苏世独立，横而不流兮。闭心自慎，终不失过兮。秉德无私，参天地兮。"如今这人和树，依然寄生在这片土地上，衰老的死去，新生的茁起。

三

芙蓉镇原名王村，因拍摄电影《芙蓉镇》而改名。严格来说，这里不是村也不是镇，而是一个土家族居住的寨子。两千年前的土司将行宫建在了悬崖上,木质殿堂式建筑,飞檐翘角、吊脚长垂、错落有致,与对面崖壁上悬挂的瀑布遥相呼应,可称美学与实用成功结合的范例。土司制度鼎盛于元、明、清王朝的土家族聚集区,后消亡,作家阿来的《尘埃落定》,讲述的就是最后一个土司的故事。这本书的最大价值,就是用故事的形式将一段曾经存在过的历史记录并留存下来。

　　走进芙蓉镇时,天空下起了毛毛细雨,润湿了青石板铺就的老街。彼时的江南,正是"天街小雨润如酥"的时节,而雨中的湘西边寨,美中却带了一丝清冽。走进石牌坊边的米豆腐店避雨,要了一碗甜口米豆腐和一个咸蒿粑粑,甜咸相得益彰,口感很好,索性又加了一个甜蒿粑粑。正吃着,街角拐过来一个旅行团,在石牌坊前停了脚步。年轻的导游指着石牌坊上的"贞节"二字,跟游客介绍说这是中国第一座贞节牌坊,是秦朝时所建。我在一旁听得真切,惊得目瞪口呆。想那秦始皇统一六国,推行"书同文,车同轨",统一使用小篆。这石牌坊上"贞节"二字,虽说是繁体,但明明是凹文小楷。贞节牌坊始建于秦朝时不假,但那座牌坊叫"女怀清台",位于重庆长寿区龙山寨。眼前这座牌坊,其实是拍摄《芙蓉镇》时做的道具。

四

　　一般情况下,回程的当天上午,我是必定要去当地博物馆的,更何况是坐拥马王堆汉墓展的湖南博物馆。看展的票三天前就预约妥当,心情一放松,早上就睡过头了,待我匆匆赶到湖南博物馆,满打满算,也只剩45分钟的参观时间。无奈,我只好放弃了所有展馆,只看马王堆藏品展。

　　然而马王堆汉墓出土了三千多件文物,虽然展出的只是一小部分,45分钟的时限也是捉襟见肘。仅仅第一展室里辛追夫人墓室里的精致随葬品,就让我惊掉了下巴。衣服是丝质的,有着好看的图案,用陶制的香薰炉盛满各色香料,烘干的衣服上附着主人喜欢的香型;食物素有各类时鲜瓜果蔬菜,荤则包罗天上、地下、水里的珍禽异兽鱼鲜。展品中还有一个雕有花纹的木质漆盒,内置游戏用的博具。穿美衣、享美食、玩游戏,没有内卷内耗,倒是符合我的"躺平"想法。不过辛追夫人遗体被发掘时,体内还有未消化的甜瓜子,研究表明夫人死于食甜瓜引起的胆绞痛,导致心肌缺血。看来,过古人的慢生活,享现代医学的福利,才算完美。

辛追夫人的遗体陈列在离出口处不远的自动扶梯边,差点被走马观花的我错过。辛追夫人去世时大约50岁,出土时尸体保存完好,肌肤仍有弹性。但由于挖掘过程保护不当,躺在水晶棺中的辛追夫人看起来有点面目狰狞。古墓的发掘是把双刃剑,一方面为学术研究提供了资料,另一方面也对文物本身造成了一定的破坏。所以目前考古界只对古墓做抢救性发掘。

"当我把眼睛沉入你的眼睛 / 我瞥见幽深的黎明 / 我看到古老的昨天 / 看到我不能领悟的一切 / 我感到宇宙正在流动 / 在你的眼睛和我之间。"此刻,我只想把阿多尼斯的这首诗送给你——辛追夫人。在你和我的眼睛之间,是流动了二千多年的华夏文明。

五

从湘西回来的第五天,从网上看到四位青年相约去天门山景区玻璃栈道跳崖的消息,心中莫名一阵悸恸。5天前,当我从栈道上走过时,探身看一眼脚下都会双腿发软。那么纵身跃下该需要多大的勇气。既然有这份勇气,不妨暂时放下,抬起疲惫的头,看前方,天门洞被两侧刀削般的山峰所护佑,朵朵白云缠绕其间,宛若仙境之门。人们从四面八方来到这里,或驾机,或翼装飞过,抑或踏着那九百九十九级云梯登临,梦,从此启航。

在天水

时隔多年,我再次登上绿皮火车,恍似回到了没有高铁的学生时代。进入秦岭,大山绵绵。列车在漆黑的隧道里穿行,就像进入了没有尽头的时光通道,在车厢的晃动中,开往历史深处。

时光追溯到上古时期。华胥在雷泽踩了巨大的脚印而有孕,生伏羲于成纪。成纪,就是今天的甘肃天水。伏羲统一华夏各部落,定都陈地、封禅泰山,创立八卦、以文字记事,成为中华民族的人文始祖。他那鳄头、蛇身、鹿角、虎眼、鱼鳞、蜥腿、鹰爪、鲸须、鲨尾的龙的形象,更是中华民族的图腾。

无端凿破乾坤秘,始自羲皇一画时。

时空流转。公元前221年,秦始皇统一中国。从秦非子受封于秦地,到秦襄公建立诸侯国,再到秦始皇统一中国,秦经历了37代君王、六百七十八年的励精图治。此后,秦始皇推行变法,书同文、车同轨,使秦文化成为春秋战国时期最先进的文化。

1947年,天水市东磐安镇,发现了毛家坪遗址。遗址面积60万平方米,探出墓葬千余座。出土的大量春秋战国时期的青铜器和车马坑,再次证明此地很可能是二千七百年前的"华夏第一县"。天水,名正言顺成为秦文化发源地。

渭水汤汤,穿天水城而过。它低声呢喃着羲皇创世的模样,五千年华夏文明,在陇原大地扬帆。此刻,我站在渭水河畔,陷入沉思。庄子说:"人生天地之间,若白驹之过隙,忽然而已。"个体的一生,不过是历史长河中一"忽然",时钟嘀嗒,是生命腐朽的声音。那么,如何像烟花一样,在刹那的绽放中获得记忆的永恒呢?

伏羲庙前,正在搭建立体舞台。两天之后,这里将举行伏羲大典祭祀仪式。沿庙前街行走不过百米,左拐,就是飞将巷。"但使龙城飞将在,不教胡马度阴山。"金戈铁马冷月的边关已随李广将军远去,身后却留下古朴雅致的将军故居和天水的别称——龙城。

我曾经跟朋友说,中华文化博大精深,拿地名来说,就有很多取得极美。比如敦煌,比如金陵,比如长安,比如姑苏,比如天水。

汉武帝元鼎三年,上邽大旱,渭河断流。上邽人守着龟裂的土地,抖动着如土地般龟裂的嘴唇,祈求上苍降雨。那一夜,天空中响起了巨大的雷声,大地裂开,天河水倾泻而下,注入大地。待到雨过天晴,大地的裂缝成了湖泊,湖水清澈甘甜,"春不涸,夏不溢,四季滢然",上邽从此山野苍翠、禾苗茁壮。因了这"天河注水"的传说,汉武帝赐名此地为"天水郡"。

从此这个好听的名字和张掖、敦煌、武威、酒泉四郡一起,沿用至今。

在天水博物馆,我看到了天水市秦安县大地湾遗址出土的彩陶。那是距今公元前4800~8000年人类活动的痕迹。看着陶器上艳丽的色泽和拙朴的纹饰,我无法想象,史前人类对生活是怎样的热爱。多想乘上时光机,在历史的长河里任意穿梭。去学习上古人的制陶技术,看秦人如何统一六国,跟戍边的将军道一声辛苦。

假如可以的话,我还想时光机停留在1935年的天水。这一年7月,少年父亲跟随红二十五军长征西进秦岭。为策应主力红军北上,红二十五军指挥员果断决定进攻天水,很快占领秦安。之后渡过渭河,切断西兰公路,牵制敌军半月之久。随后翻越六盘山,与陕北红军胜利会师,成为第一支完成长征的队伍。

我站在渭水河边,透过历史的硝烟,看红二十五军强渡渭河。为协助红军过河，天水百姓将家中土布取出，拧成绳索绑在河道两岸。人群中，我看见了攀着绳子过河的父亲，那时的父亲还不会游泳，可是身手敏捷的他无一丝恐惧，快速过河后，父亲回望湍急的河水，开心一笑，就匆匆追随同伴的脚步而去。那笑容与父亲墓碑上造像的笑容如出一辙。此后多年，每当我身处逆境时，那灿烂的笑容总能给我鼓励和勇气。

来天水之前，我对麦积山石窟有个很大的误解，以为这个与敦煌、云冈、龙门石窟齐名的中国第四大石窟，深埋于荒漠，与世隔绝，旅人难以企及。而事实上，从天水麦积区到麦积山石窟，不过30分钟的公交车程。

游览麦积山，恰逢农历端午。天气晴好，游客如织。我没有看到天水十景之麦积烟雨，也没能约到特窟门票。工作人员抱歉地告诉我，所有特窟导游都上山了，想参观特窟得等他们回来，而等候参观的人已经排成长龙。我只能跟随大部队沿山体栈道参观。虽然未能得见东方微笑小沙弥的可爱模样，也未能一睹美人皇后乙弗氏的风采。但，麦积山拥有194个洞窟，那每一座北魏时期的塑像，无不穿越千年时光，微笑着迎接每一位朝圣者。

自然在此杂糅，植被覆盖蛮荒，民族在此融合，思想交流碰撞。这就是天水，陇南边陲上一个古老的城市。人们在渭河边兴修水利，将过滤后的渭河水注入天水湖，天水湖畔绿树成荫，水鸟在湖上嬉戏。驻足其间，我心有恍惚，仿佛梦回江南。

行走在高原

我要去稻城。

当我在朋友圈昭告此事时，竟无一人劝退。这让我大大低估了此行的难度。

我知道稻城亚丁主景区最高海拔4700米。而我，在海拔3200米的青海湖就出现高反症状。

但稻城亚丁以她的高冷和神秘，吸引我多年。我急切地想撩开她的面纱，一睹她美丽的容颜。

在高原，只要不做剧烈运动，高反症状就不会很明显。临行前做功课的时候，我查到景区每一个路段都有景交或者电瓶车载运，最不济也有马匹代步。可我翻过好几座海拔4500米的山口，终于来到山脚下的时候，才知道景区内总共只有30匹马，在我到达之前均已被先到的游客雇用。

我无马可骑。从海拔4150米的洛绒牛场，到最高点海拔4700米的五色海，来回11公里，只能用我的双脚丈量。

因为晕车，我已将早餐吐了个干净；而高反则让我的脑容物无所附着，稍一晃动，就头痛欲裂。我缓慢地挪动着发软的双脚，不佳的身体状况让我缺氧的大脑无法反思进山的决定是否有些草率。

就在这时，我看见了雪山。此时我正行走在木栈道上，栈道下是一片湿地，高原的阳光明晃晃的，将格桑花映衬得无比娇艳。不知名的水鸟从水面掠过，叫声如早晨的空气一般清冽。

"是仙乃日吗？"我问。

"不，这是央迈勇。仙乃日只有登上牛奶海才看得见。"一位英俊魁梧的康巴汉子，背着满兜的饮料面包，从我身边大步走过。

稻城亚丁主景区，由仙乃日、央迈勇、夏诺多吉三座终年积雪的山峰组成，它们是亚丁藏胞心中的神山。

如果大山有性别，那央迈勇一定是雄性的。他的主峰小而尖，像是鹰的喙，两侧稍平而舒展，像是鹰的翅膀。白雪覆盖着山顶，山腰有冰川痕迹，那是时光的印章。在我们攀登的路上，央迈勇一直在。

太阳越升越高。起初它斜斜地打在央迈勇身上，颇有几分日照金山的辉煌。现在它升到了头顶，明晃晃地刺激着我们身体裸露的部分。我拉了拉运动上衣的袖口，挡住手背，又戴上了墨镜。

沿着山涧小溪一路向上，到达贡嘎错。这是雪山融化的雪水汇成的海子。雪水清纯而自由，在海子里短暂停留后，聚集成更大的溪流，欢腾着奔向山下，不停歇。哪怕前途未卜，后会无期，它们也义无反顾。

2公里后，木栈道消失了，脚下变成了碎石铺就的栈道，前行更为艰难。碎石栈道的尽头，是钢筋焊接的金属栈道。从洛绒牛场到五色海，总共550米的落差，这一段金属栈道就占了三分之二。我拿出行囊里的自热米饭，取一瓶路边的溪水，浇在自热包上。在高原，水的沸点很低，米饭煮不熟，但自热米饭里的大米，是预先煮熟烘干的大米，所以不受高海拔低气压影响。

自热米饭及时填充了我空空如也的胃，我的体能迅速得到恢复。我只用半小时就走完了这段最为艰难的金属栈道。远处，牛奶海将天空的色彩反哺给了天空，稀薄的空气仿佛是相机的滤镜，让眼前的景物变得高清，于是蓝天更蓝、白云更白，雪山则呈现出近乎纯粹的皎洁——像是天堂的颜色。

在海拔4150~4700米的山间徒步5公里之后，我终于抵达牛奶海，继而抵达牛奶海的姊妹湖——五色海。五色海不大，是山顶积雪融化形成的湖。湖水因深浅不一而变幻着颜色。站在五色海边，央迈勇离我莫过百米之遥，我望向他，而他仿佛更深地看向我，在目光的对视中，我迅速落败。我移开目光看向右边，仙乃日在垭口间探出大半个身体，她身形秀美，通体覆盖着积雪，在阳光的映照下闪着晶莹的光。仙乃日，我拼尽全力远道而来，只为一见。此刻在视觉的震撼之下，暗淡了语言，远去了喧嚣，清浅的空气中只剩下静谧。

仙乃日的另一边，与央迈勇相对的，就是另一座神山夏诺多吉，他的主峰是金字塔的形状，相对于央迈勇来说，他是小巧的。在我们登山的过程中，他时而出现时而隐藏，像一个顽皮的孩童。看着他，我觉得他就像希腊神话中的丘比特，在暗中守护着仙乃日和央迈勇的爱情。

而牛奶海和五色海，分明就是仙乃日的一双会说话的眼睛。在清晨，在黄昏，在春夏秋冬四季交替中闪烁，摄人心魄。

十年前，旅游大开发的浪潮也曾席卷这里。建缆车索道，可以吸引更多的游客，从而带动旅游经济的发展。然而开发本身也必然对自然景观造成一定的破坏。感谢当地的藏族同胞，他们放弃了巨大的利益诱惑，不忘初心，从而使这"水蓝色星球上的最后一片净土"得以保存原貌。

此刻我站在雪山环抱的清清湖水之间，思索着行走的意义。我想，行走的意义正是行走本身。当我克服了高原反应带来的种种不适，一身疲惫来到这里的时候，我被庸常的箪食瓢饮消磨殆尽的激情又回来了，我又有了爱的能力，我要"给每一条河每一座山取一个温暖的名字"，即便面朝大海而不能春暖花开也无妨。

七年前的夏天，北大历史系教授罗新用15天的时间，完成了从大都到上都的辇路徒步。当他用双脚丈量完北京到锡林郭勒之间450公里山水，风尘仆仆抵达上都遗址公园时，所有的感慨汇成了一句话：河山万里当前，我心里只有感激。

这句话，也是此时的我最想说的。

三晋烟云

2019年10月的一天，我在纽约大都会博物馆中国厅看到了一幅占满整个墙面的壁画。壁画场面宏大，画中人物个个容颜生动，服饰华美。展品介绍说这幅《药师经变图》来自中国山西。

那天我在这幅画前坐了很久，恍惚间，药师衣袂飘飘，似要从画中走出。之前在相当长的时间内，我以为我了解山西，我知道山西的酒文化、醋文化和煤文化。然而那一天，在大都会拥挤的人潮中，我发现我对山西一无所知。

山西为战略要地，历史上曾有14朝在此建都。除了太原曾为四朝都城以外，更有侯马的春秋晋国和大同的鲜卑北魏。所谓天下沧桑，如同昼夜的交替、四季的更迭，兴衰荣辱，终湮灭于历史长河。然而他们留下的精美建筑以及依附于建筑上的壁画，却穿越千年时光，如璀璨星辰，熠熠生辉。

于是我去了山西。

在一个极冷的早晨，我披一身寒霜，向雁门关走去。

"黑云压城城欲摧，甲光向日金鳞开。角声满天秋色里，塞上燕脂凝夜紫"，李贺的《雁门太守行》里惨烈的战争场面是否发生在雁门关不得而知；庄南杰的"胯下嘶风白练狞，腰间切玉青蛇活"，确凿无疑是雁门关刘沔战回纥的短兵相接；在张祜的眼里，这里则是"闺中年少妻莫哀……雁门山边骨成灰"的悲凉。战争，永远是死亡和杀戮的代名词。

昨夜下过一场雪雨，洗涤了我脚下的每一块砖石，空气冷冽清新，不染一丝硝烟。站在雁门关关楼之上，长城如一条巨龙，蜿蜒盘旋在崇山峻岭的红叶之间。高迪说过：直线属于人类，曲线属于上帝。当年长城的筑造者，一定不曾想过长城会成为和平年代最伟大的艺术杰作。

越过长城，远山如黛，间或有鹰盘旋；再往远处，山变成了靛蓝色；极目远望，则是覆盖着皑皑白雪的绵延山脊。如诗，似画。

走下雁门关关楼之前，我望向100公里以外的平型关方向。1937年9月，父亲在那里参加了平型关战役，那一仗，八路军115师浴血与日本板垣徵四郎部死拼，取得了出师以来的第一个大胜仗。中国人爱好和平，但抵御外敌入侵，保家卫国的信念从未动摇过。

离开雁门关，一路向北147公里，是大同，也是北魏时期的平城。

中国是个多民族的国家。纵观历史，由少数民族建立的朝代和地方政权就有12个。其中鲜卑拓跋氏建立了北魏，统一了北方，并以大同为都长达九十六年。文成帝继位后，命沙门统昙曜主持复法大业。于是昙曜选择钟灵毓秀的武州山，"凿山石壁，开窟五所，镌建佛像各一，高者七十尺，次六十尺，雕饰奇伟，冠于一世"，这就是云冈石窟中最初的"昙曜五窟"，据说这五窟中的塑像，对应的是北魏王朝前五任皇帝。虽然我们不能确定这五尊塑像各自对应的是哪一任皇帝，但作为中国历史上第一个由皇家授权开凿的石窟，它的历史意义已经超过了孝文帝迁都洛阳后在伊水河畔开凿的龙门石窟。也正是因为有皇家强大的财力支持，云冈石窟的精美奢华，是麦积山石窟无法比拟的，也不输敦煌。

夕阳西下，石窟的佛像群沐浴在一片金辉之中。佛像群前的广场上，老树巨大的树冠在风中婆娑，发出沙沙声，仿佛在与佛像进行着穿越千年的对话，那就是信众心中的菩提吧。

我再一次走近20窟，近距离仰望这座14米高的释迦坐像，佛像双耳垂肩，面部轮廓丰满，鼻梁挺直，无论我从哪个角度看，大佛都是嘴角上扬，面带微笑，俯瞰着众生。大佛身披袈裟，袒露右肩，衣服纹理呈阶梯状排列，精巧的雕刻技巧，让石头呈现出丝绸的质感，在我看来，竟比意大利文艺复兴时期的雕塑更胜一筹。

夕阳渐渐隐入远处山脊背面，暮色四合。没有了光照，气温骤然下降了很多。关外的风携带着寒冷，穿透我的冲锋衣，我打了个冷战，带着不舍决定离开。

于我而言，我山西行的第一天行程就此结束；于山西厚重的历史而言，我尚未窥得冰山之一角。但又有什么关系呢。我从远方赶来，只为赴与你的一面之约，如今得偿所愿，便各自心生欢喜。

遗落在沙漠里的钻石

老同学事业有成,如今已到享受生活的阶段。他每年至少要出国游两次。从亚洲到非洲,从太平洋到印度洋,世界各地几乎被他跑了个遍。那天他跟我细数去过的国家,一长串名单听得我头脑发蒙。末了他又报了几个国家的名字,说是准备立刻就要去的。忽然我想起他曾去过约旦,却没有提及,于是提醒他:"你不是还去过约旦吗?"没想到他淡淡地回答道:"哦,那是以色列之行的赠品。"

我之所以知道老同学去过约旦,是因为我们十分巧合地前后脚去了以色列、约旦,我早去了大约20天,于是每天观看我发的朋友圈,就成了老同学以约之行前的功课,甚至及至行程当中,也会微信"艾特"我,询问拉宾遇刺的具体位置,等等。

饶是如此,他依然只把约旦作为以色列之行的赠品。

然而以约之行三年后,当我坐在书桌前,手捧咖啡,翻看当时拍摄的照片时,却越来越感觉到,我去以色列,仅仅是为《耶路撒冷三千年》做个实地验证,而行程中在约旦的4天,却是全新的体验和探索,更像是发掘宝藏的过程。

入关

从以色列入关约旦,有三个关口,我们是从最北边的关口进入约旦的。入关过程不费什么周折,大家依次排队,等候工作人员在几张小纸片上盖章便可。门口持枪的大兵十分帅气。

这一切得益于约旦和以色列之间于1994年签订的和平协议。众所周知，中东局势极为复杂，各国间的利益之争、民族之间的矛盾、宗教信仰的冲突，将中东历史拧成了麻花，难以解开。

现任约旦哈希姆王国国王侯赛因，是一位极具政治智慧的领导人。他执政以来，对内实行改革，对外实行独立外交，作为穆罕默德的后裔，阿卜杜勒二世尽力在阿拉伯兄弟和以色列之间斡旋，并成功地避开了海湾战争，如今国家相对安全稳定。

大巴车在约旦峡谷奔驰。很不巧，分配给我的座位靠背有点问题，不能调整角度，导游很贴心地找来一个靠垫，满怀歉意地承诺当晚会修好。位于东非大裂谷北段的约旦峡谷，是中东最肥沃的土地之一。只是加利利湖以南最肥沃的部分，都已被以色列揽入版图。斜阳西沉，金黄色的光线下，目之所及略显岑寂。除了偶尔掠过窗外的板房外，只有稀疏的果木，我猜那是柠檬，偶尔，也有小片低矮的椰枣树林。

司机在一个路口停了车，装扮酷似阿拉法特的导游大叔下车去给我们买橘子。约旦缺水，瓶装饮用水的价格是国内的二三十倍。在约旦也没见到什么水果，除了随处可见的柠檬。导游似乎是去了当地人家，时间不长就拿了一袋橘子回来。橘子酸中带甜，口感很好，类似我们未经改良的本地橘子。导游随手一指左边的岔路口：这条小道过去50公里，就是叙利亚。

暮色四合，大巴驶向首都安曼。我在颠簸中兴奋且期待——未来几天，这个夹缝中生存的阿拉伯古国，会带给我什么样的感官体验？

安曼的早晨

安曼的宾馆住宿甚合我意。拙朴的装修风格，宽敞的床铺，和前一天以色列的二尺宽逼仄的床铺形成鲜明对比,我怀疑以色列的宾馆是由犹太苦修派教徒宿舍改造的。

得到充分休息的身体,在攀登城堡山的时候,显得格外轻盈。这是安曼的早晨,气温很低,空气干净得不夹一粒尘埃。约旦没有春夏秋冬,只有雨季、旱季之分。旱季无雨,即使是雨季,那上天恩赐的雨水也是飘忽不定,因此储水自古就是约旦人的基本生存技能。城堡山上,就有一个伍麦叶王朝时期的蓄水池,距今一千三百多年。

山顶只有四样建筑。其中有宙斯之子大力神海格涅斯神庙(罗马时期),艾米尔宫殿群(伍麦叶时期),拜占庭教堂。安曼历史上经历了四个时期,如果你觉得这三大建筑尚不足以将安曼的历史表达清楚,那么,就请进入第四座建筑——约旦考古博物馆。

最不起眼的石头门脸,像是阿拉伯人家,内里却囊括了距今十万年前旧石器时代直至距今四百多年的拜占庭时期,约旦境内发现的所有宝物,在约旦人看来,拜占庭之后的历史,已经不算历史了。古老国度的历史厚度,沉重得谁也无法托起。

《山海经》中次六经记载,骄虫是平逢山的山神,身形似人,长有两个脑袋。它是螫虫的首领,也是一切蜂类动物的归宿之处。平逢山在哪里,《山海经》没有说,但是约旦考古博物馆里的双头人陶罐,却和《山海经》中的山神骄虫形象完全吻合。

有人说《山海经》不是神话,而是人类遗忘的历史与记忆。我不敢妄言。但是,从三星堆出土的青铜面具对应《山海经》古蜀国王蚕丛、青铜神树对应扶桑神树的描述来看,安曼城堡山里这尊双头人陶俑,是否说明骄虫曾经真实存在过呢?

拆了大力神庙的巨大石块修建而成的拜占庭教堂,本身也成了残垣,它没有告诉我们罗马时期的人们,是如何将巨大的石块垒砌成富丽堂皇的殿堂。神庙里海格涅斯的雕像也只残存了一只巨大的手掌,大理石经过千年的冲刷越发苍白，仿佛因失血而死的战士的断肢。伍麦叶宫殿的半圆形穹顶，因涂覆了蓝宝石粉末，历经千年时光依然历久弥新。站在城堡山放眼望去，安曼城白色的房屋错落有致。可容纳6000人的罗马剧场，至今仍是安曼人夏天纳凉娱乐的主要场所，站在场地中心，无须扩音设备，歌唱家就可以把美妙的歌声传递到剧场的每一个角落，而同样的剧场，在约旦有六个。

如果说城堡山的空旷寂寥颇具希腊神话众神聚集之地的清寒，那么安曼老城区则充斥着市井的温暖。大巴在逼仄的街道上缓缓穿行，两旁是各色店铺，我们的长相颇似阿拉法特的导游头戴红白方格头巾，手托烤盘上了车，热情地招呼我们品尝当地一种特色小吃，不知道叫什么，很甜，有奶香，类似我们的桃酥。

巴解组织主席阿拉法特，当年曾和以色列总理拉宾共获诺贝尔和平奖，绝对是中东历史上的一个风云人物。历史上，约旦和巴勒斯坦就是一衣带水的兄弟。中东六日战争，以色列大获全胜，走投无路的阿拉法特和法塔赫，将总部迁到了约旦，年轻的约旦国王侯赛因收留了他们。然而，法塔赫在约旦境内继续招兵买马，游击队经常去以色列搞恐怖袭击，以色列作为报复，就打过来，约旦军队被迫应战。长此以往，侯赛因和阿拉法特嫌隙渐深。1970年，阿拉法特煽动约旦境内巴勒斯坦难民罢工，要求议会中有巴勒斯坦代表的席位。法塔赫甚至两次谋杀侯赛因未遂。而终于导致侯赛因下定决心武力驱逐阿拉法特的，是巴解组织劫持了5架欧洲民航客机，其中3架被劫持到了约旦道森机场。侯赛因曾经对采访者说："我一生最艰难的决定，就是夺回我自己的首都。"

法塔赫成员从约旦撤离后，去了黎巴嫩，最终引发了持续十五年的黎巴嫩内战，黎巴嫩曾是中东金融中心，内战之后，经济严重停滞。

而在这十五年里，约旦大力推行经济改革，加入世贸组织，改善投资环境,积极寻求外援,旨在让这片古老而贫瘠的土地流淌出奶和蜜。

情迷佩特拉

一进佩特拉古城,导游大叔就把我们引到路边一个销售乳香、没药的小贩那儿,从一个古色古香的盒子里,将一些褐色粉末倒入一个阿拉伯神灯形状的大勺子里,掏出打火机点燃粉末,一缕青烟升起,大叔将大勺子在我们脸前依次晃动,只觉一股奇异的香气在空气中幽幽扩散,浸入肺叶。

末了,大叔笑道:"你们现在都已吸入魔药,魔药是会让人产生幻觉的,待会儿你们所看到的佩特拉城内的各种奇观,或许是真实的,但也或许是你们的幻觉呢。"

佩特拉古城曾是古拉巴泰人的首都,被罗马人攻陷之后,拉巴泰人带着无数谜团消失得无影无踪,只留下这座石头城和石崖上无法破解的图案文字。石头的色彩是斑斓的,阳光照在巨大的岩石上,折射出玫瑰般的艳丽。

系着红白格阿拉伯头巾的大叔,随手从路边拾起两块碎石,用鹅卵石碾碎,放在麻豆手心,告诉她这就是当年美丽的贝都因女子用的胭脂,女子可根据妆容的不同选择不同颜色的石头研磨碾制,可是纯天然美容护肤品呢。麻豆选了近似橙色的"胭脂"抹在腮上,又戴上了一款雾霾蓝的阿拉伯头巾。引起导游的由衷赞美:"Oh,美丽的阿拉伯公主。"

在沙地里走了大约一个半小时,透过几千年前商队驼帮经过此地留下的摩崖石刻,你可以想象到作为拉巴泰人首都的佩特拉昔日之繁华。

大叔突然以手按唇示意噤声:"请大家闭上眼睛,跟我大步向前走三十步,一、二、三、四……二十九、三十。低头默念'芝麻开门'。

睁开眼睛,告诉我你们看见了什么?"

天哪,那个《夺宝奇兵》里的宝库大门兀然出现我们眼前!

从巨大山体由上而下直接开凿出来的洞窟大门,六根粗大的石柱完好无损,石柱上方的三角楣墙上,雕着天使、圣母和带翅膀的战士三座石像。传说圣母像上的石瓮是打开宝库大门的机关,故而千百年来引来各路探险家的枪击,导致圣母像弹痕累累。而这累累弹痕,更是映衬了佩特拉三千年的历史沧桑。

到了这里,也就到了佩特拉之行的折返点。然而看着路线图,我们也就走了全程的三分之一,心有不甘,遂问导游:"下一个景点离这里有多远?"导游说:"下一个景点是皇家陵墓,走过去需要20分钟,不过一去一回,至少要40分钟,你们自己去的话一定要想好,晚上我们要赶到瓦地伦住宿,没有时间等你们哦。"

从图片上看,皇家陵墓的穹顶流光溢彩。这是《变形金刚4》的主要外景地,拜占庭时代,这座富丽堂皇的陵墓曾被用来做教堂使用。实在是受不了诱惑,和麻豆确认过眼神,决定跑过去看一眼再走。

事实证明我们的决定是正确的。我们不但被坐落在半山腰的皇家陵墓的雄伟气势所折服,并且在攀登的路上,麻豆遇到了一次完美搭讪。那个骑着毛驴的帅气得丝毫不逊于《加勒比海盗》里杰克船长的贝都因男子,用一口流利的英语搭讪失败后,送上彬彬有礼的祝福,轻提缰绳欠身离去的潇洒劲儿,用落拓不羁已经不足以形容。

从皇家陵墓巨大的五彩穹顶大厅出来,夕阳已经西沉,投射在右前方锡克峡谷的照壁上,把集市映成了玫瑰红,身边的游客已渐稀少。我和麻豆不敢再流连,赶紧拔腿往来时路上飞奔。

在宝库大门和皇家陵墓之间,还有一座规模稍逊于安曼城内的罗马剧场,忍不住又驻足一番。待我们气喘吁吁地跑回宝库大门时,导游和同行的一众游客早已不见踪影，于是顾不上休息，继续跑。石头是佩特拉的绝对主角，来时路上那些五彩的沙石，曾令我见猎心喜，如今却成了奔跑的阻碍。踩在松软的砂石上，每迈一步，都要付出比奔跑在坦途时更多的力量。

不知道跑了多久，夕阳已经没入岩石背后，天色渐渐暗了。"杰克船长"们驾着马车在呼哨声中绝尘而去，而我们的归途似乎依然无期。拐过那座武士雕像，看到前方是同车的那对香港夫妻，可是赶上去一看，却是一对来自东欧的游客；再往前，跑过那棵岩石中横生出来的古树，发现同车的三位"丝巾阿姨"正携手款款而行，冲上去欣喜地打招呼，却发现是素未谋面的三位欧洲美女。我和麻豆对望一眼，脑中浮现同一个念头：难道是魔药开始发挥功效了吗？

好在平素坚持运动，终于在跑到佩特拉大门的时候，赶上了好整以暇的导游和正鱼贯上车的其他游客。坐定之后和麻豆相视而笑，麻豆倒是淡定："还好还好，比在敦煌那次的奔跑轻松一些。"

摩西大峡谷的晨昏

摩西受耶和华之命，率领被奴役的希伯来人逃离古埃及，前往迦南。经过四十多年的艰难跋涉，摩西在即将到达目的地时死去。但从此，希伯来人不再被奴役，他们遵守摩西十诫，成为历史上第一个尊奉单一神宗教的民族。

这是《旧约》《出埃及记》中的记载。

此刻我的脚下正是摩西大峡谷。当年摩西率领希伯来人过西奈半岛，历经艰辛来到这里，神让希伯来人衣食无缺，希伯来人依然屡屡抱怨，为此被神流放在此四十年，摩西在这里写下了摩西五经后死去。

老村度假酒店（The Old Village Hotel），一个用古迹改造成的旅馆。

夕阳斜打在半山腰上，一幢幢小别墅似的白色石头房子错落有致，闪耀着纯金色的光。大厅里端坐着一位老爷爷，无声地制作着沙瓶画。老爷爷长着鹰钩鼻，尖尖的下巴上蓄着长长的花白胡须，五彩斑斓的沙瓶在他手里上下翻飞，恍惚间像是摩尔族魔法师在擦拭他的阿拉丁神灯。

更为奇特的是，大厅里侧楼梯旁，是一个古排水系统的遗址，忘了是几千年之前的了。进入约旦这两天来，我就像一只章鱼，触角一直在往历史的深处延伸。

我住在505号房。约旦人大部分信奉伊斯兰教，在进入约旦之前，导游曾叮嘱过一些注意事项，比如有些场合不能穿裙子等等。所以，当我们看着室内泳池那一池碧水时，还是忍不住询问了那个看起来只有十二三岁的阿拉伯男孩，男孩表示并无禁忌，并为我和麻豆取来了大号浴巾和更衣箱的钥匙。

《圣经》：有晚上，有早晨，这是头一日。

约旦的天气令人着迷。我们住进旅馆的时候，是傍晚，金色的阳光照在石头房子的墙壁上，暖暖的。可是当我们趿拉着拖鞋，衣衫单薄地从室内泳池出来时，你能想象会被扑面而来的冰雹砸得生疼吗？麻豆笑言这可能是上帝对我们接受了泳池服务生的优质服务却没给小费的惩戒。约旦使用的货币是约旦第纳尔，以色列是新谢克尔，并不通用，当我们匆匆进入约旦的时候，来不及更换约旦第纳尔，不巧手边也没有小面额的美元。

夜里下雪了。沙漠里的雪，什么也盖不住，只能将骆驼刺染成白色，像是导游大叔的花白络腮胡子。清晨，太阳升起，天空很蓝，清澈高远；云很低，一大朵一大朵的白色，将影子投射在峡谷里苍茫的灰黄色砂石之上；砂石在光影的明暗交替中，生动起来。

磅礴大气，您一定记得堪称21世纪最佳背景音乐的钢琴曲《出埃及记》。是的,就在此时,此刻。

摩西大峡谷的晨昏,气势如虹。

阿拉伯的劳伦斯

约旦的土地是贫瘠的,应许之地并不会自动流淌出奶和蜜。旅游业是约旦为数不多的资源之一。瓦地伦的经营者很用心,将当地特色不动声色地融进游客的体验当中,让游客很舒适。

比如当你在等待乘坐吉普车进入沙漠深处的时候,不经意间一回头,就看见一幅"画":两个阿拉伯男子盘腿坐在石头台阶上下棋,旁边另一位盘腿拢袖的阿拉伯男子背倚粉色墙壁,负暄假寐,离他1米开外,是一位贝都因男子,侧颜,鼻梁坚挺,眼窝黝黑深陷,摆着一个迷人的姿势,静默不动。

沙漠深处的帐篷里,有各色阿拉伯头巾、地毯,有迷香、没药,你可以和贝都因人讨价还价,但是永远占不了便宜。你也可以坐在帐篷边的地毯上,随意取一杯加足了香料的阿拉伯红茶,边喝边旁观购物众生相,顺便摸一摸悄然卧到脚边、来路不明的花猫。

瓦地伦,又称月亮谷,红沙漠。它的地貌酷似月球,曾作为电影《火星救援》的全景地。它的沙粒,研碎了可以直接当胭脂用。正当麻豆为手上残留的胭脂红发愁时,地导大叔随手揪了一把沙漠中唯一的绿植——骆驼草,递给麻豆,又拧开一瓶矿泉水,倒在麻豆手心,要麻豆和着矿泉水揉搓骆驼草,片刻,骆驼草竟变成了去污的肥皂!

月亮谷显眼位置的砂石上,刻着包裹阿拉伯头巾的劳伦斯画像。英国特工 T.E. 劳伦斯,曾经是瓦地伦的王者,瓦地伦承载着他的辉煌,但瓦地伦,也记录着劳伦斯的惨痛,成为他的终极梦魇。

1914年,第一次世界大战爆发。德国盟友土耳其入侵阿拉伯半岛,而此时阿拉伯半岛各部族还是一盘散沙。1916年，英国陆军中尉劳伦斯奉命潜入阿拉伯半岛时，阿拉伯起义正值困难时期，英军对加沙发起攻击，损失了3000人，而奥斯曼只损失了1700人。劳伦斯穿上阿拉伯服饰，进入贝都因人的生活，了解他们所处的特殊环境和他们擅长的作战风格，他组织了一支阿拉伯军队，在瓦地伦一带活动。"我将散落在阿拉伯人中间的火花，聚成一团熊熊大火。"（劳伦斯自传《智慧七柱》）在攻打亚喀巴的战役中，他用损失2人的代价，消灭了1200多名奥斯曼士兵，一战成名。他率领阿拉伯人一步步打开了前往大马士革的路，英军最终占领了大马士革。

战争结束之后，英国并没有兑现他的承诺——建立一个独立的阿拉伯国家，而是让一直和劳伦斯并肩作战的费萨尔王子成了伊拉克国王，费萨尔王子的哥哥成了约旦的开国国王。战争只是政治的延伸，劳伦斯对此十分失望，深感自己被政治家出卖，在英王乔治五世为他颁发骑士勋章时，拂袖离去。他也拒绝出任总督，选择了隐居。

但生活已经面目全非。在瓦地伦的一个11月末，劳伦斯孤身一人赴叙利亚德拉侦察，被奥斯曼总督哈基姆俘虏。喜好男色的哈基姆连同几个部下鞭笞、轮奸了这个皮肤白皙，"看着还像个男孩"的英国人。

"无能为力，体无完肤，仅剩半条命。或许那场狂暴的蹂躏已经击碎了我的灵魂，让我堕入兽界，这种创痛将永远跟随着我，连同各种奇想、恐怖与病态的欲望。"（劳伦斯自传《智慧七柱》）

在灵与肉的痛苦挣扎中，劳伦斯隐姓埋名去英国皇家空军服役多年，后被揭穿真实身份被迫退役。退役不久的劳伦斯，在一次摩托车极速骑行中因躲避孩童发生车祸而卒。

也许死亡才是最好的结局。

有人说，即便战争极为残忍，但战争依然促进了人类发展。蒸汽机、内燃机、喷气机以及运载火箭的发明，以及电气化最初都是为了战争。

但我认为，人类如果不能控制自己的欲望，终有一天，会毁于一场终极战争。人类只是浩渺宇宙中的一粒灰，一种或许只诞生于一个偶然的非最高文明的生物，当战争的硝烟散去时，尘埃落定。

正午的太阳将沙漠炙晒得滚烫。地导大叔招呼我们上车，大叔年轻时曾作为拉力赛车手去迪拜比赛过，此时早已和越野车司机调换了位置，跃跃欲试。

回眸月亮谷，深红色沙漠和湛蓝的天空，将阳光衍射成白色，和月色重合，白天灼热，夜晚清冷。那惨白的颜色，如同城堡山上海格涅斯神庙遗址里，大力神失血的残掌。

那些在战争中失去的生命啊。

红海的颜色

约旦大体上是个内陆国家，之所以这么说，是因为它的海岸线很短，建国初期只有10公里。港口对一个国家的贸易发展起着举足轻重的作用。1965年，约旦和沙特签署了双边换地协议，换地之后，约旦的海岸线延长至26公里。拥有这宝贵的26公里海岸线的，就是约旦唯一的港口城市亚喀巴。

劳伦斯正是在这里一战成名，这一战，被众多军事学院写进教科书。

红海海水呈蓝绿色。红海是古希腊名的中文意译。古人乘船在近海航行，目击沿岸都是绵延不断的红黄色岩壁。非洲沙漠吹来炎热的气流和红黄色的尘雾，遮蔽天日，映红了海水。古西亚人用黑色表示北方，用红色表示南方，红海是"南方的海"。

我的座椅依然没有修好，或许根本就没有修。不过导游的服务态度十分好，不但提供靠垫作为缓冲，且不时过来询问舒适情况。我的颈椎本就不好，长途旅行没有一个舒适的座椅实在不行。麻豆表示她无须调整椅背角度,和我交换了座位。这姑娘自进入旅行目的地以来,收获了颇多惊喜,此刻生怕任何横生的小枝节打断了她的嘴角上扬。

大巴车的破旧并不影响行驶速度。我们到达亚喀巴的时候,比预计提前了很久。在红海边最醒目的标记自然是阿拉伯大革命广场上那根132米高的白色旗杆,这旗杆正是为纪念劳伦斯将奥斯曼军队驱逐出亚喀巴所建。旗杆很高,然而天空更高,茕茕孑立的旗杆无法插入云天,也无意拥抱土地,它只是静静地立着,任顶端那面阿拉伯起义的旗帜随风飘扬。我倒是想和旗杆合个影,无奈无论从任何角度,你都无法将整个旗杆入画,只得悻悻作罢。广场一角有棵橄榄树,树下是约旦开国国王的纪念碑,就是阿拉伯革命中和劳伦斯并肩作战并成为伊拉克国王的费萨尔的哥哥——埃米尔谢里夫赛义德·侯赛因·本·阿里。

看看时间还早,导游大叔潇洒地一挥手:"我免费送给你们一个景点吧。"那神态,就像是一个家有余粮,白面馒头随便吃的财主。跟着他,我们走到附近一个正在修葺的城堡。城堡是哈希姆家族的私产,哈希姆家族是伊斯兰教复兴人穆罕默德后裔繁衍形成,是约旦哈希姆王国的统治者。

城堡始建于伍麦叶王朝。我没记住城堡的名字,事后网上搜索,发现亚喀巴有好几座古堡,比如一战时劳伦斯曾用来存放军火武器的卡拉克城堡,滨海路上的马木路克城堡。从简介上看,马木路克城堡就在海边,和我见到的这座城堡位置吻合。但也有网友直接将我见到的这座城堡命名为亚喀巴城堡。城堡以白色石块为主体,正门楣上,哈希姆家族的石质徽章凝视着红海的湛蓝,古朴威严。历史上城堡曾遭遇地震,墙体受损,却成就了断壁残垣的另一番残缺之美。

在亚喀巴的住宿,是此次行程中最完美的一站。

五星级酒店依红海而建,很奢侈地把约旦宝贵的26公里海岸线中的一段当成了自己的后花园。入住整洁宽敞的标间后，我和麻豆迅速换上泳装，想起随行导游的叮嘱，又在泳装外套了条裙子，裹上旅店里的大浴巾，穿过玻璃穹顶长廊，就是红海亚喀巴湾的白沙滩。

海水里没人，沙滩上也没有游人，只有四五个中东的人在打坐。阳光照射下的红海真的泛着几分红色，沙滩上有棕榈叶制的遮阳伞。海湾左边是白色的灯塔和几艘帆船，更远的岩壁海岸线是沙特的地盘；右手边，以色列港口埃特拉的繁华清晰可见；对面，埃及的西奈半岛裹着神秘的面纱。

太阳西沉，留在海面上的光影逐渐变窄。我们是红海里的两条鱼，追着光，一直游到海水变蓝。

左手沙特，右手以色列，面对埃及，我在约旦。

死海古卷

死海位于以色列和约旦之间，是东非大裂谷延伸形成的内陆盐湖，它的海拔只有负 415 米，是地表最低点，故而号称"世界肚脐"。

人们来到死海，只为完成那张著名的旅游广告画：躺在死海上读报，身边是漂浮的果盘或一杯果汁。

死海边的住宿环境，不亚于红海边的亚喀巴。餐厅里琴声悠扬，一位红衣美女端坐钢琴前。以地中海饮食为主的自助餐精致且品种繁多，酸奶浓稠如凝脂，蜂蜜带着柠檬花儿的清香。

穿过餐厅，花园里有两个面积很大的游泳池，穿过游泳池和一小片椰枣树，才是死海。

海滩边放着一大桶死海泥。死海水含盐量极高，它的主要补水源约旦河担负着以色列和约旦两国的生活水和农业灌溉，不堪重负，补充给死海的水越来越少，死海的含盐量也就不断升高。正确的死海漂浮方式，是将死海泥涂满全身，在太阳下晒干，然后再下海，因为死海泥可以阻隔重盐的海水对肌肤的侵蚀，同时死海泥中的微生物有护肤效果。可是阳光下澄澈的死海水太过诱人，我和麻豆胡乱抹了几把死海泥之后，就迫不及待地下了水，麻豆还作死地尝了一小口死海水，齁得差点背过气去。

若不是帅气的安全管理员小哥一直提醒，漂浮的时间不要超过 15 分钟，我们真的是乐不思蜀。我们恋恋不舍地从死海中爬上岸，感觉不过瘾，又去了宾馆花园中的游泳池。

泳池边的救生员小哥目光如炬，但凡身体上有死海泥残留的，一律不准下泳池。

夕阳下，死海水波光粼粼。

沙滩、椰枣树，泳池中的我们。

回到客房后还是从头发里洗出不少盐粒，冲洗完仔细抹上死海泥系列护肤品，皮肤依然有龟裂之感，晚上睡觉时，瘙痒难耐。

张爱玲说：生命是一袭华美的袍，上面爬满了虱子。生活莫不如此，在享受光鲜美好的同时，也需忍受各种各样的烦恼。

众生皆来，众生俱往。其实，比死海漂浮有意义得多的，是死海古卷的发现。

1947 年夏天，贝都因牧童阿迪布在死海西岸北部的库兰寻找迷途的山羊，看到悬崖峭壁上有个狭窄的洞口，出于好奇，阿迪布往洞里扔了几块石头，随后听到了陶罐被打破的声音。兴奋的阿迪布进入洞穴，发现了许多两尺高的陶罐。令阿迪布失望的是，陶罐里并非金银财宝，而是一些发霉的羊皮卷。失望的阿迪布将羊皮卷拿到集市上卖了点钱，他完全不知道，他发现的是稀世珍宝，用古希伯来文书写的最古老的犹太文献手稿——死海古卷。

1900 年夏天，一个风雨交加的夜晚，电闪雷鸣，敦煌莫高窟 16 窟甬道北侧壁轰然洞开,一个仅有19平方米的小窟呈现在道士王圆箓眼前。窟内藏有历史文本、绢画、刺绣等各类文物近六万件。时间跨度为公元4世纪—14世纪,使用文字更是丰富,有汉文、藏文、梵文、龟兹文、粟特文、突厥文、回鹘文、康居文……莫高窟发现藏经洞的消息吸引了俄国、英国、法国、美国的探险者纷至沓来,他们以极低的价格从王圆箓手中买走了大部分宝贝。从此,敦煌遗书散落一地。

这是两个真实的故事,我把它们放在一起叙述,是因为它们相似。死海古卷和敦煌遗书,都是价值连城的宝卷,因某种原因被秘藏,它们的发现,也都是偶然。然而死海古卷那些遗落在集市上的残片,最终都归拢到了一起,到20世纪90年代,死海古卷已全部印行,供人查证。而散落在大英博物馆、巴黎国立图书馆、俄罗斯科学院圣彼得堡东方研究所等地的敦煌遗书,却是再难有重聚的一天。或许,1900年夏天那个风雨交加的夜晚,来得并不是时候。

马赛克之城

马赛克作为一种装饰材料,广泛应用于现代家居生活。追溯起来,马赛克发源于古希腊,是一种用小石子、贝壳在墙壁或地板上镶嵌出图案的艺术方式。传统画作难以保存,而马赛克的迷人之处正在于它可以让大师名作历久弥新。

在约旦,有一座以马赛克为名的城市,那就是距离首都安曼30公里的马达巴。

坐上时光穿梭机,回到公元6世纪的马达巴,你会看到这样的场景:穿着布衣长袍的马达巴人,从小镇附近的山上采来五颜六色的石头,精心切割、打磨成各种形状的小块,在墙壁或者地面上,镶拼成一个个精美的图案。其中最为精美、最大的一幅,就是保存在圣乔治东正教堂的世界上最古老的中东地图。

地图长15.7米,宽5.6米,原本铺满了教堂大厅的整个地面。200万颗漂亮的有色矿石,镶嵌出了以耶路撒冷为中心的圣地所有主要城镇和乡村的显著特征,也包括马达巴。褐色的山脉、白色的峡谷、烟青色的河流以及蓝色的海洋,将空白处连接起来,让静默的城市和乡村有了温度。

一百年后,一场地震摧毁了马达巴。那些精美的矿石马赛克,泯然于尘埃。时间又过了一千年,废墟上来了三个大家族的两千名基督徒,他们定居下来,开始重建城市。1896年,当他们重建圣乔治教堂的时候,这幅中东地图重见天日。然而,世人惊叹于6世纪马赛克工匠们的艺术才华之时,无不遗憾地发现,地图已经残缺,无论怎么拼凑,也只剩下15米长,3米宽的残片。

但这依然无损于它作为世界上最古老的中东地图的人类学价值。作为三教圣地的耶路撒冷,三千年来,一直在错综复杂的宗教纠葛中撕扯沉浮。1947年,当英国对耶路撒冷三十年托管即将到期的时候,联合国投票通过了巴勒斯坦和以色列分治的法案。此时联合国耶路撒冷工作委员会却在为一件事苦恼:如果所有宗教社团和国家机构的正式节日都要尊重的话,那么,耶路撒冷的节日将超过日历上的天数。但在马达巴,基督徒和穆斯林却能和平相处,甚至可以通婚。也许正是人性中的爱和包容,打破了教派之间冷若坚冰的隔阂。

盛极必衰,公元747年的大地震,将无数珍贵的马赛克艺术品掩埋于地下。一千年以后,虽然在城市重建中,发现了诸多精美的马赛克制品,现在的马达巴,也有着中东唯一一所马赛克学校,但小镇商铺出售的各色马赛克制品,却处处透着模仿和粗糙。

离马达巴十公里,就是著名的尼泊山,传说上帝惩戒摩西,不让他踏入圣城耶路撒冷,摩西就在尼泊山修行,直至终老。参观尼泊山的时候,导游大叔很抱歉地收了我们2美元门票,他解释说尼泊山现在是梵蒂冈的资产,这2美元,是替梵蒂冈代收的。确实,约旦是个古迹遍地的地方,除了佩特拉以外,其他景点似乎都不收门票。包括瓦地伦,只要你不乘越野车,你尽可以随意在沙漠里溜达。

登尼泊山可以俯瞰死海和约旦峡谷。无数个白天和夜晚,摩西在这里眺望迦南。有一座铁质雕塑,摩西的权杖和罪恶的蛇纠缠在一起。山上有一块圆形的大石头,据说是一万年前古人膜拜的太阳神具形。尼泊山上并未有多少与传说相关的历史痕迹。唯有摩西纪念堂里,那幅美轮美奂的马赛克画,静默却准确无误地传递着远古的信息。

那是一幅保存非常完整的地板装饰画,距今已有一千五百年。这幅画的保存得益于人们用另一幅画将它完全覆盖。这是一幅以金黄色暖色调为主的经变画,画面分四行,分别代表着生活在这块土地上的人类不同时期的生存状态。

第一行,左边一个人,手持木棍,正遭受着狮子和野牛的前后夹击;右边这个人,左手佩戴盾形护具,右手持一柄长枪,枪尖刺入猎豹的喉咙,猎豹的喉咙滴出鲜红的血,栩栩如生。显然这个时期的人已经会制作简单的工具,以狩猎为生。

第二行是骑马的两名猎人,分别在猎犬的帮助下,捕猎黑熊和野猪。这个阶段的人类已经成功驯化了野马和野狗,作为人类捕猎的帮手,明显提高了狩猎效率,生活得以改善,服饰也比第一时期的人更为精美、更具保暖功能。

第三行是一位并不健壮的老者坐在石头上,面前被驯化的牛和羊正低头吃草或仰头吃树叶。画面上有五棵树,树上结着五种不同的果实,应该代表着五种被驯化的野生植物。很明显这个时期人类已经进入农耕时代,肌肉相比游牧时期有所退化。

第四行,左边的人赤裸上身,戴着夸张滑稽的头饰,手牵一头鸵鸟,有点像马戏团的小丑；右边一人，身披大红披风，右手牵斑马，左手牵骆驼。看来，这个时期的人类，已经可以驯养动物做观赏之用了。

整幅画画面十分精美，动物形象生动，画面的空白处，绘着袅娜多姿的花儿。画面的上方，有蓝色马赛克嵌出的五行文字。这用散点透视法制作的，迄今为止发现的一千五百年前的中东最完整的一幅马赛克地板画，不仅内容堪比一部中东远古简史，其艺术高度，也是今人难以企及的。

尾声

从约旦通关回以色列，走的是以约三个关卡的中间那一个。关卡那头，是约旦河西岸，属巴勒斯坦地区。大巴车开往关卡的途中，道路两边可见很多夹杂藏青色线条的褐色岩石，这就是油页岩，约旦油页岩储量位列世界第四，但大部分都不具开采价值。如此一来，旅游资源就成了约旦的经济支柱。约旦很穷，穷到几乎没有任何自然资源；约旦也很富有，王国境内的几十处古迹和自然风光，就是历史给予这块应许之地的最珍贵的文化遗产。

通关的时候，我一直在想着一个问题：古老文明的传承该用怎样的现代形式表达？

1993年，约旦王子阿卜杜拉迎娶了美丽的公司职员拉尼娅，六年后，阿卜杜拉成为约旦哈希姆王国国王，28岁的拉尼娅成为王后。但这并不是灰姑娘嫁给王子的古老童话，这是势均力敌的现代爱情故事。工商管理专业出身的拉尼娅，在国王的支持下，不断为提高约旦女性地位、倡导女性独立、破除传统陋习而努力着。年轻的国王和王后，推行经济改革、改善投资环境，致力于将约旦打造成中东的硅谷，给约旦的人民提供更好的生活。

穿过约旦河西岸的椰枣林，我重新回到以色列的现代化都市特拉维夫。特拉维夫以钻石加工业闻名。一颗纯度极高的原石，只有经过高级技师之手，精心切割打磨后，才会成为世间最闪亮的钻石。约旦，不正是上帝遗落在沙漠里的宝石吗？它不会因为我的老同学的忽视失去自身价值。终有一天，它会被打磨成一颗精品钻石，璀璨于世间。

附录：《遗落在沙漠里的钻石》是我去约旦旅行后的感受与思考。当我到约旦时，那些一直活在我想象中的事物，突然变成了有形世界的一部分。而这美如童话般的世界，你很难在网上找到更多的资料。约旦是一个被忽视的中东小国，我希望我这篇游记，能让更多的人了解它，能让更多的人在静止状态下畅游世界。

后记

一

我至今还记得16岁时的那个夏日午后。我在学校食堂吃了午饭，就趴在课桌上休息。迷迷糊糊中，我被书本拍打课桌的声音惊醒，抬起头，看见我的语文老师檀化非站在桌边。我赶紧擦去嘴角的口水，揉一揉脸上的压痕。

檀老师把一本书和一张汇款单递给了我。

那是一本当年的《安徽省中学生作文选》。我翻开扉页，目录里赫然印着我的名字和我的一篇作文：《我的邻居杨奶奶》。再看汇款单，上面的金额是捌元，也可能是柒元，或者玖元。在20世纪80年代初，这笔钱相当于一个成年人半个月的生活费。

檀老师回身走上讲台，用得意的语调，宣布道："毛庆明同学的一篇作文，入选省中学生作文选！"

我赶紧低下头，以遮挡我上扬的嘴角。等我再度抬头时，脸上早已波澜不惊。

彼时正是高考的冲刺阶段。各种单科测试，让人焦头烂额。《我的邻居杨奶奶》，正是一篇当堂命题作文测试的急就章。作文题是《我的……》，当大家通通落入至亲的爸爸、妈妈、兄长的窠臼中时，我笔下这个子虚乌有的邻居老奶奶，反而更显得真实可信。

那是我第一次写故事。

这篇作文有两个刊出后续。

当我捧着样书和汇款单兴冲冲地跑回家时，正巧我的哥哥也在他同学的护送下回到家。原来下午哥哥和同学打篮球时摔了一跤，磕破了下巴，流了不少血，去医院做了缝合手术。当我把汇款单递到母亲手里时，母亲非常高兴，连声道":这钱及时，正好可以给你哥买些营养品补一补。"我也为自己能为家庭出力而高兴，但我内心还是希望母亲能返还我一部分稿费，哪怕一元，也是对我的肯定，但是没有。我依然保持着云淡风轻，同时更深地封闭了自己的内心。

转年我考上了天津商学院（即现在的天津商业大学）。临走前我将高中时期的所有复习资料捆扎得整整齐齐，装在一只麻袋里。在资料的最上方，就是我那本《安徽省中学生作文选》。然而在我离家后的半年里，二姐和母亲发生矛盾，二姐愤怒中用我的那一麻袋资料引火，点燃了母亲的卧室。我的处女作就此化为灰烬。因为是当堂作文，我并无底稿，样书被烧毁之后，我的处女作同样灰飞烟灭。

我的高中是最后一届两年制的高中，高一结束就分了文理班。时光匆匆，至今能我让我记得姓名的高中老师除了两位班主任之外，就是我的语文老师檀化非。他是唯一带了我两年课的老师，更是唯一一个偏爱我的老师。我的每一篇作文都被他画满了红色下划线，每一篇作文都是最高分。他还说以后我应从事文学创作，可成大器。

然而那时"江湖"甚为流行的一句话就是：学好数理化，走遍天下都不怕。我最终读了工科专业，与我的文学梦想相忘于江湖。几十年来我消磨于庸碌的日常，从未去看望过檀老师，我辜负了他的厚望。虽从不敢相忘，却无以面对。

这是我的第一本作品集，算是我对儿时梦想的补偿，也是对檀化非老师的答谢。如果老师还健在,我将恭恭敬敬地奉上这本作品集,我也会告诉他,以后,还会有第二本。

二

我生长在单亲家庭。原生家庭决定了我性格当中的羞怯和懦弱,我不敢表达也不善于表达。好在有文字。都说"乡愁是独属于男人的奥德赛,逃离才是刻进女性身体里的史诗",而我在逃离的路上回望故乡,不免对16岁的我心生怜惜。文字真实的铺陈却总是营造出假象,如果时光可以倒流,我希望16岁的我快乐。

不久前,我参加一个聚会。一位首次谋面的文友惊讶地说:"原来你是女的呀?"我笑笑,对此我早习以为常。幼年时父母给我起了个男性化的名字。在我一路学习成长过程中,多次闹过弄错性别的乌龙。比如大学时实验课老师总是把我和男生分在一组。不过这位文友接下来说的一句话,倒让我褒贬难辨。他说:"倒不完全是因为名字,我看过你写的展评,洋洋洒洒逻辑缜密,完全是男性风格。"其实,早先有编辑、读者误以为我是男性,我是窃喜的,因为人们对女性作者有个先入为主的成见,认为她们的文字卿卿我我、缠绵婉约,离不开儿女情长;但后来我发现,我阅读的作品里的个中翘楚,女性占了很大比例。比如加拿大的阿特伍德、波兰的奥尔加、爱尔兰的克莱尔·吉根;更不用说我们的张爱玲、萧红、迟子建、李娟。她们的作品之所以好,是因为她们有过人的天赋、优美的文笔、高屋建瓴的视角,以及锋利的思想,而并非像出自男性之手。

2020年的春天,一个偶然的机会,我的清明祭文《青团》被当时《中国妇女报》的编审咸红心老师看中并刊发。《妇女报》的肯定,给了我信心，激发了我的创作热情。不到四年的时间里，我陆续在《中国妇女报》副刊发表了散文、随笔、书评 50 多篇，合计约 12 万字。我的多篇文章被光明网、人民网、新浪网等各大门户网站转载，被知网收录。与此同时，我也开始拓宽途径，尝试短篇小说的写作，有小说在纯文学刊物《作家天地》发表。这本作品集以在《中国妇女报》副刊发表过的文字为主，辅以部分发表在《作家天地》上的文字。

叶兆言先生曾经说过：写作就是一场精疲力尽的拼搏。我在熬过无数个夜晚之后，付出了颈椎反弓、腰椎间盘突出、眼底黄斑病变的代价，但看到文字变成铅字之后，又觉得这一切都是值得的。

毛姆曾经说过，文学的最高形式是诗歌，在诗人经过的时候，散文家只好让到一边，小说的人物看起来像一块芝士，无足轻重。毛姆是我很喜欢的作家，我常戏言他是我本家，但我不同意他说的这句话，我以为文学形式并无高低之分。

一直以来，我对自己的文字是缺乏自信的。但在我不长的写作生涯中，得到了很多编辑老师和文友的肯定和鼓励，恕我不能一一道来，谨在此一并致谢。我喜欢阅读，热爱写作。既然我天资平平，我就没有不努力的理由。山重水复，但我会一直走下去。至于是写散文，还是小说，甚或诗歌，遵从自己的内心吧。

最后，我想引用几句北岛的诗："我是流水线上车衣的女工／用细密的针脚追寻云中的家乡""我是年老眼瞎的图书管理员／倾听书页上清风与尘土的冥想"，最紧要的，"我是看守自己一生的狱卒／让钥匙的奔马穿过锁孔之光"。